Diogenes Taschenbuch 21565

Jack Ritchie

Gedächtnis ade

Geschichten

Aus dem Amerikanischen von Elfriede Riegler und Dorothee Asendorf

Diogenes

The Crime Machine
By Child Undone
The Best Driver in the County
aus: ›A New Leaf And Other Stories‹
Dell, New York 1971

aus: ›Best Detective Stories of the Year 1967–1982‹

Die Geschichten ›Wenn man von Mord redet…‹
und ›Auf den zweiten Blick‹ übersetzte
Dorothee Asendorf, alle übrigen
Elfriede Riegler
Umschlagzeichnung von
Tomi Ungerer

Deutsche Erstausgabe

100/88/29/1
ISBN 3 257 21565 7

Inhalt

Zeitmaschine für einen Mörder

Ich war dabei, als Sie Ihren letzten Mord verübten«, sagte Henry.

Ich zündete meine Zigarre an. »Wirklich?«

»Natürlich konnten Sie mich nicht sehen.«

Ich lächelte. »Sie waren in Ihrer Zeitmaschine?«

Henry nickte.

Natürlich glaubte ich kein Wort, über die Zeitmaschine meine ich. Trotzdem, er *könnte* tatsächlich dabei gewesen sein, aber nicht auf diese phantastische Art.

Mord ist mein Beruf, und die Tatsache, daß es einen Zeugen gegeben hatte, als ich James Brady beseitigte, war natürlich beunruhigend. Und nun würde ich mir um meiner Sicherheit willen etwas ausdenken müssen, um Henry loszuwerden. Ich hatte nicht die Absicht, mich von ihm erpressen zu lassen. Nicht lange jedenfalls.

»Ich muß Sie warnen: Ich habe mir die Mühe gemacht, die Leute wissen zu lassen, daß ich hierhergekommen bin, Mister Reeves«, sagte Henry. »Sie wissen zwar nicht, *warum* ich hier bin, aber sie wissen, *daß* ich hier bin. Sie verstehen doch, nicht wahr?«

Ich lächelte wieder. »Ich ermorde niemanden in meiner eigenen Wohnung. Das ist der Gipfel der Ungastlichkeit. Sie brauchen daher unsere Drinks nicht zu vertauschen. Ich versichere Ihnen, daß Ihr Glas nichts Stärkeres als Brandy enthält.«

Die Situation war im Grunde unangenehm. Trotzdem

ertappte ich mich dabei, daß ich Henrys groteske Geschichte ziemlich genoß.

»Ihre Maschine da, ist die ein bißchen wie ein Friseurstuhl?«

»Gewissermaßen«, gab er zu.

Wir hatten offensichtlich den gleichen Film gesehen. »Mit einem runden, reflektorähnlichen Apparat hinter Ihnen? Und Hebeln vorne, an denen Sie ziehen, um sich in die Vergangenheit entführen zu lassen? Oder in die Zukunft?«

»Nur in die Vergangenheit. An dem Mechanismus für die Zukunft arbeite ich noch.« Henry nippte an seinem Brandy. »Meine Maschine ist auch beweglich. Das heißt, sie projiziert mich nicht nur in die Vergangenheit, sondern auch an jeden von mir gewünschten Punkt der Erde.«

Ausgezeichnet, dachte ich. Ein schöner Fortschritt gegenüber den Zeitmaschinen von früher. »Und Sie selbst sind unsichtbar?«

»Stimmt. Ich kann auf keinerlei Art und Weise an der Vergangenheit teilnehmen. Ich kann nur beobachten.«

Wenigstens dachte dieser Verrückte mit einer gewissen Logik. Vor zehntausend Jahren konnte man den Lauf der Geschichte durchaus in eine andere Richtung lenken, wenn man nur den Flügel eines Schmetterlings verletzte.

Henry war um drei Uhr nachmittags in meine Wohnung gekommen. Er hatte mir seinen Nachnamen nicht genannt, was völlig normal war. Schließlich hatte er die Absicht, mich zu erpressen. Er war ziemlich groß und dünn, mit einer Brille, die ihm etwas Eulenhaftes gab, und Haar, das zur Anarchie neigte.

Er beugte sich vor. »Ich habe in der Zeitung von gestern gelesen, daß ein gewisser James Brady am 27. Juli um zirka elf Uhr nachts in einem Lagerhaus in der Blenheim Street erschossen worden ist.«

Den Rest der Geschichte konnte ich beitragen. »Und so hüpften Sie in Ihre Zeitmaschine und drehten die Zeiger auf den 27. Juli zurück, in die Blenheim Street. Um halb elf waren Sie dort und warteten auf mich: Ich sollte das Verbrechen noch einmal begehen.«

»Genau.«

Ich würde diese spezielle Form von Irrsinn mit Doktor Powers besprechen müssen. Er ist ein ziemlich reifer und, seitdem ich seine Frau beseitigt habe, auch wohlhabender Psychiater.

Henry lächelte dünn. »Sie haben James Brady um genau zehn Uhr einundfünfzig erschossen. Als Sie sich über ihn beugten, um sich zu vergewissern, daß er tot war, fielen Ihnen Ihre Autoschlüssel aus der Tasche. Sie sagten: ›O verdammt!‹ und hoben sie auf. An der Tür des Lagerhauses schauten Sie zurück, hoben die Hand und salutierten spöttisch in Richtung Leiche. Dann gingen Sie weg.«

Er war zweifellos dort gewesen. Nicht in dieser unglaublichen Zeitmaschine, sondern wahrscheinlich unter den Tausenden von Kisten und Ballen im Lagerhaus versteckt – der zufällige Zeuge eines Mordes. Es war einer von diesen unglücklichen Zufällen, wie sie ab und zu vorkommen, um einen ansonsten perfekten Tötungsakt zu verderben. Aber warum machte er sich die Mühe, zu dieser phantastischen Geschichte Zuflucht zu nehmen?

Henry stellte sein Glas hin. »Ich denke, fünftausend Dollar würden mir genügen, um zu vergessen, was ich gesehen habe.«

Für wie lange? dachte ich. Einen Monat? Zwei? Ich paffte an meiner Zigarre. »Wenn Sie zur Polizei gehen, dann steht Ihre Aussage gegen meine.«

»Können Sie sich eine polizeiliche Ermittlung leisten?« Ich wußte es wirklich nicht. Ich bin in der Ausübung meiner Kunst sehr sorgfältig. Trotzdem war mir möglicherweise hier und dort ein kleiner Fehler unterlaufen. Ich würde das Interesse der Behörden ganz bestimmt nicht begrüßen, davon war ich überzeugt.

Ich füllte mein Glas von neuem. »Sie scheinen da auf ein interessantes und gewinnträchtiges Geschäft gestoßen zu sein. Haben Sie mit vielen anderen Mördern Kontakt aufgenommen?« Ich schaute auf seinen Anzug. Zweifellos war es einer von denen, die mit zwei Paar Hosen verkauft werden.

Vielleicht konnte er meine Gedanken lesen. »Ich habe eben erst angefangen, Mister Reeves. Sie sind der erste Mörder, mit dem ich zu tun habe.«

Er lächelte gezwungen. »Ich habe noch einiges mehr über Sie herausgefunden, Mister Reeves. Am 10. Juni, nachts um elf Uhr zwölf, hat ein Auto, das Sie zu diesem Zweck gestohlen hatten, eine Mrs. Irvin Perry überfahren.«

Er konnte von Mrs. Perrys Tod in den Zeitungen gelesen haben. Aber wie konnte er wissen, daß ich der Fahrer gewesen war? Behauptete er das aufs Geratewohl?

»Sie haben den Wagen knapp hundert Meter von der Kreuzung entfernt geparkt. Sie ließen den Motor laufen, während Sie darauf warteten, daß Mrs. Perry auftauchte. Zehn Minuten bevor sie kam, lief ein Collie über die Straße. Sieben Minuten vorher raste ein Feuerwehrauto vorbei. Drei Minuten vorher flitzte ein Modell A-Ford voller Teenager vorüber. Der Auspuff war nicht in Ordnung. Er machte ziemlich viel Lärm.«

Henry amüsierte sich. »Am 28. September dieses Jahres, um Viertel nach zwei an einem kühlen Nachmittag, fiel ein gewisser Gerald Mitchell, der auf einem kleinen Spaziergang unterwegs war, in der Nähe seiner Wohnung von einem steilen Abhang. Sie hatten ein bißchen Mühe mit ihm. Obwohl er ein kleiner Mann war, erwies er sich als bemerkenswert kräftig. Es gelang ihm, die linke Tasche Ihres Mantels zu zerreißen, bevor Sie ihn ins Leere werfen konnten.«

Ich ertappte mich dabei, wie ich ihn anstarrte, und nahm rasch einen Schluck Brandy.

»Fünftausend Dollar«, sagte Henry. »Selbstverständlich in kleinen Scheinen. Nicht größer als Fünfhunderter. Natürlich habe ich nicht erwartet, daß Sie so viel Bargeld herumliegen haben. Ich komme morgen um acht wieder.«

Ich riß mich zusammen. Einen Augenblick lang hatte ich beinahe gedacht, Henry könnte wirklich eine Zeitmaschine haben. Aber es gab eine andere Erklärung; ich mußte nur darüber nachdenken.

An der Wohnungstür lächelte ich. »Henry, würden Sie in Ihre Zeitmaschine hüpfen und herausfinden, wer Jack the Ripper in Wirklichkeit war? Ich bin schrecklich neugierig.«

Henry nickte. »Ich mach das heute abend.«

Ich schloß die Tür und ging ins Wohnzimmer.

Meine Frau Diana legte ihre Modezeitschrift beiseite. »Wer war diese seltsame Figur?«

»Er behauptet, ein Erfinder zu sein.«

»Wirklich? Verrückt genug sieht er ja aus. Ich nehme an, er wollte dir eine Erfindung verkaufen?«

»Eigentlich nicht.«

Diana ist grünäugig und kühl, und vielleicht ist sie nicht geldgieriger und treuloser als irgendeine andere Frau, die einen um dreißig Jahre älteren Mann mit Geld heiratet. Ich bin mir über die Art unserer Beziehung völlig im klaren, stelle aber fest, daß man die Freude an einem Kunstwerk auf verschiedene Arten bezahlen muß. Und Diana ist ein Kunstwerk – ein Triumph der Natur. Ich schätze sie ebenso hoch ein wie meine Modiglianis und meine van Goghs.

»Was soll er denn erfunden haben?«

»Eine Zeitmaschine.«

Sie lächelte. »Ich habe eine ausgesprochene Schwäche für Perpetuum mobile-Maschinen.«

Ich war leicht irritiert. »Vielleicht funktioniert sie.«

Sie sah mich aufmerksam an. »Ich hoffe, du hast nicht die Absicht, dich von diesem Sonderling um dein Geld bringen zu lassen.«

»Nein, meine Liebe. Noch bin ich im Vollbesitz meiner geistigen Fähigkeiten.«

Ihre Sorge um mein Geld wäre rührend gewesen, wäre mir nicht klar geworden, daß sie es lieber für sich selbst ausgab. Henrys Chancen, etwas davon zu bekommen, waren, soweit es sie betraf, gleich Null.

Sie nahm die Zeitschrift wieder auf. »Hat er dich gebeten, sie anzuschauen?«

»Nein. Und sogar wenn er es tut, habe ich keineswegs die Absicht, der Einladung Folge zu leisten.«

Trotzdem fragte ich mich, wie Henry nur die Details jener drei Morde hatte wissen können. Daß er bei einem von ihnen zugegen gewesen war, mochte als Zufall hingehen. Aber drei?

So etwas wie eine Zeitmaschine existierte nicht. Es mußte

irgendeine andere Erklärung geben; etwas, was einem intelligenten Menschen einleuchtete.

Ich sah auf die Armbanduhr und wandte meine Aufmerksamkeit etwas anderem zu. »Ich muß noch fort, Diana. Ich bin in ein, zwei Stunden zurück.«

Ich fuhr in die Stadt zur Hauptpost und öffnete mein Schließfach. Der Brief, den ich erwartet hatte, war drin.

Ich wickle meine Geschäfte zum größten Teil über Post und Postfachnummer ab. Meine Kunden kennen meinen Namen nicht, nicht einmal dann, wenn ein persönlicher Kontakt notwendig ist.

Der Brief war von Jason Spender. Wir hatten einen kurzen Briefwechsel geführt, und Spender hatte über die Eliminierung eines gewissen Atwood verhandelt. Spender gab für seinen Wunsch keine Gründe an; sie waren, was mich betraf, auch nicht notwendig. In diesem Fall war der Grund nicht schwer zu erraten: Spender und Atwood waren Partner in einer Baufirma, und Spender wollte offensichtlich den Profit nicht mehr teilen.

Der Briefschreiber akzeptierte meine Bedingungen – fünfzehntausend Dollar – und informierte mich darüber, daß Atwood morgen abend eine Verabredung zum Abendessen hatte. Er würde, hieß es, etwa um elf Uhr wieder zu Hause sein. Falls die Polizei peinliche Ermittlungen anstellen sollte, hatte Spender für genau diese Zeit ein Alibi.

Ich fuhr weiter zum Detektivbüro Shippler und ging direkt zu Andrew Shippler.

Ich kann natürlich sein Büro nicht ständig damit beauftragen, meine Frau zu überwachen. Aber ein paarmal pro Jahr nehme ich seine Dienste vorsichtshalber für ein, zwei Wochen in Anspruch. Normalerweise genügt das.

1958 zum Beispiel entdeckte Shippler die Existenz eines gewissen Terence Reilly. Er war ausgesprochen attraktiv – blond und athletisch gebaut, der Typ, zu dem sich Diana anscheinend hingezogen fühlt –, und ich kann es Diana nicht allzusehr verübeln.

Dennoch schied Terence Reilly bald aus dieser Welt. Ich wurde für sein Ableben nicht bezahlt. Es war eine Arbeit, die aus Liebe getan worden war.

Shippler war ein plumper Mann in den Fünfzigern, der wie ein Buchhalter aussah. Er nahm ein mit der Schreibmaschine getipptes Blatt aus einer Mappe und rückte die randlose Brille zurecht. »Ihre Frau verließ Ihre Wohnung gestern zweimal. Um halb elf Uhr morgens verbrachte sie eine Stunde in einem kleinen Hutsalon. Sie kaufte schließlich einen blauen und weißen Hut und...«

»Lassen Sie die Details ruhig weg.«

Er war leicht gekränkt. »Aber Details können wichtig sein, Mister Reeves. Wir bemühen uns um absolute Gründlichkeit.« Er blickte wieder auf das Blatt. »Dann trank sie in einem Drugstore ein Strawberry-Soda und ging weiter, zu...«

Ich unterbrach ihn wieder. »Hat sie jemanden getroffen? Mit jemandem gesprochen?«

»Nun, mit dem Besitzer des Hutsalons und dem Mann im Drugstore.«

»Abgesehen von denen natürlich!« schnauzte ich ihn an.

Er schüttelte den Kopf. »Nein. Aber um halb drei Uhr nachmittags verließ sie die Wohnung wieder. Sie ging in eine kleine Cocktailbar in der Farwell Street. Dort traf sie zwei Frauen in ihrem Alter. Offensichtlich waren sie miteinander verabredet. Es stellte sich heraus, daß sie

Klassenkameradinnen im College gewesen waren und einander seit Jahren nicht mehr gesehen hatten. Mein Mitarbeiter hat das Gespräch zum größten Teil mit angehört. Sie haben über ihre ehemaligen Schulkollegen gesprochen und darüber, was sie jetzt tun.« Shippler räusperte sich. »Es scheint, daß die beiden Damen von der Tatsache höchst beeindruckt waren, daß Ihre Frau, hm, einen so vermögenden Mann eingefangen hat.«

»Und was sagte Diana?«

»Sie war äußerst zurückhaltend.« Shippler faltete die Hände. »Ihre Frau konsumierte innerhalb von zwei Stunden einen Pink Lady und einen Manhattan.«

»Die alkoholischen Präferenzen meiner Frau interessieren mich nicht. Hat sie sonst jemanden getroffen? Einen Mann?«

Shippler schüttelte den Kopf. »Nein. Zehn nach vier verabschiedete sie sich von den beiden Frauen und ging in ihre Wohnung zurück.«

Der menschliche Geist ist etwas Seltsames. Ich war – natürlich – erleichtert und dennoch ein ganz klein wenig enttäuscht.

»Sollen wir sie weiter beobachten?« fragte Shippler hoffnungsvoll.

Diesmal hatte ich Diana etwa eine Woche lang überwachen lassen. Ich sann über Shipplers Frage nach. Shippler verlangte hundert Dollar pro Tag; das war ziemlich teuer. Ich lächelte leicht. Wenn ich jetzt Henrys Zeitmaschine hätte, könnte ich eine Menge Geld sparen. »Beobachten Sie sie noch ein paar Tage lang«, sagte ich. »Ich hab noch etwas für Sie.«

»Ja?«

»Morgen abend um acht erwarte ich einen Besucher. Er

wird zehn bis zwanzig Minuten bleiben. Wenn er weggeht, möchte ich, daß Sie ihn beschatten lassen. Ich will wissen, wer er ist und wo er wohnt.« Ich gab Shippler eine Beschreibung von Henry. »Rufen Sie mich an, sobald Sie es herausgefunden haben.«

Ich ging zur Bank und hob fünftausend Dollar ab.

Am nächsten Abend um sieben ging Diana ins Kino. Das sagte sie zumindest. Ich würde später herausfinden, ob sie die Wahrheit gesagt hatte.

Henry kam pünktlich um acht; ich führte ihn in mein Arbeitszimmer, und er nahm Platz.

»Er war Angestellter in einer Importfirma.«

»Wer?« fragte ich.

»Jack the Ripper. Ein schüchtern aussehender Mann. Anfang vierzig, schätze ich. Anscheinend war er Junggeselle und wohnte bei seiner Mutter.«

Ich lächelte. »Wie interessant. Wie war sein Name?«

»Das hab ich noch nicht herausgekriegt. Sehen Sie, die Leute gehen nicht mit einem Schild um den Hals herum, und es kann schwierig sein, herauszufinden, wer sie eigentlich sind.«

Er hätte für diesen Jack the Ripper leicht irgendeinen Namen erfinden können. Aber das war im Grunde schlauer von ihm, und logisch war es auch.

Henry sagte: »Haben Sie die fünftausend Dollar?«

»Ja.« Ich nahm das Bündel Scheine und reichte es ihm.

Er stand auf. »Ich glaube, ich werde heute abend zum Custer-Massaker* zurückgehen. Ich finde Geschichte faszinierend.«

* Der amerikanische Offizier G. A. Custer fiel 1876 in einem Gefecht mit den Sioux mit seiner ganzen Abteilung von 250 Mann.

Mir blieb nur ein Trost: Wenn die Zeit gekommen war, ihn zu töten, würde ich jeden Augenblick genießen.

Als er weg war, setzte ich mich neben das Telefon und wartete ungeduldig. Um halb zehn läutete es, und ich hob schnell den Hörer ab.

»Hier Shippler.«

»Nun, wo wohnt er?«

Shipplers Stimme klang entschuldigend. »Ich fürchte, mein Mitarbeiter hat ihn aus den Augen verloren.«

»Was?«

»Er stieg von einem Bus in den anderen um und verschwand schließlich. Ich glaube, er hat gemerkt, daß er observiert wurde.«

»Sie blöder Trottel!«

»Ich muß schon bitten, Mister Reeves«, sagte Shippler steif. »Der blöde Trottel ist mein Mitarbeiter, nicht ich.«

Ich hängte auf und schenkte mir einen Bourbon ein. Diesmal hatte mich Henry getäuscht, aber es würde andere Gelegenheiten geben. Er würde wiederkommen. Erpresser sind nie zufrieden.

Ich sah auf die Uhr und stellte fest, daß ich heute abend noch etwas vorhatte. Ich zog meinen Mantel an, setzte meinen Hut auf und ging hinunter in die Garage, die zur Wohnung gehörte.

Charles Atwoods Haus war groß und von einem ungefähr ein Hektar großen, bewaldeten Grundstück umgeben. Die Lage gefiel mir, weil sie ein Höchstmaß an Deckung bot.

Das Haus war dunkel, abgesehen von den Lichtern im dritten Stock, wo wahrscheinlich die Dienstboten untergebracht waren.

Atwoods Garage – mit Platz für drei Autos – war vom

Haus getrennt. Ich bezog Stellung hinter einer Gruppe von Bäumen in der Nähe der Garage und wartete.

Viertel nach elf bog ein Wagen in die Einfahrt ein und fuhr in Richtung Garage. Der Wagen stoppte kurz, während die automatischen Türen in die Höhe glitten. Dann verschwand er in der Garage.

Dreißig Sekunden später öffnete sich eine Seitentür. Ein großer Mann trat ins Mondlicht und ging auf das Haus zu.

Ich hatte meinen Revolver plus Schalldämpfer parat und wartete, bis der Mann auf fünf Meter an mich herankam, bevor ich die Deckung verließ.

Atwood blieb mit einem Ausruf des Erschreckens stehen, als er mich sah.

Ich drückte ab, und Atwood fiel geräuschlos zu Boden. Ich überzeugte mich davon, daß er tot war – ich halte nichts von halben Sachen, was die Arbeit betrifft – und ging dann durch den Wald zu der Straße zurück, wo ich mein Auto geparkt hatte.

Der Auftrag war ein voller Erfolg gewesen. Zum erstenmal in sechsunddreißig Stunden fühlte ich mich mit der Welt einigermaßen in Frieden.

Kurz vor Mitternacht kam ich in meine Wohnung zurück und entspannte mich, als das Telefon läutete.

Es war Henry. »Wie ich sehe, haben Sie heute abend wieder jemanden umgebracht«, meinte er fröhlich.

Meine Hände waren feucht.

»Als ich nach Hause kam«, sagte Henry, »stieg ich in meine Zeitmaschine und drehte sie auf die Uhrzeit zurück, zu der ich Ihre Wohnung verließ. Ich wollte sehen, ob Sie versucht hatten, mir zu folgen. Ich muß vorsichtig sein, wissen Sie. Schließlich habe ich es mit einem Mörder zu tun.«

Ich schwieg.

»Sie sind mir nicht gefolgt. Aber Sie verließen Ihre Wohnung, und ich folgte Ihnen in meiner Maschine, aus Neugierde.«

Diese teuflische Zeitmaschine! War es die Möglichkeit?

»Ich frage mich nur eins«, sagte Henry. »War das der Mann, den Sie umbringen sollten? – Ich meine, der, den Sie umgebracht haben.«

Worauf wollte er hinaus?

»Es waren nämlich zwei Männer im Auto«, sagte Henry.

»Zwei?« entschlüpfte es mir.

»Ja. Sie haben den ersten erschossen, als er die Garage verließ. Der zweite kam erst etwa fünfundvierzig Sekunden später heraus.«

Ich schloß die Augen. »Hat er mich gesehen?«

»Nein. Da waren Sie schon weg. Er beugte sich über den Mann, den Sie erschossen haben, und rief: ›Fred, Fred!‹«

Ich schwitzte eindeutig. »Henry, ich möchte Sie sehen.«

»Warum?«

»Ich kann am Telefon nicht darüber reden. Aber ich muß Sie sehen.«

In seiner Stimme lag Zweifel. »Ich weiß nicht recht.«

»Es bedeutet Geld. Eine Menge Geld.«

Er überlegte. »Gut«, sagte er schließlich. »Morgen? Um acht?« So lange konnte ich nicht warten. »Nein. Jetzt gleich. Sobald Sie können.«

Henry brauchte noch ein paar Sekunden zum Nachdenken. »Keine Tricks, jetzt, Mister Reeves«, sagte er. »Ich bin auf alles gefaßt.«

»Keine Tricks, Henry. Ich schwöre es. Kommen Sie sobald wie möglich her.«

Er kam eine Dreiviertelstunde später. »Worum geht's, Mister Reeves?«

Ich hatte getrunken – nicht übermäßig, aber ich fand, daß es meine Intelligenz schmerzte, eine solche Idee zu akzeptieren. Und ich war drauf und dran, sie zu akzeptieren. »Henry«, sagte ich zu ihm. »Ich möchte Ihre Maschine kaufen. Falls sie wirklich funktioniert.«

»Ja, sie funktioniert.« Er schüttelte den Kopf. »Aber ich verkaufe sie nicht.«

»Hunderttausend Dollar, Henry.«

»Ausgeschlossen.«

»Hundertfünfzigtausend.«

»Es ist meine Erfindung«, sagte Henry verdrießlich. »Ich denke gar nicht daran, sie herzugeben.«

»Sie könnten eine andere bauen, oder?«

»Nun... ja.« Er musterte mich mißtrauisch.

»Henry, Sie glauben doch nicht etwa, daß ich Zeitmaschinen in Massenproduktion herstellen lasse, sobald ich Ihre habe? Daß ich sie anderen Leuten verkaufe?«

Sein Gesichtsausdruck verriet, daß er das offensichtlich annahm.

»Henry«, sagte ich geduldig. »Daß jemand anders die Maschine in die Finger kriegt, ist das letzte, was ich will. Schließlich bin ich ein Mörder. Mir würde es gar nicht in den Kram passen, wenn andere Leute in der Vergangenheit herumwühlen. Vor allem wenn es meine Vergangenheit ist. Na, würde mir das gefallen?«

»Nein«, gab er zu. »Jemand anders könnte Sie der Polizei übergeben wollen. Solche Leute gibt's.«

»Zweihunderttausend Dollar, Henry«, sagte ich.

»Mein letztes Angebot.« Tatsächlich spielte Geld für mich jetzt keine Rolle. Mit Henrys Maschine konnte ich Millionen machen, vorausgesetzt, daß sie funktionierte.

Seine Augen begannen listig zu funkeln. »Zweihundertfünfzigtausend. Das oder gar nichts.«

»Henry, Sie sind ein Pfennigfuchser. Aber ich akzeptiere Ihren Preis. Ich muß aber sicher sein, daß die Maschine funktioniert. Wann kann ich sie sehen?«

»Ich werde auf Sie zukommen«, sagte er argwöhnisch. »Morgen, übermorgen, vielleicht in einer Woche.«

»Warum nicht gleich jetzt?«

Er schüttelte den Kopf. »Nein. Sie sind sehr schlau, Mister Reeves. Vielleicht haben Sie sich für diesen Moment eine Falle ausgedacht. Ich ziehe es vor, Zeitpunkt und Bedingungen selbst festzulegen.«

Es gelang mir nicht, ihn von seinem Entschluß abzubringen; fünf Minuten später verabschiedete er sich.

Ich stand um sieben Uhr früh auf und ging hinunter, um eine Zeitung zu kaufen. Ich hatte wirklich den Falschen getötet. Einen gewissen Fred Turley. Ich hatte nicht einmal gewußt, daß es ihn gab.

Atwood und Turley waren gemeinsam vom Abendessen und einem Kartenabend zurückgekommen und in die Garage gefahren. Turley war durch die Seitentür herausgekommen, aber Atwood war zurückgeblieben, um sein Auto abzuschließen. Dann hatte er gesehen, daß seine Aktentasche noch auf dem Rücksitz lag. Nachdem er sie geholt, das Auto abgeschlossen und die Garage verlassen hatte, sah er den toten Turley auf dem Weg liegen, der zum Haus führte. Er dachte zunächst, Turley hätte so etwas wie einen Schlaganfall erlitten. Als er schließlich entdeckte, was wirklich mit ihm los war, hatte er Lärm geschlagen. Die Polizei fand keine Spur, weder was die Identität des Mörders noch was das Motiv anging.

Ich ertappte mich dabei, wie ich den ganzen Morgen sorgenvoll in der Wohnung auf und ab ging und auf Henrys Anruf wartete. Ich blätterte ein halbes Dutzend Mal die Zeitung durch, bevor mein Blick auf eine Notiz im Lokalteil fiel.

Wie es schien, hatte irgendein Idiot wieder einmal eine ›Geldmaschine‹ gekauft.

Diese Art Schwindel war wahrscheinlich so alt wie das Geld selbst. Das Opfer wurde von einem Fremden angesprochen, der behauptete, eine Geldmaschine zu besitzen. Man steckte einfach einen Dollar hinein, drehte die Kurbel, und am anderen Ende kam ein Zwanzigdollarschein heraus. In diesem Fall hatte das Opfer die Maschine für fünfhundert Dollar gekauft. Der Fremde hatte behauptet, er sei gezwungen, die Maschine zu verkaufen, weil er Bargeld brauche.

Die Leute sind unglaubliche Idioten!

Konnte das Opfer nicht die fundamentale Intelligenz aufbringen, die notwendig war, um zu merken, daß der Fremde, wenn die Maschine wirklich echt war, nichts anderes zu tun brauchte, als an der Kurbel zu drehen und fünfundzwanzig Dollar in fünfhundert zu verwandeln?

Ja, die Leute sind wirklich enorm...

Ich las den Artikel noch einmal durch und ging dann zur Hausbar hinüber. Nach zwei Bourbons erlaubte ich mir, mich in der Sonne meiner wiederkehrenden geistigen Gesundheit zu wärmen.

Ich wäre Henry um ein Haar in die Falle gegangen. Ich war, wie ich widerstrebend zugab, ein ganz klein wenig dumm gewesen.

Ich lächelte. Immerhin ... es konnte ein ziemlich amüsantes Abenteuer sein, Henrys Zeitmaschine in Augenschein zu nehmen und zu sehen, wie er mich davon überzeugen wollte, daß sie funktionierte.

Henry kam um ein Uhr nachmittags zu mir in die Wohnung. Er wirkte mitgenommen. »Entsetzlich«, murmelte er. »Entsetzlich.«

»Was ist entsetzlich?«

»Das Custer-Massaker.« Er wischte sich die Stirn mit seinem Taschentuch ab. »Ich muß solche Dinge in Zukunft vermeiden.«

Beinahe hätte ich gelacht. Eine ziemlich hübsche Geste. Henry war der geborene Schauspieler. »Und jetzt gehen wir Ihre Maschine anschauen?«

Henry nickte. »Ich denke ja. Wir nehmen Ihren Wagen. Meiner ist in der Garage; er wird repariert.«

Wir waren etwa eineinhalb Kilometer gefahren, als er mir befahl, an den Straßenrand zu fahren. Ich sah mich um. »Wohnen Sie hier?«

»Nein. Aber von jetzt an fahre ich. Ich verbinde Ihnen die Augen, und Sie legen sich auf den Rücksitz.«

»Ach, hören Sie auf, Henry!«

»Es ist absolut notwendig, wenn ich Sie zu der Maschine bringen soll«, sagte Henry beharrlich. »Ich muß Sie auch untersuchen, um sicher zu sein, daß Sie keine Waffe bei sich haben.«

Ich hatte keine Waffe bei mir, und Henrys Augenbinde erwies sich als schwarze Kapuze, die er mir über den Kopf zog und hinten am Hals mit Bändern befestigte.

»Ich werde Sie durch den Rückspiegel beobachten«, warnte mich Henry. »Wenn ich sehe, daß Sie die Kapuze berühren, können Sie das Ganze vergessen.«

Ich versuchte mechanisch, mich an die Kurven zu erinnern, die Henry beim Fahren nahm, und bemühte mich auch, Geräusche zu identifizieren, die mir einen Hinweis darauf geben konnten, wo er mich hinfuhr. Diese Aufgabe erwies sich jedoch als zu kompliziert. Ich entspannte mich schließlich, so gut ich eben konnte, und wartete auf das Ende der Fahrt.

Nach einer Stunde fuhr das Auto endlich langsamer und hielt. Henry verließ seinen Platz hinter dem Lenkrad, und ich hörte das Geräusch von Garagentüren, die geöffnet wurden. So hörte es sich wenigstens an. Henry kam zum Auto zurück. Wir fuhren etwa fünf Meter weiter.

Die Türen wurden geschlossen, und ich hörte, wie ein Lichtschalter betätigt wurde.

»Hier sind wir«, sagte Henry. »Ich nehme Ihnen jetzt die Kapuze ab.«

Wie ich vermutet hatte, waren wir in einer Garage. Aber alle Fenster waren mit Sperrholzplatten vernagelt worden, und an der Decke brannte eine einzige elektrische Birne. Eine schwere Eichentür war links in die aus Zementbausteinen bestehende Mauer eingelassen.

Henry brachte einen Revolver zum Vorschein.

Ein furchtbarer Gedanke ergriff von mir Besitz. Was für ein Narr ich gewesen war! Ich hatte mich blind – im wörtlichen und im übertragenen Sinn – hierherlocken lassen. Und nun war Henry aus Gründen, die ich nicht kannte, drauf und dran, mich zu töten!

»Henry«, begann ich. »Ich bin sicher, wir können darüber sprechen und zu einem Arrangement...«

Er schwenkte die Waffe. »Das ist nur eine Vorsichtsmaßnahme. Falls Sie auf dumme Gedanken kommen sollten.«

Henry brachte einen Schlüssel zum Vorschein und ging zu der Eichentür. »Das war früher eine Garage für zwei Autos, aber ich habe sie zweigeteilt. Die Zeitmaschine ist hier drin.« Er schloß die Tür auf und knipste die Deckenbeleuchtung an.

Henrys Zeitmaschine war ziemlich genau so, wie ich sie mir vorgestellt hatte; ein Metallstuhl mit spärlicher Lederpolsterung und ein breiter, spiegelblanker Aluminiumschirm dahinter. Dazu eine Reihe von Hebeln, Skalenscheiben und Knöpfen auf einem Schaltbrett, das mit der Plattform verbunden war, auf der der Stuhl stand.

Der Raum war fensterlos und alle vier Wände waren aus solidem Zement, abgesehen von drei etwa in Schulterhöhe befindlichen vergitterten Ventilatoren. Der Boden bestand aus Beton und die Decke aus Gips.

Ich lächelte. »Henry, Ihre Maschine sieht fast wie ein elektrischer Stuhl aus.«

»Ja«, meinte er nachdenklich, »sie sieht wirklich fast so aus, nicht?«

Ich starrte ihn an. Konnte er so heimtückisch gewesen sein, daß er tatsächlich ... Wieder betrachtete ich die Maschine. »Ich möchte natürlich eine Demonstration. Wie funktioniert sie?«

»Setzen Sie sich in den Stuhl, und ich zeige Ihnen, welche Hebel Sie ziehen müssen.«

Der Apparat sah einem elektrischen Stuhl *wirklich* sehr ähnlich. Ich räusperte mich. »Ich habe eine bessere Idee, Henry. Angenommen, *Sie* machen eine Fahrt mit dem Stuhl. Ich bleibe hier stehen und warte, bis Sie wieder zurückkommen.«

Henry überlegte. »Gut. Aber Sie müssen hinausgehen.«

Aha, dachte ich.

»Wenn ich nämlich die Maschine starte«, sagte Henry, »entstehen ziemliche Turbulenzen um mich herum. Deshalb mußte ich diesen Raum so solide machen. Ich habe Ventilatoren installiert, die einen Teil der Turbulenzen eliminieren, aber ich bin nicht ganz sicher, wie gut sie funktionieren. Ich habe keine Ahnung, was mit Ihnen passieren könnte, wenn Sie hier drinbleiben.«

Ich lächelte. »Weil ich eventuell verletzt werden könnte? Oder getötet?«

»Genau. Wenn Sie also hinausgehen und die Türe schließen, werde ich anfangen. Und noch eine Vorsichtsmaßnahme: Wenn ich zurückkomme, dürfen Sie auch nicht im Zimmer sein.«

Ich kicherte beim Hinausgehen in mich hinein und machte die Tür hinter mir zu. Ich zündete mir eine Zigarre an und wartete amüsiert.

Was dann geschah, war höchst eindrucksvoll. Zuerst war ein dumpfes Wimmern zu hören, als startete ein Generator. Allmählich wurde der Ton höher, und dann kam ein Dröhnen, das sich mit dem auf- und abschwellenden Heulen eines stürmischen Windes vermengte. Es nahm an Umfang zu und hielt etwa eine Minute lang an.

Dann hörte es plötzlich auf, und es herrschte absolute Stille. Ja, dachte ich. Im großen und ganzen eine gute Show. Aber das mußte es ja wohl sein, wenn Henry zweihundertfünfzigtausend Dollar aus mir herausholen wollte.

Ich ging zur Tür und öffnete sie.

Der Raum war leer!

Ich stand mit offenem Mund da. Das war doch ausgeschlossen! Die einzige Möglichkeit, das Zimmer zu verlassen, war durch die Tür, durch die ich soeben hereingekommen war, und auch die war eindeutig zu eng, um den

Stuhl durchzuschieben. Die einzigen anderen Öffnungen waren die drei vergitterten Ventilatoren, und die maßen nicht einmal einen halben Quadratmeter!

Plötzlich schwoll das Wimmern wieder an. Starke Strömungen wirbelten durch den Raum, und ich rang nach Luft, als ich hinausstürzte und die Tür hinter mir zuschlug.

Der Lärm wurde ohrenbetäubend. Dann brach er plötzlich ab, so abrupt wie zuvor.

Die Tür ging auf, und Henry kam heraus. Hinter ihm konnte ich die Zeitmaschine sehen, die wieder an ihrem Platz stand.

Henry sah nachdenklich aus. Schließlich schüttelte er den Kopf. »Kleopatra war nicht einmal attraktiv«, sagte er zu mir.

Mein Herz klopfte noch immer. »Sie waren nur ein, zwei Minuten weg.«

Er machte eine wegwerfende Handbewegung. »In einem bestimmten Zeitsinn schon. Aber in Wirklichkeit verbrachte ich eine Stunde auf ihrer Barke.« Er kam in die Gegenwart zurück. »Können Sie zweihundertfünfzigtausend Dollar auftreiben?«

Ich nickte schwach. »Es wird ein, zwei Wochen dauern.« Ich wischte mir den Schweiß von der Stirn. »Henry, ich muß eine Fahrt mit dem Stuhl machen!«

Henry runzelte die Stirn. »Ich habe darüber nachgedacht, Mister Reeves. Nein. Sie könnten meine Erfindung stehlen.«

»Aber wie? Müßte ich nicht hierher zurückkommen?«

»Nein. Sie könnten in die Vergangenheit reisen und dann an irgendeinen Ort auf der Welt zurückkommen. Vielleicht Tausende Kilometer von hier.«

Er zog einen kleinen Schraubenschlüssel aus der Tasche und begann ein Stück vom Schaltbrett abzuschrauben.

»Was machen Sie da?«

»Ich nehme ein paar Haupttransistoren heraus. Ich denke, ich werde sie bei mir behalten: Wenn jemand meine Zeitmaschine stehlen sollte, könnte er nichts damit anfangen.«

Henry fuhr mich zu meiner Wohnung zurück, wobei er die gleichen Vorsichtsmaßregeln anwendete. Dann ließ er mich allein.

Wir in Amerika scheinen ein schlechtes Gewissen zu haben, wenn wir alte Autonummernschilder wegwerfen, und Henry machte da keine Ausnahme. Vier Sets von alten Nummernschildern waren an die Garagenmauer genagelt gewesen, und zwei davon hatte ich auswendig gelernt.

Ich rief Shippler an. »Können Sie die Besitzer von Autonummernschildern ausfindig machen?«

»Ja, Mister Reeves. Ich habe Beziehungen zum Kongreß.«

Ich gab ihm die Nummern durch. »Die erste ist eine 1958er Nummer, die andere eine 1949er. Ich brauche Namen und Adresse des Wagenbesitzers so schnell wie möglich. Rufen Sie mich an, sobald Sie die Information haben.«

Ich wollte schon aufhängen.

»Oh, Mister Reeves... Wir haben den Rapport von gestern über Ihre Frau. Soll ich ihn durchgeben?«

Das hatte ich ganz vergessen. »Nun?«

»Sie verließ die Wohnung gestern um halb elf. Im Drugstore kaufte sie Orangenholzstäbchen und Nagellack.«

»Welcher Farbton?« fragte ich trocken.

»Sommerrose«, sagte er stolz. »Dann ging sie zu...«

»Lassen Sie's gut sein. Hat sie sich mit jemandem getroffen?«

»Nein, Sir. Sie sprach nur mit der Angestellten vom Drugstore. Aber abends um drei nach sieben verließ sie Ihre Wohnung ein zweites Mal. Sie traf eine Freundin namens Doris. Mein Mitarbeiter hörte, wie Doris von ihren Zwillingen sprach.«

Ich seufzte.

»Sie gingen ins Kino und kamen um halb zwölf wieder heraus.«

Ich würde ihn nicht nach dem Titel des Films fragen. »Ist das alles?«

»Ja, Sir. Sie kam um elf Uhr sechsundfünfzig in Ihre Wohnung zurück. Der Titel des Films...«

Ich hängte auf und machte mir einen Whisky-Soda.

Die Idee einer Zeitmaschine war unvorstellbar. Aber war sie das wirklich? Schließlich wissen wir alle, daß es eine vierte Dimension gibt. Und die Raumfahrer werden in Zukunft vielleicht eine solche Raumdimension verwenden müssen, um auf Planeten zu landen, die nach dem heutigen Zeitbegriff materiell unerreichbar sind.

Diana kam mit ihrem Manikürzeug herein. »Du siehst nachdenklich aus.«

»Ich habe über allerhand nachzudenken.«

»Hat es wieder mit dem Mann zu tun, der hier war? Mit diesem Erfinder?«

Ich nippte an meinem Whisky. »Angenommen, ich würde dir sagen, daß seine Zeitmaschine funktioniert?«

Sie begann ihre Nägel zu bearbeiten. »Ich hoffe, du hast dich nicht bluffen lassen.«

Auf einer der Flaschen neben ihr stand ›Sommerrose‹. »Und warum sollte es keine Zeitmaschine geben?«

»Sag bloß, er hat dich überzeugt?«

Ich fühlte mich ein bißchen in Verteidigungsstellung. »Vielleicht.«

Sie lächelte. »Hat er dich um Geld gebeten?«

Ich sah ihr zu, wie sie Nagellackentferner benutzte. »Wieviel ist eine Zeitmaschine deiner Ansicht nach wert?«

Sie zog eine Braue hoch.

Ich erhob die Hand. »Laß uns nur einmal annehmen, daß es so etwas gibt. Wieviel würdest *du* dafür bezahlen?«

Sie prüfte ihre Nägel. »Vielleicht tausend oder zweitausend. Es könnte ein amüsantes Spielzeug sein.«

»Ein *Spielzeug*?« Ich lachte. »Meine Liebe, ist dir die ungeheure Tragweite einer solchen Maschine eigentlich klar? Du könntest in die Vergangenheit zurückgehen und jedes Geheimnis aufdecken.«

Sie sah auf. »Und es vielleicht mit simpler Erpressung versuchen?«

»Meine liebe Diana, nicht mit *simpler* Erpressung, sondern mit erweiterter, verdoppelter, vierfacher! Kein Landesgeheimnis wäre mehr vor Entdeckung sicher. Du könntest deine Dienste für Millionen der Regierung – irgendeiner Regierung – verkaufen.«

Sie sah wieder auf. »Würdest du das tun, wenn du so eine Maschine hättest? Sie für Erpressungen verwenden?«

Ich hatte mich hinreißen lassen. Ich lächelte. »Reine Phantasie, meine Liebe.«

Ihre Augen sahen mich forschend an. »Mach keinen Unsinn.«

»Meine Liebe, ich bin der vorsichtigste Mann der Welt.«

Ich kam zu der Überzeugung, daß ich in der nächsten Stunde nicht von Shippler hören würde und ging zum Postamt.

Ich hatte einen Brief von Spender bekommen. Er war sehr enttäuscht, weil ich Turley statt Atwood umgebracht hatte. Er hatte mit Turley ein paarmal Golf gespielt; er würde ihm fehlen.

Er riet mir, entweder die fünfzehntausend Dollar zurückzugeben oder meinen Auftrag zu erledigen.

Shippler rief um halb vier an.

»Beide Nummernschilder gehören der gleichen Person«, sagte er. »Einem gewissen Henry Pruitt. Er wohnt in 2349 West Headley. In dieser Stadt.«

Ich wartete an diesem Abend bis zehn, nahm dann meine Taschenlampe, ein Zentimetermaß und den Ring mit den Spezialschlüsseln aus dem Wandsafe und ging zu meinem Wagen hinunter.

Henrys Haus lag in einem spärlich beleuchteten Stadtviertel. Zu beiden Seiten des Hauses befanden sich unbebaute Grundstücke. Es war ein zweistöckiges, aber relativ kleines Gebäude. Neben der Straße stand eine Garage.

Ich parkte den Wagen etwa dreißig Meter weiter unten und zündete mir eine Zigarre an. Um elf ging das Licht im Wohnzimmer aus und ein paar Augenblicke später wurde es oben hell, wahrscheinlich im Schlafzimmer.

Zehn Minuten später war es auch oben dunkel.

Ich wartete noch eine halbe Stunde und ging dann über die mit Abfall bedeckten Grundstücke zur Garage. Es war ursprünglich eine ganz normale Garage für zwei Autos gewesen, aber jetzt war die Türe links durch eine solide Zementmauer ersetzt worden. Ich konnte nicht in die rechte Abteilung hineinsehen, weil, wie ich vorhin bemerkt hatte, die Fenster mit Sperrholz vernagelt worden waren. Henry hielt, was seine Erfindung betraf, absolute Geheimhaltung ganz offensichtlich für notwendig.

Ich maß die Außenseite der Garage, die Höhe, Breite und Länge. Dann nahm ich den Schlüsselring aus der Tasche; nach ein paar Versuchen gelang es mir, die Tür zu öffnen. Ich ging hinein, machte die Tür hinter mir zu und knipste die Taschenlampe an.

Ja, das war der Ort, an dem ich heute nachmittag gewesen war. Die vier Paar Nummernschilder, die an die Wand genagelt waren, die Werkbank ganz unten und links die Tür, die zu der Zeitmaschine führte.

Ich schaltete die Deckenbeleuchtung ein.

Die Tür zum nächsten Raum war ebenfalls versperrt, aber das war kein Problem für mich. Ich schaltete das Licht ein; mir war ziemlich ängstlich zumute.

Ja, da war sie. Die Zeitmaschine!

Einen Augenblick lang durchzuckte mich die Idee, sie zu stehlen. Aber dann fiel mir ein, daß Henry einen Teil der Kontrollvorrichtungen bei sich hatte. Außerdem: Wie würde ich sie aus dem Zimmer transportieren? Der Türeingang war offensichtlich zu klein.

Übrigens: Wie hatte Henry die Maschine *hineingebracht*?

Ich dachte darüber nach und kam zu dem Schluß, daß Henry die Maschine in Einzelteile zerlegt und sie in der Garage selbst montiert haben mußte.

Was mir wirklich Sorgen machte, war die Frage, wie es ihm gelungen war, die Maschine heute nachmittag aus dem Zimmer zu bringen.

Um das herauszufinden, war ich hier.

Ich begann damit, die Wände zu untersuchen. Ich nahm

die Maße des Raums und der ganzen Innenseite der Garage. Meine Berechnungen zeigten, daß es keine Geheimfächer, keine falschen Hohlräume gab. Ich untersuchte die Ventilatorgitter aufs gründlichste. Ich versuchte sie durch Schütteln loszumachen, aber sie waren sicher festgeschraubt. Ohne einen gewissen Zeit- und Arbeitsaufwand konnten sie nicht entfernt werden. Ich untersuchte den Fußboden. Er war aus solidem Zement.

Es gab noch eine Möglichkeit, nämlich die Zimmerdecke. Vielleicht hatte Henry irgendeine Vorrichtung – ein paar Flaschenzüge? –, die die Maschine im Nu in einer Spalte im Plafond verschwinden lassen würde.

Ich holte eine Trittleiter aus dem anderen Raum und untersuchte die ganze Zimmerdecke mit peinlicher Sorgfalt. Der Gips war alt und ein bißchen rußig, aber es war nicht ein einziger Sprung zu sehen, der darauf hingewiesen hätte, daß es da oben irgendein Geheimfach gab.

Ich stieg die Leiter hinunter und merkte, daß ich zitterte. Es gab keinen wie immer gearteten Ausweg aus diesem Raum. Überhaupt keinen.

Außer man benutzte die Zeitmaschine!

Erst nach zehn Minuten fand ich meine Sicherheit wieder. Ich schaltete das Licht aus und sperrte beide Türen hinter mir zu.

Am nächsten Morgen begann ich mein Kapital zu Bargeld zu machen.

Shippler rief am Nachmittag an, um seinen Tagesbericht durchzugeben.

»Mrs. Reeves hat gestern nachmittag an einer Kartenpartie im Hause dieser Doris teilgenommen. Ich habe ihren Familiennamen herausgefunden. Er ist Weaver. Die Zwillinge heißen . . .«

»Himmelnochmal! Es ist mir egal, wie die verdammten Zwillinge heißen!«

»Tut mir leid. Ihre Frau ging um vier Uhr sechsunddreißig von dort weg. Sie hielt sich kurz in einem Supermarkt auf und kaufte vier Lammkoteletts und zwei Pfund...«

»Sie ging für den Koch einkaufen!« tobte ich. »Also, haben Sie irgendwas Wichtiges?«

»Nichts wirklich Wichtiges, glaube ich.«

»Dann schicken Sie mir Ihre Rechnung. Ich brauche Sie nicht mehr.«

»Nun, wenn Sie mich wieder brauchen sollten«, sagte Shippler freundlich, »dann wissen Sie ja, wo wir zu finden sind. Und herzliche Glückwünsche.«

»Glückwünsche? Wozu?«

»Nun... zu der... äh... zu der Treue Ihrer Frau... diesmal, meine ich.«

Ich hängte auf.

Nein. Ich würde Shippler nicht mehr brauchen. Wenn ich überhaupt etwas über Diana herausfinden wollte, so würde ich das bald ganz allein tun können.

Meine Gedanken wanderten zu Henry. Er konnte zweifellos eine neue Zeitmaschine konstruieren, aber das konnte ich nicht zulassen. Wenn sich meine Pläne verwirklichen sollten, mußte ich das Monopol darauf haben. Henry mußte verschwinden, und ich würde dafür sorgen, sobald ich im Besitz der Maschine war.

Ende der Woche hatte ich die zweihundertfünfzigtausend Dollar in bar. Es reizte mich, Henry anzurufen, aber ich hatte Angst, er würde völlig kopfscheu werden, wenn er wußte, daß ich entdeckt hatte, wer er war.

Es vergingen noch drei qualvoll lange Tage, bis Henry endlich an meiner Wohnungstür klingelte.

Ich zog ihn rasch hinein. »Ich habe das Geld. Alles.«

Henry kratzte sich hinterm Ohr. »Ich weiß wirklich nicht, ob ich die Maschine verkaufen soll.«

Ich starrte ihn an. »Zweihundertfünfzigtausend Dollar. Es ist alles, was ich besitze. Ich werde keinen einzigen Cent mehr bezahlen.«

»Es ist nicht das Geld. Ich weiß nur nicht, ob ich das wirklich tun soll.«

Ich öffnete den Koffer. »Schauen Sie sich's an, Henry. Zweihundertfünfzigtausend Dollar. Wissen Sie, was man mit soviel Geld anfangen kann? Sie können Dutzende von Zeitmaschinen bauen. Sie können sie vergolden. Sie können sie mit Juwelen besetzen.«

Er sagte immer noch nichts.

»Henry«, sagte ich streng. »Wir haben einen Handel abgeschlossen, nicht wahr? Sie können das nicht einfach rückgängig machen.«

Henry seufzte schließlich. »Wahrscheinlich nicht. Aber ich glaube immer noch, daß ich einen Fehler mache.«

Ich rieb mir die Hände. »Also, gehen wir zu meinem Wagen hinunter, und Sie können mir die Augen verbinden und mich zu Ihrem Haus bringen.«

»Augen verbinden ist jetzt nicht notwendig«, sagte Henry verdrossen. »Wenn Sie die Zeitmaschine bekommen, können Sie ohnehin selber herausfinden, wer ich bin und wo ich wohne.«

Wie wahr. Henry hatte keine Chance mehr.

Die Fahrt zu Henrys Garage kam mir endlos vor, aber schließlich standen wir drin. Henry fummelte mit den Schlüsseln für den Raum nebenan herum, und ich erlag beinahe dem Drang, sie ihm zu entreißen und die Sache selbst zu erledigen.

Schließlich hatte er die Tür aufgekriegt und knipste die Deckenbeleuchtung an.

Die Maschine war da. Schön und glänzend. Und gehörte jetzt mir.

Henry nahm das Bedienungssystem aus der Tasche und schraubte es fest. Er nahm ein Blatt Papier aus der Brusttasche. »Hier sind die Anweisungen. Verlieren Sie sie nicht, sonst bleiben Sie irgendwo in der Zeit hängen. Noch besser: Lernen Sie sie auswendig.«

»Kann sein, daß Sie beim erstenmal nicht das genaue Datum erwischen, das Sie haben wollten«, sagte Henry. »Es ist wegen des Kalenderwechsels. Außerdem findet man, sobald man mehr als fünfhundert Jahre zurückgeht, in der Geschichte alle möglichen Irrtümer. Sie können sich der Zeit aber in etwa annähern und dann mit dieser Feinabstimmung ganz genau...«

»Hören Sie mit Ihrem Geschwätz auf und verschwinden Sie!« fuhr ich ihn an. »Ich kann Gebrauchsanweisungen ebensogut lesen wie jeder andere.«

Henry war ein bißchen beleidigt, aber er verließ den Raum und machte die Tür hinter sich zu.

Ich setzte mich in den Stuhl und las die mit der Maschine geschriebenen Anweisungen. Sie waren lächerlich einfach. Trotzdem las ich sie ein zweites Mal durch und schob dann das Blatt in die Tasche.

Wohin würde ich also jetzt fahren?

Ich probierte die Schalter aus.

Ja. Ich hatte es. Die Silvesterparty bei den Lovells. Diana war um halb elf verschwunden, und ich hatte sie erst im Jahre 1960 um zwei Uhr früh wiedergesehen. Sie hatte mir für ihre Abwesenheit nie eine befriedigende Erklärung gegeben.

Ich stellte den Zeitschalter und Richtungsanzeiger ein. Ich kannte zwar die genaue Entfernung von hier zu den Lovells nicht, aber ich würde die direkt unter dem Kilometerzähler befindliche Feinabstimmung betätigen, sobald ich unterwegs war.

Ich zögerte einen Augenblick, holte tief Luft und drückte auf den roten Knopf.

Ich wartete.

Es geschah nichts.

Ich runzelte die Stirn und drückte abermals auf den Knopf. Nichts.

Ich nahm den Zettel aus der Tasche und las in fieberhafter Eile die Anweisungen noch einmal durch. Nein, ich hatte nichts falsch gemacht.

Und auf einmal wußte ich es. Das Ganze war ein Schwindel gewesen.

Ich sprang aus dem Stuhl und stürzte zur Tür.

Sie war versperrt.

Ich hämmerte mit den Fäusten dagegen und rief Henrys Namen. Ich fluchte und kreischte, bis ich heiser war.

Die Tür blieb verschlossen.

Ich gewann einen Teil meiner Selbstbeherrschung zurück und stürzte zu der Zeitmaschine hin. Ich riß einen Teil der Röhren los und lief wieder zur Tür.

Das Stück Rohr war aus Aluminium und verdammt leicht und biegsam. Ich brauchte über fünfundvierzig Minuten, bis es mir gelang, die Stifte aus den Türangeln herauszutreiben und den Raum zu verlassen.

Unter dem Scheibenwischer meines Autos fand ich einen Briefumschlag. Ich riß ihn auf.

Die maschinengeschriebenen Seiten waren – natürlich – für mich bestimmt.

Mein lieber Mister Reeves,

Ja, Sie sind gründlich hineingelegt worden. So etwas wie eine Zeitmaschine gibt es nicht.

Wahrscheinlich könnte ich es dabei bewenden lassen und zugeben, daß Sie über dem Versuch, eine vernünftige Erklärung zu finden, den Verstand verlieren. Aber das werde ich nicht tun. Ich bin ziemlich stolz auf mein kleines Projekt, und mir liegt viel an der Aufmerksamkeit eines Publikums, das das, was ich zu sagen habe, wirklich zu schätzen weiß.

Ich glaube, Sie werden sich gut dafür eignen. Wie es mir gelungen ist, die interessanten Details Ihrer letzten vier Morde zu erfahren?

Ich war dabei.

Nicht in der Zeitmaschine natürlich.

Sie sind sich zweifellos darüber im klaren, daß es weder Ihre weltmännische Art noch Ihr Charme waren, die Diana in Ihr Heim zogen. Sie hat Sie Ihres Geldes wegen geheiratet. Sie taten, als hätten Sie eine Menge davon.

Aber Sie waren äußerst zurückhaltend, was den Umfang und die Quelle Ihres Vermögens anging. Eine ausweichende Haltung, die eine Frau fraglos verzweifelt neugierig machen kann. Vor allem eine Frau wie Diana.

Sie ließ Sie beschatten und wandte sich dafür an ein Detektivbüro. Ich glaube, es hieß Shippler. Sie sind ziemlich gründlich; ich kann sie wärmstens empfehlen.

Es war wirklich ein Glück für Sie – und ganz bestimmt ist es jetzt ein Glück für Diana und mich –, daß Sie nicht gerade diesen Zeitpunkt wählten, um einen Ihrer Morde zu verüben. Aber es war während einer Ihrer arbeitslosen Phasen, und Sie wurden nicht lange beschattet: eine Woche.

Die Berichte über Ihre Aktivitäten waren völlig uninteressant, aber Diana konzentrierte sich auf ein bestimmtes Detail, das darin immer wieder erwähnt wurde. Und Details sind so wichtig.

Jeden Tag gingen Sie zu einem Postfach im Hauptpostamt.

Nun, Diana fragte sich also, wozu Sie ein Postschließfach brauchten. Schließlich haben Sie eine Wohnadresse, und das sollte für gewöhnliche Post genügen. Für gewöhnliche Post. Das war es. Das Schließfach war nicht für gewöhnliche Post bestimmt.

Es war für Diana ein Kinderspiel, einen Abdruck von Ihrem Postfachschlüssel zu machen, während Sie schliefen, und ein Duplikat für sich selbst anfertigen zu lassen.

Sie machte es sich zur Gewohnheit, jeden Morgen zu Ihrem Postfach zu gehen. Sie selbst gehen am Nachmittag hin. Jedesmal, wenn sie einen Brief fand, nahm sie ihn heraus, öffnete ihn über Dampf, las den Inhalt und legte ihn rechtzeitig wieder ins Fach zurück, so daß Sie ihn noch am gleichen Tag holen konnten.

So konnte sie also die Details Ihrer Verhandlungen in bezug auf die Morde kennen und wissen, für wann die Morde geplant waren und wo sie stattfinden sollten. Das wiederum ermöglichte es mir, rechtzeitig an Ort und Stelle zu sein, mich zu verstecken und Ihnen bei der Arbeit zuzusehen.

Ja, Diana und ich kennen einander schon eine Zeitlang. Unsere Treffen sind sehr diskret. Diana erinnert sich gut an einen gewissen Terence Reilly und sein plötzliches Verschwinden. Als zusätzliche Vorsichtsmaßnahme – schließlich waren wir drauf und dran, eine Viertelmillion Dollar zu kriegen und wollten nicht, daß irgend etwas dazwischenkommt – haben wir uns außerdem fast einen Monat lang nicht gesehen.

Ursprünglich hatten wir nur an Erpressung gedacht. Aber es tauchte wieder das Problem der Gefahr auf: Wie lange konnte ich Sie erpressen, ohne erwischt zu werden?

Und so beschlossen wir, ein einziges Mal zuzuschlagen und uns Ihr *ganzes* Geld zu holen.

In dem Augenblick, in dem Sie dies lesen, vergrößern Diana und ich den Abstand zwischen Ihnen und uns. Die Welt ist groß, Mister Reeves, und ich glaube nicht, daß Sie uns finden werden. Nicht ohne eine Zeitmaschine.

Wie ich sie zustandegebracht habe, wollen Sie wissen?

Sie haben inzwischen bestimmt bemerkt, daß sie außergewöhnlich leicht ist. Und wenn Sie noch einmal hinschauen, werden Sie mehrere verborgene Scharniere entdecken, mit denen man die Maschine zusammenlegen und in eine kompakte Form bringen kann.

Dann entfernte ich das Gitter von einem der Ventilatoren, stieß die zusammengeklappte Maschine in den kleinen Hohlraum hinter der Wand und machte das Gitter hinter mir wieder fest.

Ich habe Sie beobachtet, als Sie den Raum betraten, Mister Reeves, und gab Ihnen dreißig Sekunden, bevor ich die Lärm- und Windmaschine wieder anstellte. Ich wollte verhindern, daß Sie sich von Ihrem Erstaunen erholen und den Raum untersuchen.

Als Sie weggingen, kroch ich einfach aus meinem Versteck und klappte die Maschine auseinander.

Das war ziemlich schlau von mir, finden Sie nicht?

Was sagen Sie? Das sei unmöglich? Es *gibt* kein Versteck für die Zeitmaschine, nicht einmal in zusammengeklapptem Zustand? Und auch keins für mich?

Der Raum ist absolut kompakt? Sie haben ihn selbst untersucht und würden Ihr Leben dagegen wetten, daß es ein Versteck gibt?

Sie haben recht, Mister Reeves. Es gibt hier kein Versteck. Der Raum *ist* kompakt.

Nur ... sehen Sie, Mister Reeves, es sind *zwei* Garagen da.

Die erste, zu der ich Sie mit verbundenen Augen mitgenommen habe, ist in Wirklichkeit mehrere Kilometer von hier entfernt. Es ist die gleiche Art Gebäude – ein Standardmodell, wie man sie hier zu Tausenden findet –, und ich gab mir große Mühe, sie zu einem genauen Duplikat von der zu machen, in der Sie sich jetzt befinden. Sie ist das getreue Abbild der anderen, bis zur Anordnung der Werkzeuge auf der Bank, bis zur Leiter, die an der Wand lehnte.

Die beiden Garagen waren bis auf ein paar Ausnahmen miteinander identisch. Der Zeitmaschinenraum in der einen Garage ist ein bißchen kleiner (damit das Versteck Platz hatte), und die Lärm- und Windmaschine ist unter der Dachrinne eingebaut. Was die Ventilatoren betrifft, so ist es eigentlich ein Gebläse, mit Ausnahme des einen Ventilators, mit dessen Hilfe ich in mein Versteck gelangte.

Nachdem ich Sie zu Ihrer Wohnung zurückgefahren hatte, kam ich wieder hierher, packte meine Zeitmaschine zusammen, nahm die Schilder mit den Autonummern von der Wand und brachte sie hierher.

Diese Schilder ...

Sie sind ein kluger Mann, Mister Reeves. Ich gebe zu, daß ich diese Klugheit ausgenutzt habe. Ich habe die Schilder an einer auffallenden Stelle an die Wand genagelt, in der ausdrücklichen Hoffnung, daß Sie sie benutzen würden, um meine Spur zu verfolgen, bis *hierher*.

Sie sollten *diese* Garage untersuchen. Sie sollten absolut davon überzeugt sein, daß die Zeitmaschine echt war. Ich beobachtete Sie von einem angrenzenden Grundstück aus, nachdem ich die Lichter im Haus ausgeschaltet hatte.

Natürlich bin ich nicht Henry Pruitt. Die Nummernschilder gehörten dem früheren Hausbesitzer.

Trotzdem verbleibe ich für den Zweck dieses Briefes Ihr grenzenlos dankbarer, stets zu Ihren Diensten stehender

Henry Pruitt

Ich riß den Brief in Fetzen und griff nach einer Spitzhacke, die auf der Werkbank lag.

Als ich die Zeitmaschine vollständig zertrümmert hatte, konnte ich mich des schrecklichen Gedankens nicht erwehren, daß vielleicht jemand in einer *wirklichen* Zeitmaschine genau in diesem Augenblick im Zimmer war und mich beobachtete.

Und daß er mich auslachte!

Die Magnum

Amos Weatherlee hielt mit der einen Hand eine Magnumflasche Champagner umklammert. In der anderen hielt er einen Hammer.

In dem breiten Eingang zur Hotelbar blieb er stehen. Nachmittags um diese Zeit war die Bar fast leer, abgesehen von drei Frauen in einer Nische, die ›Pink Ladies‹ tranken, und einem Mann mittleren Alters, der allein in einer anderen Nische saß. Weatherlee ging auf ihn zu und streckte ihm den Hammer entgegen.

»Entschuldigen Sie, aber ich wäre Ihnen zutiefst dankbar, wenn Sie die Flasche da zertrümmern würden.«

Henry Sloan sah ihn mißtrauisch an. »Glauben Sie nicht, daß das eine ziemliche Schweinerei geben würde?«

Weatherlees silbergraues Haar war leicht zerzaust, und er sprach ein wenig undeutlich. »Daran hab ich überhaupt nicht gedacht. Meinen Sie nicht, daß der Barkeeper ein Becken oder so was Ähnliches hat, das wir verwenden könnten?«

Sloan nippte an seinem Whisky-Soda. »Wenn Sie wirklich darauf bestehen, diese Flasche zu zertrümmern, warum tun Sie's nicht selber?«

Weatherlee seufzte. »Ich hab's versucht. Ich hab's wirklich versucht. Hauptmann O'Reilly hat's auch versucht. Auch Carruthers und Larson und Cooper, und ich weiß nicht wie viele sonst noch. Es war eine ziemlich wilde Nacht.«

»Was war eine wilde Nacht?«

»Unser Klubtreffen vor einem Jahr.«

Sloans Aufmerksamkeit wurde durch ein Dutzend älterer Männer abgelenkt, die in einer Prozession durch den Hoteleingang defilierten. Mindestens die Hälfte von ihnen ging an Stöcken. Sie bewegten sich langsam quer durch die Hotelhalle auf die offene Tür eines Speisesaals für geschlossene Gesellschaften zu.

Sloan zeigte sich interessiert. »Wer in aller Welt sind die?«

»Unser Klub«, sagte Weatherlee. »Es ist unser Jahrestreffen. Die Mitglieder kommen gerade mit dem Bus von einer Stadtrundfahrt zurück. Und jetzt essen wir zu Abend.« Er sah zu, wie die Gruppe den Speisesaal betrat. »Wir waren alle Mitglieder der gleichen Nationalen Heimwehr und gründeten den Klub gleich nach dem Krieg.«

»Nach dem Ersten Weltkrieg?«

»Nein«, sagte Weatherlee. »Nach dem Spanisch-Amerikanischen Krieg.«

Sloan sah ihn skeptisch an.

»Das ist Hauptmann O'Reilly«, sagte Weatherlee. »Der mit dem breitkrempigen Soldatenhut.« Er setzte sich hin. »Wie alt schätzen Sie mich?«

»Ich habe nicht die geringste Ahnung.«

»Neunzig«, sagte Weatherlee stolz. »Ich war achtzehn, als ich mich an die Front meldete.«

»Klar«, sagte Sloan. »Und ich nehme an, Sie waren Mitglied der Rough Riders von Teddy Roosevelt und haben den San Juan-Hügel im Sturm erobert?«

»Nein. Um ehrlich zu sein: Unsere Truppe kam bis Kriegsende nie über Tampa hinaus. Unsere einzigen Verluste erlitten wir durch Gelbfieber.«

»Für neunzig sehen Sie ziemlich flott aus.«

»Das bin ich auch«, sagte Weatherlee fest. »Ich mache täglich einen Spaziergang und bin nach wie vor im Besitz meiner sämtlichen Fähigkeiten. Im Vollbesitz.«

»Klar«, sagte Sloan. »Klar.«

»Wir waren natürlich nicht alle gleich alt, als wir den Klub gründeten. Hauptmann O'Reilly zum Beispiel, unser Klubältester, war sechsunddreißig. Doppelt so alt wie ich damals war. Er trat dem Klub eher aus Kameradschaftsgeist bei als in der echten Hoffnung, die Flasche zu trinken.«

Sloan schaute auf die Magnum. »Was für eine Art Klub war das?«

»Ein Letzter-Mann-Klub. Vielleicht haben Sie davon gehört. Wir gründeten ihn 1898. Gleich nach Kriegsende. Wir warteten darauf, nach Hause abtransportiert zu werden. Wir wollten hundert Mitglieder, konnten aber nur achtundneunzig zum Beitritt veranlassen.«

»Und das hier sind die Überlebenden? Die Übriggebliebenen?«

»O nein. Das sind nur die Mitglieder, die kommen konnten. Die anderen sind in Spitälern, Altersheimen und so weiter.«

Sloan praktizierte ein bißchen Kopfrechnen. »Sie sagten, Hauptmann O'Reilly sei im Jahre 1898, als der Klub gegründet wurde, sechsunddreißig gewesen?«

»Ja.«

»Sie wollen mir doch nicht etwa erzählen, daß Hauptmann O'Reilly jetzt hundertacht Jahre alt ist?«

»Das stimmt. Er ist unser Klubältester.«

»Und Sie, mit neunzig, sind wohl der Jüngste?«

»Ja«, sagte Weatherlee. »Und ich bin der Flaschenhüter.

Unseren Statuten zufolge ist das jüngste überlebende Mitglied Flaschenhüter.«

Sloan leerte sein Glas. »Sagen Sie, wie viele Klubmitglieder sind denn eigentlich noch am Leben?«

»Fünfundneunzig.«

Sloan starrte ihn ein paar Sekunden lang an. »Sie wollen mir doch nicht erzählen, daß seit 1898 nur drei von ihnen gestorben sind?«

Weatherlee nickte. »Da war zunächst einmal Meyer. Er starb 1909 bei einem Zugunglück. Oder war es 1910? Und McMurty. Er blieb bei der Heimwehr und arbeitete sich zum Obersten hinauf, bevor er 1918 in den Argonnen getötet wurde. Und Iverson. Er starb 1921 an akuter Blinddarmentzündung.«

Sloan betrachtete sein leeres Glas und seufzte dann. »Möchten Sie was trinken?«

Weatherlee lächelte freundlich. »Ich denke, einer mehr kann nicht schaden. Ich nehme das gleiche wie Sie.«

Sloan fing den Blick des Barkeepers auf und hielt zwei Finger in die Höhe.

Weatherlee beugte sich vor und senkte die Stimme. »Eigentlich ist das nicht die Originalflasche. Die hab ich 1924 zerbrochen.«

Sloan sah wieder auf die Flasche.

»Es passierte bei unserer Versammlung in diesem Jahr«, sagte Weatherlee. »Ich fuhr damals im Aufzug. Damals funktionierten sie nicht so reibungslos wie heute. Als der Liftboy in meinem Stockwerk hielt, gab es einen plötzlichen Ruck. Mein Koffer sprang auf, und die Flasche fiel zu Boden. Sie kann nicht mehr als dreißig Zentimeter tief gefallen sein, aber da lag sie zerschmettert am Boden.«

Weatherlee schüttelte bei der Erinnerung an den Vorfall

den Kopf. »Ich war in absoluter Panik. Ich meine, ich war doch der Hüter der Klubflasche – eine große Verantwortung –, und da lag sie nun zerschmettert am Boden des Aufzugs. Glücklicherweise war ich zu der Zeit der einzige, der den Aufzug benutzte. Außer dem Boy wußte niemand, was passiert war.«

»Sie gingen also in die Stadt und kauften eine neue Flasche?«

»Nein. Ich konnte mir nicht vorstellen, irgendwo eine zweite, genau gleiche, zu finden. Die Flasche war ziemlich ungewöhnlich. Sie war zweiundzwanzig Jahre zuvor in Tampa gekauft worden.«

Sloan zeigte auf die Flasche. »Und das? Was ist das?«

»Der Liftboy hat mich gerettet«, sagte Weatherlee. »Er ging in die Stadt und fand ein *genaues* Duplikat.«

»Wie hat er denn das fertiggebracht?«

»Ich habe nicht die geringste Ahnung. Jetzt, wo ich daran denke, fällt mir ein: Er schien mir ein bißchen ausweichend zu sein, aber ich war viel zu glücklich, um in ihn zu dringen. Er entschuldigte sich immer wieder wegen des Mißgeschicks. Er war äußerst zuvorkommend. Machte den Aufzug wieder sauber und brachte mir eine Viertelstunde später die neue Flasche aufs Zimmer. Nicht einmal bezahlen durfte ich sie. Er sagte, der ganze Zwischenfall sei allein seine Schuld, und wollte keinen Cent annehmen.«

Sloan wandte den Blick von der Magnum. »Sie sagten, Hauptmann O'Reilly hätte versucht, die Flasche zu zerbrechen?«

»Ja. Letztes Jahr bei unserem Klubtreffen. Ich verstehe immer noch nicht ganz, warum er das getan hat. Aber ich erinnere mich, daß er die Flasche den ganzen Abend lang anstarrte. In diesem Jahr war ich Schatzmeister und hatte soeben meinen Bericht vorgelesen. Wir hatten 4990 Dollar in der Kasse. Zwar sind unsere Beiträge jetzt sehr bescheiden. Trotzdem kamen wir nach all den Jahren und mit den Zinseszinsen auf diese Summe.«

Der Barkeeper brachte die Drinks. Sloan zahlte und nahm einen Schluck von seinem Whisky-Soda. »Was war also mit O'Reilly?«

Weatherlee sah dem Barkeeper nach. »Ach ja. Nun, ich war gerade mit dem Lesen fertig, da stand er plötzlich auf und fing an, mit dem Stock auf die Flasche loszuschlagen. Dabei schrie er: ›Die verdammte Flasche! Die verdammte Flasche!‹ Und dann war es, als spielten auf einmal auch alle anderen verrückt. Sie schrien und fluchten und schlugen auf die Flasche ein, manche sogar mit Stühlen. Ich weiß wirklich nicht, wie das alles geendet hätte, wenn die Kellner nicht hereingekommen wären und sie zurückgehalten hätten.«

»Aber sie haben die Flasche nicht zerbrochen?«

»Nein. Es war höchst bemerkenswert. Die Schläge hallten richtig wider, und trotzdem zerbrach sie nicht. Ich habe das ganze Jahr darüber nachgedacht. Das ganze lange Jahr!«

Weatherlee holte tief Luft.

»Ich bin heute morgen schon früh hier angekommen. Ich bin kein Trinker, aber ich kaufte mir spontan einen halben Liter Whisky und nahm die Flasche mit hinauf auf mein Zimmer. Ich habe nur dagesessen und die Flasche angestarrt. Sogar die Stadtrundfahrt habe ich vergessen. Und dann – ich weiß nicht, was über mich gekommen ist –, dann habe ich einen Aschenbecher aufgehoben, eines von diesen schweren Glasdingern, die praktisch unzerbrechlich sind, und habe damit auf die Flasche eingeschlagen. Immer wieder, bis schließlich der *Aschenbecher* zerbrochen ist.«

Weatherlee nahm ein Taschentuch aus der Westentasche. »Ich war völlig wahnsinnig. Ich stürzte aus dem Zimmer, mit der Flasche in der Hand. Unten am Ende des Korridors sah ich einen von diesen Putzschränken; die Tür stand offen. In einem der Regale lag ein Hammer. Ich stellte die Magnum in die eingebaute Schrankwanne und schlug immer wieder mit dem Hammer drauflos.«

»Aber die Flasche zerbrach immer noch nicht?«

Weatherlee tupfte sich mit dem Taschentuch leicht die Stirn. »Aber das Schrecklichste an dem Ganzen war, daß ich die ganze Zeit über, während ich auf die Flasche einschlug, das Gefühl hatte, daß da irgendwo irgend jemand war, der mich *auslachte*.«

Er starrte die Flasche an. »Und dann kam mir plötzlich die *Überzeugung*, die *Gewißheit*, daß weder ich noch *irgend jemand* im Klub die Flasche kaputtmachen konnte. Wenn es überhaupt möglich war, dann mußte es von jemandem außerhalb des Klubs getan werden.«

Sloan schaute stirnrunzelnd in sein Glas. »Ja, aber *warum* wollen Sie die Flasche überhaupt kaputtmachen?«

Weatherlee seufzte. »Ich weiß es nicht. Ich weiß nur, daß ich es *will*.«

Beide schwiegen fast eine Minute lang; dann sagte Sloan: »Dieser Liftboy, wie sah er aus?«

»Der Liftboy? Ein ziemlich distinguiert wirkender Mann. Ich erinnere mich, daß ich damals dachte, er sähe ganz und gar nicht so aus, wie man sich einen Liftboy vorstellt. Ziemlich groß. Dunkles Haar und dunkle Augen.«

Eine der Türen des Speisesaals auf der anderen Seite der Hotelhalle öffnete sich, und ein Kellner trat heraus. Er kam in die Bar. »Mister Weatherlee, wir servieren das Essen.«

Weatherlee nickte. »Ja. Ich komme sofort.«

Sloan wartete, bis der Kellner außer Hörweite war. »Wann, sagten Sie, haben Sie die Originalflasche zerbrochen?«

»1924.«

»Und seither ist niemand gestorben?«

»Es ist seit 1921 niemand gestorben. Das war das Jahr, in dem Iverson seine akute Blinddarmentzündung bekam.«

Sloan starrte abermals auf die Flasche. »Ich möchte Ihrem Klub beitreten.«

Weatherlee blinzelte. »Aber das ist unmöglich.«

»Warum ist es unmöglich?«

»Nun... erstens gehören Sie nicht der Nationalen Heimwehr an.«

»Steht in Ihren Statuten etwas darüber, daß die Klubmitglieder diesem speziellen Verein angehören müssen? Oder irgendeiner anderen Gesellschaft?«

»Eigentlich nicht. Aber es wurde *angenommen*...«

»Und Sie sagten, Sie hätten nie Ihr Mitglieder-Soll erfüllt? Und nur achtundneunzig Leute hätten unterschrieben? Es blieben also zwei übrig, nicht wahr?«

»Ja, aber Sie sind um so viel jünger als alle anderen. Es wäre unfair uns gegenüber, wenn wir mit Ihnen um die Flasche wetteifern müßten.«

»Schauen Sie«, sagte Sloan, »ich bin kein reicher Mann, aber ich kann das aufbringen, was in der Kasse ist, Dollar für Dollar.«

»Das ist sehr nett von Ihnen«, sagte Weatherlee ein

bißchen steif, »aber wenn Sie, was anzunehmen ist, uns alle ausnahmslos überleben sollten, würden Sie das ganze Geld ohnehin bekommen.«

Sloan lächelte geduldig. »Ich werde eine Bestätigung unterschreiben, wonach ich auf alles verzichte, was in der Kasse ist.«

Weatherlee rieb sich den Nacken. »Ich weiß nicht. Ich bin nicht die entscheidende Autorität auf diesem Gebiet. Ich bin dieses Jahr, abgesehen von meinem Amt als Flaschenhüter, nicht einmal aktiv. Ich weiß wirklich nicht, wie in einem Fall wie diesem vorgegangen wird. Ich nehme an, wir müßten alle abstimmen oder so etwas.«

Er stand auf und nahm die Magnum unter den Arm. »Ich nehme an, fragen kostet nichts. Ehrlich gesagt, glaube ich aber, daß Ihr Ansuchen abgelehnt werden wird.«

Sloan legte die Hand auf den Hammer. »Lassen Sie den lieber hier.«

Sloan kam am nächsten Morgen um halb zehn in Weatherlees Zimmer. Er zog einen Briefumschlag aus der Tasche und reichte ihn Weatherlee. Weatherlee nickte. »Um ganz ehrlich zu sein«, sagte er, »ich war ein bißchen erstaunt, daß der Klub beschlossen hat, Sie aufzunehmen. Nicht einstimmig natürlich. Hauptmann O'Reilly war ziemlich dagegen.«

Sloan ging zum Schreibtisch und nahm die Magnum in die Hand.

Weatherlee blinzelte. »Was machen Sie da?«

»Ich nehme die Flasche mit. Sie haben mir selbst erzählt, daß gemäß den Klub-Statuten das jüngste Mitglied Flaschenhüter ist.«

»Ja, aber ...«

Sloan öffnete die Tür zum Korridor. Er lächelte breit. »Wir möchten doch nicht, daß Sie irgendwelche Fremde bitten, sie zu zerschlagen, oder?«

Als Sloan weg war, versperrte Weatherlee die Tür.

Er ging ins Bad und begann sich abzuschminken. Während er es tat, verschwand ein halbes Jahrhundert von seinem Gesicht.

Vielleicht hätte er Sloan um mehr als fünftausend erleichtern können, aber man konnte nie wissen. Wenn man zu gierig war, konnte das Ganze auffliegen.

Er lächelte.

Das Schwierigste an der Sache war, den Dummen zu finden.

Doch hatte man ihn erst einmal gefunden und herausbekommen, wieviel er in etwa lockermachen konnte, ohne über Gebühr zu leiden, dann konnte man darangehen, das Ganze zu inszenieren. Dazu gehörte auch, daß man ins nächstbeste Veteranenheim ging und sich erbot, ein Dutzend der ältesten Insassen zum Essen einzuladen.

Die alten Knaben freuten sich ja so über einen Ausgang am Nachmittag.

Als der Sheriff zu Fuß ging

Joey Lee ist – oder besser gesagt, war – etwa einsdreiundfünfzig groß, hatte kurzes braunes Haar, eine kleine Narbe genau unter dem linken Ohrläppchen und war an die achtzig Kilo schwer; lauter Muskeln.

Schwer? Achtzig Kilo waren für mich Leichtgewicht.

Der Mann an der Theke fuhr fort: »Aber L.K. hat Ihnen doch einen Schnappschuß gegeben, oder?«

»Nein«, sagte ich. »Und ich weiß nicht einmal, wer L.K. ist.«

Er lächelte überlegen. »Joey Lees Vater, L.K. Williams.«

Joey Lees Familienname war also Williams? Ich hatte immer gedacht, es wäre Lee.

Der Mann an der Theke schenkte mir Kaffee nach. »L.K. hat dieses New South-Café in Cumberdale. Das ist zirka hundert Kilometer in Richtung Osten; Joey Lee stammt eigentlich von dort.«

Er sah hoch, als die Tür hinter ihm aufging, wischte rasch die Theke ab und entfernte sich.

Der Sheriff von Staceyville war ein kleiner Mann in makelloser Uniform, der einen weißen Hut auf dem Kopf trug. Er setzte sich neben mich auf einen Stuhl. »Wie ich höre, haben Sie eine Menge Fragen gestellt, vor allem über Joey Lee.«

Ich stellte meine Tasse hin. »Ich habe überhaupt niemanden nach Joey Lee gefragt. Im Gegenteil: Kaum hatte ich einen Fuß in diese Stadt gesetzt, da fragten *mich* die Leute ununterbrochen nach ihm.«

Er sah mich unbewegt an. »Sind Sie nicht vielleicht einer von diesen Privatdetektiven?«

»Sehe ich wie ein Privatdetektiv aus?«

»Heutzutage sieht man's ihnen nicht an. Es gibt sie in allen Ausführungen. Und was sind Sie von Beruf, Mister?«

Ich neige zur Gereiztheit, wenn man mich belästigt. »Ich bin Schiffsanwalt.«

Das überzeugte ihn ganz und gar nicht. »Wir haben kein Wasser hier herum, außer dem Lubal-A-Early-See, und das sind zwölf Hektar, wenn's regnet. Warum sind Sie hierhergekommen, Mister?«

»Ich halte das für meine persönliche Angelegenheit, und nur ein richterlicher Befehl wird das Siegel meiner Lippen aufbrechen. Bin ich der einzige Tourist, der in dieser reizenden Stadt haltmacht?«

»Sozusagen. In den letzten zwei Jahren jedenfalls. Seit uns die AMTRAK unseren täglichen Zug weggenommen hat, sind wir ziemlich isoliert.« Er schien darüber nachzubrüten und runzelte dann die Stirn. »Für die Männer hat sich nicht viel geändert, aber die Frauen beklagen sich sehr.«

Er sah mich noch einen Augenblick prüfend an, dann drehte er sich um und ging zurück in die Nacht hinaus.

Der Mann von der Theke kam wieder. »Ich glaube, ich war der letzte, der Joey Lee lebend gesehen hat. Vielleicht mit Ausnahme von ...« Er sah bedeutungsvoll in die Richtung, die der Sheriff eingeschlagen hatte.

»Wollen Sie damit sagen, daß Joey Lee tot ist?«

Er zuckte mit großartiger Geste die Achseln. »Ein paar

von uns glauben es. Joey Lee ist vor einer Woche verschwunden, und die einzige Spur ist der Schmutz auf den Reifen vom Streifenwagen.«

Schmutz auf den Reifen des Streifenwagens? Ich war drauf und dran, ihn danach zu fragen, aber er fuhr fort: »Wenn so etwas passiert, wird die Stadt in zwei Hälften gespalten.« Er grübelte darüber nach. »Im Grunde genommen wird die Stadt immer, wenn was passiert, in zwei Hälften gespalten. Wie auch immer: Die eine Hälfte der Leute ist dafür, daß die Sache diskret und auf lokaler Ebene behandelt wird, und die andere Hälfte möchte sie ans Tageslicht bringen.«

»Und warum tun sie's nicht?«

»Der Sheriff ist sehr jähzornig; keiner will mit ihm was zu tun haben. Vor allem nicht in einer Angelegenheit wie dieser hier.«

Er beugte sich ein wenig mehr zu mir herüber. »Haben Sie eine Polizisten-Kennmarke?«

Ich schloß die Augen. »Ich bin Schiffsanwalt.«

Er kicherte. »Was tut ein Schiffsanwalt eigentlich?«

»Zur Zeit repräsentiere ich den letzten Überlebenden der ›Lady-Diana‹-Schiffskatastrophe von 1893.«

»Von 1893? Sie meinen, die Sache ist einundachtzig Jahre lang durch die Gerichte geschleppt worden?«

Ich lächelte. »Mein Lieber, wenn Sie auch nur die geringste Ahnung von Recht hätten, vor allem von Schiffsrecht, dann wüßten Sie, daß man diese Dinge nicht überstürzen kann.« Ich sah auf die Uhr. Es war fast neun. »Bin ich allzu optimistisch, wenn ich frage, ob es in dieser Stadt ein Hotel gibt?«

»Das ›Beauregard‹. Hat dieser Tage haufenweise Platz. Rafe Covert ist der Besitzer; er ist ein Vetter vom Sheriff.

Aber passen Sie auf, daß er Ihnen nicht das Ulysses S. Grant-Zimmer gibt. Es ist Nummer 222.«

Ich ging zurück zu dem Platz, wo ich mein Auto geparkt hatte, und trug meinen Koffer den halben Block bis zum ›Beauregard‹. Als ich die Hotelhalle betrat, hatte ich das deutliche Gefühl, daß jeder der Anwesenden wußte, wer ich war, oder es zu wissen glaubte.

Der Mann hinter dem Empfangstisch schien mir ein bißchen feindlich gesinnt zu sein, als er mir beim Ausfüllen des Anmeldeformulars zusah. Er nahm einen Schlüssel vom Brett. »Ihre Zimmernummer ist 222.«

Ich lächelte breit. »Ich habe eine psychologische Allergie gegen die Nummer 222. Es ist eine lange Geschichte, und eines Tages, wenn ich mehr Zeit habe, werde ich sie Ihnen erzählen. Ein anderes Zimmer bitte.«

Widerstrebend brachte er einen anderen Schlüssel mit angehängtem Nummernschild zum Vorschein.

Mein Zimmer erwies sich als ziemlich sauber und bequem. Ich schaltete für eine halbe Stunde den Fernseher ein und ging dann schlafen.

Am Morgen – ich hatte mich gerade fertig angezogen – klopfte es an meiner Tür.

Draußen stand eine kleine, ältere Frau in der Uniform eines Zimmermädchens, mit Bettlaken und Kissenbezügen unterm Arm. »Ich komme, um das Bett frisch zu beziehen.«

Sie begann die Bettwäsche abzuziehen. »Ich wette, Sie arbeiten im Auftrag von L.K.«

»L.K. Williams?«

Sie nickte. »Glauben Sie, daß Joey Lee noch am Leben ist?«

»Warum glauben alle, Joey Lee sei tot?«

Sie zog einen frischen Bezug über das Kopfkissen. »Wir sind alle betroffen – oder zumindest die Hälfte von uns –, aber wir müssen vorsichtig sein mit dem, was wir vom Sheriff und seinen Verwandten sagen. Ich glaube, ich war der letzte Mensch, der Joey Lee lebend gesehen hat.«

»Ich dachte, diese Auszeichnung gebühre dem Mann von der Theke im Staceyville-Café?«

Sie rümpfte die Nase. »Alex hat Joey Lee zuletzt Montag abend um halb zehn gesehen. Ich sah Joey Lee *und* den Sheriff um Viertel vor zehn. Gleich hinter dem Gefängnis. Und sie haben gestritten.«

»Worüber?«

»Das konnte ich nicht richtig herausfinden. Sie hörten zu reden auf, als sie mich sahen, und fingen erst wieder damit an, als ich schon ziemlich weit weg war. Wie gefällt Ihnen unsere Stadt?«

Sie entfaltete ein Bettlaken. »Staceyville ist ein Paradies für Männer und Hunde, aber die Hölle für Frauen und Pferde. Seit sie uns den Zug weggenommen haben, sind wir Frauen von der Welt abgeschnitten.«

»Kann denn keine von ihnen Auto fahren?«

»Die meisten hier haben ein Auto pro Familie. Haben Sie je versucht, Ihrem Ehemann das Auto zu entreißen, bloß um nach Montgomery zum Einkaufen zu fahren?«

»Dann sind Sie also isoliert und verzweifelt?«

»Wir haben Fernsehen, und die Bibliothek ist Dienstag und Donnerstag nachmittag geöffnet. Damit wären die kulturellen Bedürfnisse erfüllt. Aber wir sind Menschen, die isoliert leben. Wenn man nicht ab und zu ausgeht und neue Leute kennenlernt, wird man provinziell und fängt an, den ganzen Tag nachzugrübeln.«

Als sie weg war, trat ich ans Fenster und schaute auf die Hauptstraße hinunter. Den von mir gesammelten Informationen zufolge besaß Staceyville unter anderem zwei Drugstores, vier Café-Restaurants, fünf Kirchen, zwei Ärzte, drei Zahnärzte und einen Chiropraktiker.

Wieder klopfte es an der Tür.

Diesmal stand ein vierschrötiger junger Mann in Blue Jeans und T-Shirt draußen. Seinem Alter nach gehörte er in die Oberstufe eines Gymnasiums.

Er starrte mich drohend an. »Ich würde Ihnen raten, Staceyville mit dem ersten Bus zu verlassen, Mister.«

»Staceyville hat keinen Bus.«

»Ich wollte sagen: Nehmen Sie Ihr Auto. Wie auch immer: Fahren Sie weg.«

»Warum?«

Er beugte den Arm; sein Bizeps konnte sich sehen lassen. »Weil ich es sage.«

Ich zeigte die Zähne. »Ich warne Sie. Ich habe einen braunen Gürtel in Karate.« In Wirklichkeit kann ich freilich einen Karatehieb nicht von einer Grillpfanne unterscheiden.

Er zögerte. »Ich habe auch einen weißen Gürtel. Mein Gym-Trainer sagt, ich sei ziemlich gut.«

Ich kicherte drohend. »Sie müssen sich darüber im klaren sein, daß Leute mit weißen Gürteln sich nicht mit Leuten anlegen, die die rangmäßig höheren braunen Gürtel besitzen, außer sie sind hoch versichert. Was für ein übereilter Impuls hat Sie hierhergeführt?«

Er trat nervös von einem Fuß auf den anderen. »Der Sheriff ist mein Onkel, und er war immer sehr nett zu mir, zu Weihnachten und an Geburtstagen und so. Ich dachte also, ich könnte ihm vielleicht in dieser Stunde der Not beistehen, ganz gleich, was er getan hat, indem ich versuche, Sie ein bißchen einzuschüchtern.«

»Hat er Sie hergeschickt?«

»Nein. Er weiß nichts davon.«

Ich schüttelte traurig den Kopf. »Mein lieber junger Mann, haben Sie in Ihrer Karriere als Fernsehzuschauer je einen Detektiv gesehen, der sich durch Drohungen oder sogar mit Gewalt aus der Stadt hätte vertreiben lassen?«

Er dachte stirnrunzelnd nach. »Jetzt, wo ich darüber nachdenke...« Er sah auf die Armbanduhr, als hätte er plötzlich etwas entdeckt. »Na sowas! Sieh mal einer an, wie spät es schon ist! Ich muß mich beeilen, sonst komme ich zu spät in die Chemiestunde.« Er hob einen Stapel Bücher auf, den er offensichtlich vor dem Anklopfen neben der Tür abgelegt hatte, und verschwand rasch die Treppe hinunter.

Ich ging ins nächste Restaurant frühstücken.

Die Kellnerin, die mich bediente, hatte auf der Uniformtasche den Namen Billie Gee eingestickt. Sie lächelte.

»Guten Morgen, Mister Collins.«

Ich hatte sie noch nie gesehen. Sie blinzelte. »Es gibt hier nicht viele Schiffsanwälte.«

»Wahrscheinlich werden Sie auch in Zukunft nicht viele sehen.«

»Wie gefällt Ihnen unsere Stadt?«

»Interessant.«

Sie zuckte die Achseln. »Sie ist ein Paradies für Männer und Hunde, aber die Hölle für Frauen und Pferde.«

Ich starrte sie an. »Gibt es viele Pferde hier in der Gegend?«

»Eigentlich nicht. Es war nur so ein Ausdruck. Aber Frauen haben wir viele hier.«

Ich schaute aus dem Fenster. Der Sheriff hatte seinen Streifenwagen auf der anderen Straßenseite geparkt, stand jetzt daneben und inspizierte ostentativ seine Schrotflinte.

»Der Sheriff ist ein begeisterter Jäger«, sagte Billie Gee.

»Was jagt er denn?«

»Vor allem Kaninchen.«

Der Sheriff bemerkte ein Stäubchen auf seinem ansonsten fleckenlosen Auto. Er entfernte es mit einem Taschentuch.

»Die Stadt erlaubt dem Sheriff, den Wagen auch für seine persönlichen Zwecke zu verwenden«, sagte Billie Gee. »Er paßt wirklich gut auf ihn auf und geht nie weit von ihm weg.« Sie lächelte verschlagen. »Außer letzten Dienstag, als er zu Fuß ging.«

Sie nahm meine Bestellung entgegen und verschwand.

Als ich fertig gegessen hatte und das Restaurant verließ, hielt mich der Sheriff zurück. »Wer hat Sie angestellt?«

»Wie hört sich ›L.K. Williams‹ an?«

»Kommen Sie mir nicht damit! Es war jemand aus der Stadt, nicht wahr? Oder haben sie vielleicht ein Komitee gebildet?« Er starrte auf drei Kinder im Vorschulalter hinunter, die respektvoll an ihm vorbeischlichen. »Ich weiß, was jeder Mensch in der Stadt hier denkt. Aber nicht einer hat den Mut, vorzutreten und es zu sagen.«

»Was zu sagen?«

»Nichts. Ich will einfach keine Einmischung von außen.«

Ich ging weiter zum Drugstore, der sich nur ein bißchen weiter unten in der Straße befand.

Der Besitzer blickte mich finster an. »Ich beantworte keine Ihrer Fragen. Aus mir werden Sie nichts herausbekommen.«

Noch einer von den Verwandten des Sheriffs?

»Ich kam nur herein, um ein paar Zigarren zu kaufen.«

Er sah mich kalt an. »Gut. Ich sage Ihnen soviel und nicht mehr: Fragen Sie Randolph.«

Er ging in den hinteren Teil des Ladens.

»Was ist mit meinen Zigarren?«

Er verschwand in einem Hinterzimmer. Ich seufzte und kaufte meine Zigarren im zweiten Drugstore der Stadt, in dem ich von einem freundlichen Angestellten bedient wurde. Dann ging ich zurück, die Hauptstraße hinunter, am Gerichtsplatz vorbei, den eine nach Norden zeigende Kanone aus dem Bürgerkrieg zierte.

Ich ging in mein Hotel zurück und in mein Zimmer hinauf.

Ein pausbäckiger Mann mit Bartstoppeln saß auf meinem Bett. Sein Anzug war von einer Farbe, die mit weiß nur entfernt verwandt zu sein schien; sein Panamahut war leicht zerdrückt.

Er riskierte ein Lächeln. »Die Tür war nicht verschlossen, da bin ich einfach hineinspaziert, als niemand auf mein Klopfen antwortete. Außerdem wollte ich von niemandem hier gesehen werden. Man weiß ja nie, mit wem man es zu tun hat.«

»Wer zum Teufel sind Sie eigentlich?«

»Ich bin Randolph Wister.« Er fuhr sich mit der Zunge über die Lippen. »Sie haben nicht zufällig was zu trinken da?«

»Nein. Aber ich nehme an, Sie haben sich umgesehen?«

Er nickte. »Ich dachte nur, Sie hätten vielleicht zufällig was da.«

»Tut mir leid.«

Er nahm die Situation gelassen hin. »Sie zahlen doch für brauchbare Informationen, oder?«

»Ich nehme an, Sie werden mir erzählen, daß Sie der letzte Mensch sind, der Joey Lee lebend gesehen hat?«

»Nein. Das war Mrs. Whittaker im Hotel drüben. Aber ich hab was anderes gesehen.«

Ich kontrollierte den Inhalt meines Koffers. Es schien nichts zu fehlen.

»Ich war Dienstag abend im Gefängnis«, sagte Randolph. »Das kommt ab und zu vor. Der Sheriff brachte mich jedenfalls in eine Zelle; ich sollte meinen Rausch ausschlafen.«

Ich machte den Koffer zu und versperrte ihn.

Randolph fuhr fort: »Am Mittwoch morgen erwachte ich so gegen sieben, als ich draußen im Gefängnishof Wasser laufen hörte. Ich sah aus dem Zellenfenster, und da stand der Sheriff, der sein Auto mit einem Schlauch abspritzte.«

»Hat er noch nie sein Auto gewaschen?«

»Ich meine, es war *Schmutz* auf den Reifen vom Streifenwagen. Getrockneter Schmutz. Wie konnte er Schmutz auf den Reifen haben, wo wir doch hier in der Gegend seit zwei Wochen keinen Tropfen Regen gehabt haben?«

Randolph versuchte es mit dem Glas Wasser auf dem Nachttisch. »Am Montag abend um neun Uhr fünfundvierzig sah Mrs. Whittaker, wie der Sheriff und Joey Lee miteinander stritten. Das ist das letzte, was irgendeiner von Joey Lee gesehen hat. Und dann, am Mittwoch, wäscht der Sheriff frühmorgens den Schmutz von den Reifen seines Streifenwagens.«

»Sie scheinen den Dienstag völlig vergessen zu haben.«

»Am Dienstag war der Sheriff den ganzen Tag in der Stadt. Er ging zu Fuß.«

»Warum soll das so wichtig sein?«

»Als mich der Sheriff am Dienstag abend verhaftete, ging er zu Fuß mit mir zum Gefängnis. Als ich ihn fragte, warum er mich nicht im Auto mitnehme wie gewohnt, wurde er zornig und sagte, ich solle den Mund halten.«

Er stellte das leere Glas hin. »Als ich entlassen wurde, hörte ich, daß Joey Lee vermißt wurde. Ich hörte auch, daß niemand den ganzen Dienstag über den Streifenwagen gesehen hatte. Der Sheriff war zwar in der Stadt, aber er erledigte alle seine Geschäfte zu Fuß. Und wenn ihn jemand nach dem Auto fragte, wurde er gereizt und sagte, daß es in der Garage sei, weil es repariert werden müsse. Es gibt aber nur zwei Garagen in der Stadt und keine von ihnen hat am Dienstag auch nur irgend etwas am Auto des Sheriffs gemacht. Warum sollte der Sheriff wegen so etwas lügen, wenn er nicht etwas zu verbergen hatte?«

»Ich habe nicht die geringste Ahnung.«

»Nehmen wir einmal an, der Sheriff habe am Montag abend Joey Lee im Laufe des Streits getötet. Er wußte nicht gleich, was er mit der Leiche tun sollte, und versteckte sie daher im Kofferraum des Streifenwagens. Das Auto ließ er den ganzen Dienstag in seiner Garage und dachte nach. Dann, am Dienstag abend, entledigte er sich der Leiche. Wenn ich nach einer Leiche suchen würde, dann wäre das Ufer des Lubal-A-Early-Sees vielleicht ein guter Ausgangspunkt. Das Wasser geht zurück, wegen der Trockenzeit, und das Ufer ist voll Schlamm.«

»Wenn ihr das vermutet, warum ist dann keiner von euch zu den Staatsbehörden gegangen?«

»Ich glaube, jeder wartete darauf, daß jemand anderer etwas unternehmen würde, aber keiner hat es getan. Ich nehme an, L.K. hat Sie angestellt?«

Ich hob meinen Koffer auf. »Nein.«

Er runzelte die Stirn. »Sie verlassen die Stadt?«

»Ja.« Ich lächelte, öffnete die Tür und ging.

Auf dem Weg zu meinem Auto begegnete ich wieder dem Sheriff. Seine Blicke wanderten zu meinem Koffer. »Sie verlassen die Stadt?«

»Ja. Ich habe Ihre Gastfreundschaft genossen, aber es ist Zeit für mich weiterzufahren. Ich habe den Zweck meiner Reise erfüllt.«

Ich ließ ihn stehen; er sah mir mit leicht geöffnetem Mund nach.

Ich verließ Staceyville, hielt mich eine Zeitlang in Newcourt und Portertown auf und kam gegen drei Uhr nachmittags nach Cumberdale. Vom Auto aus sah ich die Läden und Warenhäuser und das Fenster des L.K. Williams-Cafés.

Ich zögerte einen Augenblick; dann parkte ich den Wagen und ging hinein. Um diese Tageszeit war ich der einzige Kunde. Ich setzte mich in eine der Nischen an der Längsseite der Wand.

Die Kellnerin, die an meinen Tisch kam, um die Bestellung entgegenzunehmen, war eine stattliche Frau, die ein Drama erlebt zu haben schien. Sie betupfte ihre rot geränderten Augen.

Sie war etwa einsdreiundfünfzig groß, hatte kurzes braunes Haar und eine kleine Narbe unter dem linken Ohrläppchen. Sie mochte an die achtzig Kilo wiegen; lauter Muskeln.

Ja, lauter Muskeln.

Plötzlich durchfuhr mich ein unglaublicher Gedanke. »Sind *Sie* Joey Lee Williams?«

Sie schien ein bißchen überrascht, daß sie erkannt worden war. »Joey steht für Josephine. Wie in Joey Heatherton, die berühmte Schauspielerin, die ich aus der Ferne bewundere. Williams ist mein Mädchenname, aber jetzt bin ich verheiratet. Kennen wir uns denn?«

»Sie haben ganz Staceyville zum Zittern gebracht«, sagte ich. »Niemand weiß, was mit Ihnen passiert ist.«

Der Name Staceyville brachte neue Tränen zum Vorschein. Als sie ihre Beherrschung wiedererlangt hatte, war sie geneigt, mit mir zu sprechen. »Alles begann damit, daß ich das Auto nahm und nach Montgomery zum Einkaufen fuhr.«

»Das scheint mir nicht gerade ein abscheuliches Verbrechen zu sein.«

»Mir auch nicht, und ich weiß nicht, warum Clyde sich darüber so aufgeregt hat. Immerhin hat er von der Stadt die Erlaubnis bekommen, den Wagen auch für persönliche Transportzwecke zu verwenden.«

»Wer ist Clyde?«

»Mein Mann. Der Sheriff von Staceyville.«

Ich blinzelte. »Sie sind mit dem Streifenwagen nach Montgomery zum Einkaufen gefahren?«

»Clyde hat schon seit Monaten keinen mit dem Auto verfolgt, und ich hab nicht gedacht, daß das so viel ausmacht, wenn ich es nur für einen Tag ausborge. Aber ich konnte Clyde nicht von meinem Standpunkt überzeugen, und wir hatten einen Riesenkrach.«

»Am Montagabend? Hinter dem Gefängnis?«

Sie nickte. »Dienstag morgen, als Clyde noch schlief, hab ich also die Schlüssel genommen und bin losgefahren.

Ich habe einen von Clydes Hüten und einen dunklen Mantel getragen, und niemand hat sich was dabei gedacht, vor allem nicht in Montgomery, wo sie ja die Women's Lib haben.«

Sie tupfte sich die Nase. »Auf dem Heimweg hatte ich ein Problem mit dem Vergaser, und dann blieb ich eine Zeitlang im Schlamm stecken, auf einer Straße in Autauga County. Und wie's eben so ist, ich kam erst weit nach Mitternacht nach Hause. Clyde war einfach wütend.«

Die Erinnerung daran schmerzte sie immer noch. »Clyde machte ein paar scheußliche Bemerkungen über meine Intelligenz. Ich rief also Daddy an, und er kam und holte mich um drei Uhr früh ab.«

»Ihr Mann weiß also, daß Sie hier sind?« Sie nickte. »Und er hat nicht ein einziges Mal angerufen, um sich zu entschuldigen.«

Offenbar war der Sheriff ein stolzer Mann, der niemandem anvertrauen wollte, daß seine Frau den Streifenwagen gestohlen hatte, nach Montgomery zu einem Einkaufsbummel gefahren war und ihn schließlich verlassen hatte. Es mußte ihm klar gewesen sein, daß die ganze Stadt gewußt hatte, daß seine Frau weg war. Aber wußte er auch, daß die Hälfte der Leute – wenn es nicht die ganze Stadt war – den Verdacht hegte, er hätte sie umgebracht?

Ich seufzte. »Sind Sie nie auf den Gedanken gekommen, die ganz große Entscheidung zu treffen und Ihren Mann anzurufen, um ihm zu sagen, daß Sie ihm verzeihen?«

Sie brauchte offenbar nur den allerkleinsten Anstoß dazu. »Glauben Sie wirklich, ich sollte ihn anrufen?«

»Natürlich. Außerdem können Sie ja jederzeit aufhängen, wenn er wieder unangenehm werden sollte.«

»Ich tu's«, sagte sie voller Begeisterung, ließ mich

stehen und ging zu der öffentlichen Telefonzelle am Ende des Raums.

Ich sah ihr zu, wie sie die Nummer wählte. Während sie sprach, benutzte sie fleißig ihr Taschentuch, aber ihrem generellen Gesichtsausdruck nach zu schließen würde sie bald wieder in Staceyville bei Clyde sein: bei ihrem Ehemann, der ihr verzeihen würde, auch wenn er nicht vergaß.

Ich bin kein Schiffsanwalt. Und ich bin auch kein Detektiv, weder ein privater noch sonst irgendeiner.

Ich arbeite für die South-Central-Buslinie, und es ist meine Aufgabe, potentielle neue Busstrecken ausfindig zu machen, vor allem in Gebieten, in denen keine Eisenbahnen verkehren.

Eine andere Kellnerin erschien, um meine Bestellung entgegenzunehmen. »Wie gefällt Ihnen Cumberdale?« fragte sie.

»Amüsant.«

Sie seufzte. »Es ist ein Paradies für Männer und Hunde, aber die Hölle für Frauen und Pferde. Ich war schon seit drei Monaten nicht in Montgomery.«

Ich notierte, daß ich neben Staceyville, Newcourt und Portertown ebensogut auch Cumberdale in die neue Strecke mit aufnehmen konnte.

Gedächtnis ade

Ich leide an totaler Amnesie«, sagte ich.

»Wenn Sie an totaler Amnesie litten, würden Sie sich nicht daran erinnern, wie man spricht oder geht!«

»Na schön«, sagte ich. »Dann leide ich eben an partieller Amnesie.«

Für einen Psychiater war er sehr unruhig. Doktor Brenner ging im Zimmer auf und ab. »*Wollen* Sie denn nicht herausfinden, wer Sie sind?«

»Nein.«

Er betrachtete diese Einstellung immer noch als katastrophal. »Aber jeder Mensch will doch wissen, wer er ist.«

»Nicht die unter uns, die an echter Amnesie leiden.«

Er streckte einen ziemlich zornigen Zeigefinger von sich. »Es ist meine ganz persönliche Ansicht, daß in Fällen von Amnesie neun von zehn der angeblichen Opfer einfach Lügner sind.«

»Sie brausen schon wieder auf.«

Er sah finster auf seine Zigarette.

»Heute morgen um zwei fand Sie ein Polizeibeamter auf der Lincoln Avenue Bridge. Sie sahen schockiert aus und starrten ins Wasser. Was wollten Sie dort?«

»Ich habe den Verdacht, daß ich im Begriff war, hineinzuspringen.«

»Warum?«

»Ich weiß es nicht und will es auch nicht wissen.

Offensichtlich hatte ich die Wahl, entweder von der Brücke zu springen oder mein Gedächtnis zu verlieren. Ich zog es vor, mein Gedächtnis zu verlieren.«

Brenner holte tief Luft. »Und als Sie der Polizist nach Ihrem Namen fragte, sagten Sie, Sie wüßten ihn nicht.«

Ich gab es zu.

»Dann wollte er Ihre Brieftasche sehen. Was haben Sie getan?«

»Ich nahm sie aus der Tasche und warf sie in den Fluß.«

»Warum?«

»Offensichtlich wollte ich nicht herausfinden, wer ich war.«

Meine älteste Erinnerung war die, auf der Brücke zu stehen, in das trübe, grünliche Wasser hinunterzustarren und mir die unangenehme Frage zu stellen, weshalb ich hier war. Aber ich hatte einen schweren Verdacht.

Es war mir nicht klar, daß ich bis zu dem Augenblick, als mich der Polizist nach meinem Namen fragte, nicht wußte, wer ich war. Und daß ich die Brieftasche weggeworfen hatte, war eine instinktive Spontanhandlung gewesen. Erst später, nachdem ich auf meinen Gesundheitszustand hin untersucht und die Möglichkeit einer körperlichen Verletzung ausgeschlossen worden war, gelangte ich zu meinem jetzigen Standpunkt. Wenn ein Mensch durch einen emotionalen Schock das Gedächtnis verliert, hat er im Grunde genommen selbst dazu beigetragen. Er ist nicht dazu gezwungen worden.

»Haben Sie vielleicht eine Familie? Kinder?«

»Keine Kinder«, sagte ich. Ich fragte mich, wie ich dessen so sicher sein konnte.

»Eines Tages werden Sie Ihr Gedächtnis wiederfinden.«

»Nicht, wenn ich mich dagegen wehre.« Ich versuchte Geduld mit ihm zu haben. »Wir nehmen an, daß es zwei Arten von echter Amnesie gibt. Die eine wird durch eine körperliche Verletzung hervorgerufen, die andere ist das Resultat eines emotionalen Schocks. Sie haben meinen Schädel untersucht und entdeckt, daß er gleichmäßig konvex ist. Ich habe mir den Kopf nicht angeschlagen. Also leide ich an einer Amnesie, die durch einen unerträglichen emotionalen Streß hervorgerufen wurde.«

»Sie müssen der Ursache Ihrer Amnesie ins Gesicht sehen, ganz gleich was es ist.«

»Warum?«

Er machte eine wegwerfende Handbewegung. »Nun... es ist das, was ein reifer Mensch tut.«

»Sich selber Schmerzen zufügen ist Masochismus, nicht Reife. Wenn ich mich an mein Problem erinnere und ihm ins Gesicht sehe, wer garantiert mir dann, daß ich nicht schnurstracks zu der Brücke zurückgehe und meine ursprüngliche Absicht ausführe?«

Er rieb sich den Nacken. »Gut. Was wollen Sie denn dann tun?«

»Sobald Sie mich freilassen – und ich verlange meine sofortige Freilassung –, möchte ich diese Umgebung hinter mir lassen. Wenn möglich zweitausend Kilometer weit. Ich will keinen Kontakt mit jemandem, der mein Gedächtnis wiederherstellen könnte.«

»Wie glauben Sie denn reisen zu können? Sie haben kein Geld.«

Das war ein schmerzlicher Punkt; ich würde darüber nachdenken müssen.

Das Telefon auf seinem Schreibtisch läutete; er hob den Hörer ab. Nachdem er einen Moment zugehört hatte, lächelte er. »Darwin? Schicken Sie ihn gleich zu mir herein?«

»Wer ist das?« fragte ich mißtrauisch.

Brenner begann zufrieden zu lächeln. »Sie werden es herausfinden.«

Der Mann, der hereinkam, war in den Fünfzigern und sah so sorgenvoll aus wie ein Spaniel. »Oswald! Sie sind es also wirklich! Ich dachte mir schon, ich hätte Sie nach der Beschreibung, die mir die Polizei gab, erkannt.«

Oswald? Was für ein abstoßender Name. Ich konnte mich nicht enthalten zu fragen: »Ist das mein Vorname oder mein Familienname?«

»Ihr Vorname. Ihr Familienname ist...«

»Schon gut«, sagte ich schnell. »Ich will es nicht wissen.«

»Wir fanden einen Zettel mit Mr. Darwins Adresse in Ihrer Manteltasche«, sagte Dr. Brenner. »Wir haben ihn über Ihre Situation informiert und ihn gebeten, vorbeizukommen. Wir dachten, er könnte Sie vielleicht identifizieren.«

»Das ist Oswald Harrison«, sagte Darwin. »Ich bin sein Anwalt und Anlageberater.«

Anlageberater? Ich beschloß, die Vergangenheit vorsichtig zu sondieren.

»Habe ich Geld?«

»Natürlich, Oswald. Sie besitzen über eine Million.«

»Habe ich wirklich so viel? Ich meine, ich habe doch nicht kürzlich jemanden beraubt? Vor ganz kurzer Zeit, meine ich?«

»Natürlich nicht, Oswald.«

Ich beschloß, nicht weiterzustochern.

»Ich nehme ihn mit nach Hause«, sagte Darwin. »Ich

werde dafür sorgen, daß er die beste Pflege bekommt, die besten Ärzte.«

»Ich will nicht nach Hause und ich will nicht die besten Ärzte«, sagte ich fest. »Ich will einfach einen Scheck einkassieren und diese Stadt verlassen. Ich werde Sie wissen lassen, wo Sie in Zukunft eventuelle Dividenden oder sowas hinschicken sollen.«

Darwin räusperte sich. »Oswald, leiden Sie wirklich an Amnesie?«

»Natürlich. Hätten Sie einen Blankoscheck für mich? Ich denke, fünftausend Dollar sollten mir fürs erste genügen.«

Darwin sah unbehaglich drein. »Ich habe die Vollmacht über Ihr Geld. Ich fürchte, ich werde die Auszahlung aller Schecks, die Sie jetzt ausstellen wollen, stoppen müssen, Oswald.«

Ich starrte ihn an. »Warum?«

»Ich würde es nur tun, um Sie vor sich selbst zu schützen, Oswald. Wenn Sie wirklich an Amnesie leiden, dann sind Sie nach dem Gesetz – äh – geistig unmündig.«

Ich fürchte, ich bin ziemlich laut geworden. »Geistig unmündig? Darwin, Sie sind entlassen.«

»Nun mal langsam«, sagte er beruhigend. »In Ihrer jetzigen Lage können Sie mich gar nicht entlassen.«

Ich sah Doktor Brenner an. Er schien die Situation zu genießen.

»Ich kenne das genaue Verfahren nicht«, sagte Darwin. »Aber ich glaube, das Gericht wird mich zu Ihrem Vormund ernennen, bis Sie Ihr Gedächtnis wiederfinden oder Ihre geistige und affektive Mündigkeit bewiesen ist.«

Ich stand vor einem unlösbaren Dilemma. Einerseits

hatte ich eine schützende Amnesie, die mir lieb und wert war. Andererseits hatte ich eine Million Dollar, die ich nicht anrühren konnte, bis ich mein Gedächtnis wiedergefunden hatte.

Sollte ich die Hand an die Stirn legen und das Gesicht verziehen, als fühlte ich einen stechenden Schmerz? Sollte ich plötzlich murmeln, mein Gedächtnis sei wiedergekommen?

Nein, das war ein bißchen zu offensichtlich. Vielleicht würde mir Darwin glauben – sein Gesicht drückte eine gewisse Einfachheit aus –, aber Dr. Brenner würde es nicht tun.

Seinen hochgezogenen Brauen war anzusehen, daß er darauf gefaßt war, ich würde etwas dergleichen versuchen. Und daß er voll Freude darauf wartete, den Versuch zunichte zu machen.

»An wieviel erinnern Sie sich eigentlich, Oswald?« fragte Darwin.

»An nichts«, sagte ich wahrheitsgemäß und widerstrebend.

Darwin nickte feierlich. »Sie brauchen Ruhe, Oswald. Nach einem Schock wie diesem rate ich Ihnen, nach Hause zu fahren und sich ein paar Tage auszuruhen. Ich bin sicher, daß Francis alles in die Hand nehmen und nach Ihnen sehen kann.«

Wer zum Teufel war Francis? Meine Frau? Mein Koch? »Wer ist *sie*?«

»*Er* ist Ihr Diener.« Darwin sah mich nachdenklich an. »Ich glaube, ich werde bei Ihrer Bank den Auftrag für den Zahlungsstopp hinterlegen, sobald ich Sie nach Hause gebracht habe.«

Wäre mein Besitz nur an die fünfzigtausend wert gewesen, ich hätte fröhlich alles sausen lassen und wäre abgereist. Aber eine Million ist schließlich eine Million.

Konnte ich ein paar Dinge über mich lernen – genug, um Darwin davon zu überzeugen, daß ich mein Gedächtnis wiedergefunden hatte – und trotzdem nicht genug, um an meiner jetzigen Amnesie zu rütteln? Ich wollte mich nicht auf dieser Brücke wiederfinden, aber das Geld *mußte* berücksichtigt werden.

Ich seufzte. »Na schön, Darwin. Fahren wir nach Hause.«

Darwin fuhr mich das westliche Seeufer entlang in die Vorstadt. Irgendwann einmal bogen wir in eine lange Auffahrt ein, die in einem Kreis vor einem imposanten dreistöckigen Gebäude im Kolonialstil endete.

Darwin geleitete mich am Butler vorbei in den großen Salon. Ein weiterer Diener sortierte gerade ein paar zellophanverpackte Anzüge, die offensichtlich gerade aus der Reinigung zurückgekommen waren. Seine Augen flackerten leicht auf, als er mich sah.

Ich sagte auf gut Glück – es war nicht schwer zu erraten: »Guten Morgen, Francis.«

»Guten Morgen, Sir.«

Darwin war zufrieden. »Sie haben ihn wiedererkannt, Oswald.«

»Natürlich«, sagte ich in sachlichem Ton.

Darwin wandte sich an Francis. »Mister Harrison hat sein Gedächtnis verloren. Oder doch den Großteil davon.«

Ich ging im Zimmer umher, wobei ich die Bilder als echte Pissarros und Morisots erkannte. Offensichtlich erstreckte sich meine Amnesie nicht auf das Erkennen von Kunstwerken.

Darwin flüsterte in einer Ecke mit Francis. Zweifellos gab er dem Diener weitere Informationen über mich.

Mein Blick fiel auf ein einziges gerahmtes Foto auf einem Regal in der Ecke. Die Frau auf dem Foto hatte eine ausgeprägte Kinnpartie und durchdringende Augen.

Um Himmels willen, hatte ich etwa eine Frau? Und war *sie* das?

Ich trat an das Regal und war ziemlich erleichtert, als ich die schlichte Inschrift las ›Deine Schwester Violet‹.

Im Kamin bemerkte ich etwas, was wie die verkohlten Überreste mehrerer Bilderrahmen aussah.

Darwin hörte auf, mit Francis zu flüstern und beschloß offensichtlich, mein Gedächtnis zu testen. Er deutete auf das Foto. »Wer ist das?«

»Meine Schwester. Ich würde sie überall wiedererkennen.«

Er war beeindruckt. »Und Beverly? Wissen Sie, wer Beverly ist?«

Es gibt Männer, die Beverly heißen. Aber ich beschloß, es drauf ankommen zu lassen.

»Natürlich weiß ich, wer Beverly ist. Ich kenne sie seit Jahren.«

Darwin war nicht überzeugt. »Sie ist Ihre Frau.«

Er knöpfte seinen Mantel zu. »Nun, ich gehe jetzt. Ich werde dafür sorgen, daß Ihre Angelegenheiten geregelt werden, bis Sie Ihr Gedächtnis wiederfinden.«

»Wo ist meine Frau?« fragte ich.

»Ich weiß es wirklich nicht«, sagte Darwin. »Wahrscheinlich ist sie einkaufen gegangen.«

Francis sah aus, als wolle er etwas sagen, aber er hielt sich zurück.

Als Darwin weg war, untersuchte ich das Haus weiter.

Es stellte sich heraus, daß Beverly und ich getrennte Schlafzimmer hatten. Das erklärte, warum sie mich nicht vermißt hatte und beschlossen hatte, einkaufen zu gehen.

Ich konnte kein Foto von ihr finden.

Warum hatte ich ein Foto von meiner Schwester im Wohnzimmer und keins von meiner Frau?

Ich ging hinunter und machte mir einen Drink.

Um elf läutete es an der Haustür, und kurz darauf kam meine Schwester Violet ins Zimmer.

Dem Schnitt ihrer Kleider nach zu schließen mußte sie jemand sein, der dem Reitsport huldigte und das Jahr nach Turnieren einteilte. Sie zog den Mantel aus, behielt aber den Hut auf dem Kopf. Ich schloß daraus, daß sie nicht in meinem Haus lebte.

»Na, na, Oswald«, sagte sie. »Darwin hat mir erzählt, du hättest schon wieder das Gedächtnis verloren.«

Ich runzelte die Stirn. »Schon wieder?«

Sie ging zum Büffet und mixte sich einen Whisky-Soda. »Natürlich kannst du dich jetzt nicht erinnern, nicht wahr? Dabei ist es eine alte Familiengeschichte. Beim letzten Mal warst du einundzwanzig.«

Ich zögerte, bevor ich fragte: »Gab es irgendeinen besonderen Grund dafür, daß das passierte?«

Sie beobachtete mich einen Augenblick lang über ihr Glas hinweg. »Du warst immer ziemlich stolz auf deine Intelligenz, was?«

»Meine liebe Schwester, wenn ein Mann, der einsachtzig groß ist, gefragt wird, wieviel er mißt, dann wird er nicht gebückt dastehen und lispeln, daß er nur einssechsundfünfzig groß ist.«

Sie lächelte schwach. »An deinem einundzwanzigsten Geburtstag gab dir Vater fünfzigtausend Dollar. Er wollte sehen, was du damit in einem Jahr anfangen konntest.«

»Na und?«

»Du hast prompt alles in eine Firma gesteckt, die ein Schulkollege von dir gegründet hatte.«

»Hat sie Pleite gemacht?« fragte ich; mir war unbehaglich zumute.

Sie lachte. »Sie haben dich von A bis Z geblufft. Es gab gar keine Firma. Dein Freund hat sich einfach nach Südamerika abgesetzt, mit jedem Cent von deinem Geld.«

Ich konnte mich einfach nicht an den Vorfall erinnern. Aber ich begann zu schwitzen.

»Du hast dein Gedächtnis sechs Monate lang nicht wiedergefunden. Dem Psychiater zufolge, den Vater damals konsultierte, gibt es etwas auf dieser Welt, was du einfach nicht ertragen kannst. Und das ist, zum Narren gemacht zu werden. Es war dir lieber, zu vergessen, wer du warst, als der Tatsache ins Auge zu sehen, daß du lächerlich gemacht worden bist.«

»Unsinn!« schnappte ich.

Sie stellte ihr Glas hin. »Wo ist Beverly?«

»Ich weiß es nicht.« Ich räusperte mich. »Wie kommen Beverly und ich miteinander aus?«

»Ganz gut. Ich glaube nicht, daß ihr je gestritten habt.«

Etwas hatte mich leicht irritiert. »Wie alt ist sie?«

Violet lächelte. »Dreiundzwanzig.«

Ich wußte, daß Violet auf meine nächste Frage wartete. »Und wie alt bin ich?«

»Zweiundfünfzig.«

»Aha«, sagte ich trocken.

Violet lächelte noch immer. »Sie hat dich natürlich des Geldes wegen geheiratet, Oswald. Aber laß dich davon jetzt nicht aus der Ruhe bringen. Du warst dir darüber immer ziemlich im klaren und hast beschlossen, die Situation zu akzeptieren.«

»War ich in sie verliebt?«

Violet lachte. »Natürlich nicht. Beverly ist nur eines von deinen Besitztümern und wird auch als solches geschätzt. Du bist bereit, für das, was du haben willst, auch zu bezahlen, und das spricht für dich. Aber wenn du einen Gegenstand berührst, wird er unweigerlich dein Besitz. Du wirst dich unter keinen Umständen davon trennen.«

Ich bemerkte einen Schatten in der Tür und erkannte das Profil. »Francis!« sagte ich scharf. »Haben Sie nichts anderes zu tun, als den Lauscher zu spielen?«

Der Schatten verschwand.

Ich wandte mich wieder Violet zu. »Wann habe ich ihn mir zugelegt?«

»Er war während der letzten zehn Jahre bei dir, und ich glaube, er haßte jede einzelne Minute davon. Du schüchterst ihn erbarmungslos ein.«

»Warum geht er dann nicht weg?«

»Du bezahlst ihn ziemlich gut. Vielleicht bist du dazu gezwungen. Du hast noch nie irgend jemanden länger als ein Jahr halten können.«

Nachdem Violet weggegangen war, trat Francis auf mich zu. Er machte einen ängstlichen Eindruck, und doch wurde er offenbar von einem Elan der Entschlossenheit vorwärts getrieben. »Stimmt es, daß Sie an Amnesie leiden, Sir? Daß Sie sich an nichts erinnern können?«

»Geht Sie das etwas an?«

Er nickte nervös. »Ja, Sir. Ich möchte nämlich die fünfzigtausend Dollar.«

»Welche fünfzigtausend Dollar?«

»Die fünfzigtausend, die Sie mir versprochen haben, wenn ich nicht zur Polizei gehe, Sir.«

Ich starrte ihn ungläubig an. »Warum sollte ich Ihnen fünfzigtausend Dollar dafür versprechen, daß Sie nicht zur Polizei gehen?«

Er schluckte. »Erinnern Sie sich nicht, Sir? Gestern abend haben Sie Ihre Frau ermordet.«

Ich starrte ihn an.

Er schien an Selbstvertrauen zu gewinnen. »Sie und Ihre Frau hatten gestern abend Streit, Sir. Es war etwa halb elf. Ich weiß nicht, worüber Sie gestritten haben, aber gerade als ich mit einem Tablett voller Sandwiches hereinkam, hoben Sie einen Schürhaken auf und schlugen ihr damit auf den Kopf. Sie war sofort tot, Sir.«

Ich mußte mich hinsetzen.

Francis fuhr fort: »Wir legten ihre Leiche in den Break und fuhren aufs Land hinaus, Sir. Wir begruben sie in einem Wäldchen. Ich bin überzeugt, daß niemand sie je finden wird.«

Ich glaube, ich nahm das alles ziemlich gut auf. War der Tod meiner Frau schuld an meiner Amnesie? Und trotzdem: Warum kehrte jetzt, wo man mir doch gesagt hatte, daß ich sie getötet hatte, mein Gedächtnis nicht zurück? – War es, weil ich nicht wissen wollte, *warum* ich den Mord begangen hatte?

»Die fünfzigtausend Dollar, Sir«, sagte Francis wieder.

»Sie bekommen keinen Cent.«

Seine Backenknochen röteten sich. »Dann werde ich die Polizei informieren müssen.«

»Haben Sie je daran gedacht, daß Sie ein Komplize sind?«

Er lächelte verschlagen. »Ich werde ihnen nur einen

anonymen Brief schicken, in dem ich ihnen mitteile, wo die Leiche Ihrer Frau zu finden ist. Wenn Sie versuchen, mich hineinzuziehen, werde ich alles abstreiten. Ihr Wort wird gegen meines stehen, und ich glaube, Sie haben viel mehr zu verlieren als ich.«

Wenn ich mich nur daran erinnern könnte, wo wir Beverly begraben hatten! Dann könnte ich ihre Leiche wegbringen und sie woanders vergraben. Aber offensichtlich würde mir Francis jetzt nichts darüber erzählen.

Es war klar, daß ich seiner Forderung würde nachkommen müssen. Aber bevor ich das tun konnte, war ein Hindernis zu überwinden. »Ich kann Ihnen die fünfzigtausend Dollar jetzt nicht geben. Darwin hat dafür gesorgt, daß ich keinen Cent von meinem Geld anrühren kann, bevor ich mein Gedächtnis wiedergefunden habe.«

Er glaubte wahrscheinlich, daß ich log. »Ich werde der Polizei den Brief schicken«, sagte er halsstarrig.

»Francis, Sie sind seit zehn Jahren bei mir, nicht wahr?«

Er nickte vorsichtig; vielleicht fragte er sich, ob ich im Begriff war, an sein Mitgefühl zu appellieren.

»Dann nehme ich an, daß Sie als Diener ebensoviel über mich und meine Bekannten wissen, wie ich selber weiß – oder vielmehr wußte?«

»Vielleicht.«

»Sehr gut. Dann werden wir uns also hinsetzen, und Sie werden mir alles erzählen, was Sie über mich wissen. Über meine Freunde, meine Feinde, meine Interessen, meine Aktivitäten.«

Er verstand immer noch nicht, warum.

»Verstehen Sie denn nicht?« fragte ich ungeduldig. »Wir werden es einrichten, daß es so *aussieht*, als hätte ich mein Gedächtnis wiedergefunden. Wenn wir das getan haben, werde ich die fünfzigtausend Dollar abheben und sie Ihnen übergeben können.«

Seine Augen leuchteten kurz auf; dann wurde sein Blick wieder unsicher.

Ich glaubte zu wissen, was in ihm vorging. Angenommen, mein Gedächtnis kehrte wirklich zurück, und ich sagte ihm nichts davon. Ich konnte Beverlys Leiche heimlich wieder ausgraben und sie woanders vergraben. Dann hätte er nur noch wenig oder gar keine Macht mehr über mich.

»Francis«, sagte ich und versuchte, meine Worte beruhigend klingen zu lassen, »der Doktor im Polizeipräsidium teilte mir im Vertrauen mit, daß meine Art von Amnesie nur durch die Zeit geheilt wird. Er schätzt, daß es etwa ein Jahr dauern wird. Wir *tun* nur so, als hätte ich das Gedächtnis wiedergefunden. Und wir sollten das in ein, zwei Wochen hinkriegen.«

Meine Lügen heiterten ihn ziemlich auf.

Er wäre weniger fröhlich gewesen, hätte er gewußt, was ihm bevorstand. Natürlich konnte ich nicht zulassen, daß er mich ewig erpreßte – und das gehört zu den Gewohnheiten von Erpressern. Ich mußte ihn ein für allemal loswerden, und ich würde die Sache selbst in die Hand nehmen müssen. Ich hätte es vielleicht in diesem Augenblick getan, aber ich brauchte ihn, um die Kontrolle über mein Vermögen zurückzubekommen.

Francis und ich gingen systematisch an die Arbeit. Wir sammelten alle Fotos im Haus. Von meiner Frau welche zu finden erwies sich als schwierig, aber schließlich entdeckte ich ein paar in der Schublade ihres Schminktischs.

Sie war exquisit, sogar auf gewöhnlichen Schnappschüssen. Und doch wirkte sie zugleich kühl und unnahbar.

Francis und ich sahen den Stoß von Schnappschüssen durch. Er identifizierte die einzelnen Personen und erzählte mir alles, was er über sie wußte. Aber nichts davon brachte eine echte Erinnerung zurück. Ich lernte vieles über mich und mein Leben rein mechanisch auswendig.

Darwin und Violet kamen täglich vorbei. Und wenn sie nach meiner Frau fragten, schwindelte ich ihnen vor, sie hätte sich plötzlich entschlossen, eine liebe Freundin in Kalifornien zu besuchen. Nach ein paar Wochen würde ich zur Polizei gehen und sie als vermißt melden, aber ich wollte nicht, daß sie jetzt schon anfingen, herumzuschnüffeln.

Nach etwas mehr als einer Woche mit Francis fühlte ich mich imstande, Darwin mit der nüchternen Feststellung zu überraschen, ich hätte mein Gedächtnis voll und ganz wiedergefunden.

Darwin hatte, was die Aufgabe betraf, mein Geld vor mir selber zu schützen, so gründliche Arbeit geleistet, daß ich vor einem rasch ernannten Ärztekomitee erscheinen und an die hundertdreißig Fragen beantworten mußte. Darwin hatte sie zusammengestellt, um sicherzugehen, daß mir meine Vergangenheit vertraut war.

Natürlich gab es ein paar Fragen, die Francis und ich nicht hatten vorhersehen können. Aber es wurde mir ein gewisser, mit zunehmendem Alter normaler Gedächtnisschwund zugestanden.

Nach dem Interview schleppten sich drei weitere Tage dahin, bevor das legale Gestrüpp beseitigt und ich wieder mit meinem Geld vereint war.

Als mir Darwin die freudige Nachricht überbrachte,

gab ich allen Bediensteten – mit Ausnahme von Francis – unverzüglich den Nachmittag und Abend frei. Als sie weg waren, läutete ich nach Francis.

»Na, Francis? Wie möchten Sie Ihr Geld? In bar, nehme ich an?«

Seine Augen glitzerten voller Vorfreude.

»In bar, Sir. Und in kleinen Scheinen, wenn Sie so gut sein wollen.«

Ich nickte. »Sehr gut. Ich fahre Sie in ein paar Minuten zur Bank.«

Ich ging zum Büffet und hielt das Glas, das ich für Francis bestimmt hatte, hinter meinem Rücken fest. Das weiße Pulver war bereits drin. Ich gab Whisky und gezuckertes Sodawasser dazu, um einen eventuellen bitteren Geschmack zu überdecken. Dann kam ich mit den beiden Gläsern zurück.

»Wir trinken einen auf unseren Erfolg.«

»Ich trinke nicht, Sir.«

»Unsinn. Mein Vermögen ist mir zurückgegeben worden, und Sie werden in Kürze fünfzigtausend Dollar Ihr eigen nennen. Das ist doch sicher einen Drink zum Feiern wert. Und setzen Sie sich, Mann.«

Seine Bequemlichkeit war mir egal. Aber es war mir lieber, daß er saß, wenn er die Wirkung des Drinks spürte.

Er nahm das Glas und genoß es, in Gegenwart seines Arbeitgebers zu sitzen. Ich machte etwa zehn Minuten lang Konversation, bevor er einzunicken begann.

Nach weiteren zehn Minuten war Francis mausetot.

Es gelang mir mit einiger Mühe, ihn über eine Schulter zu hieven und ihn im Schutz der Baumreihe zur Garage zu tragen. Ich legte ihn hinten in den Break und bedeckte seine Leiche mit einer Plane.

Ich legte eine Schaufel und eine Hacke dazu, zog meine Überkleider aus und schlüpfte in einen schmierigen Overall, der an einem Haken an der Wand hing.

Francis und ich hatten Beverly offensichtlich bei Nacht begraben. Anscheinend hatte einer von uns beiden die Taschenlampe gehalten, während der andere das Loch grub. Aber jetzt war ich allein, und es schien mir viel praktischer, das Grab für Francis bei Tageslicht zu schaufeln. Ich war ganz sicher, daß ich nach ein, zwei Stunden Fahrt einen Platz finden würde, der verlassen genug war, um dort das Auto zu parken und eine passende Grabstätte zu finden.

Ich fuhr die Capitolstraße zur sechsten Straße hinunter und bog dann nach Norden auf die Zweiundvierziger ab. Der Verkehr war mäßig, und ich fuhr durch mehrere kleine Vorstädte, bevor ich mir zu überlegen begann, in welche der kiesbestreuten Seitenstraßen ich einbiegen sollte.

Keine von ihnen schien jedoch in eine ausreichend vereinsamte Gegend zu führen, und so fuhr ich weiter bis Medlow.

In einer Rechtskurve gerade außerhalb des Dorfes gab es einen Stau, und ich mußte anhalten.

Ich streckte den Kopf aus dem Fenster. Sechs oder sieben Autos standen vor mir, und ein Streifenwagen parkte an der Straßenböschung.

Ich fühlte momentane Panik, bis mir klar wurde, daß dies nur eine Routinekontrolle war. Der Polizist würde sich einfach vergewissern, daß Hupe, Scheinwerfer und Rücklichter funktionierten und dann einen Kontrollkleber auf meiner Windschutzscheibe befestigen. In ein paar Minuten würde ich wieder unterwegs sein.

Ich warf einen Blick nach hinten, ins Innere des Breaks.

Die steife Plane verbarg verdächtige Umrisse; Francis war völlig zugedeckt.

Ich entspannte mich und rückte mit dem Wagen allmählich weiter nach vorn, bis ich mit der Inspektion an der Reihe war.

Der Polizist war mit dem Zustand von Beleuchtung und Hupe zufrieden und kam zu dem Fenster zurück, hinter dem ich saß. »Ihren Führerschein bitte.«

Meinen Führerschein! Aber der war doch in der Brieftasche gewesen, die ich über die Brücke geworfen hatte!

Ich tat, als durchsuchte ich meine Taschen. Mit einem leichten Lächeln sagte ich dann: »Ich fürchte, ich habe meine Brieftasche zu Hause vergessen.«

Er sah mich einen Augenblick an und ging dann nach vorn zum Auto. Er kam gleich zurück. »Sie erinnern sich nicht zufällig an Ihre Autonummer, wie?«

Mein Lächeln heischte immer noch Verzeihung. »Ich habe wirklich keinen Sinn für Zahlen.«

Er lächelte ebenfalls, aber es war ein schmales Lächeln. »Ihre Autonummer ist zufällig AA100. Ich habe so das Gefühl, daß Sie sich daran erinnern würden – falls das Ihr Auto ist.«

Er besah sich noch einmal das glänzende Äußere des Breaks; dann wandten sich seine Augen mir zu. »Womit verdienen Sie Ihren Lebensunterhalt?«

»Ich habe ein unabhängiges Einkommen.«

Er ließ ein leises Kichern hören, und ich wußte, er dachte an den schmutzigen Overall, den ich trug.

»Schauen Sie, Herr Polizist«, sagte ich zu ihm. »Rufen Sie doch einfach...« Mir wurde plötzlich klar, daß ich mich nicht mehr an Darwins Vornamen erinnerte. »Sie brauchen nur meinen Anlageberater anzurufen«, fuhr ich rasch fort. »Er wird mich identifizieren können. Wir kennen einander seit zwanzig Jahren. Er heißt Darwin.«

Vielleicht war der Polizist von dem Wort ›Anlageberater‹ beeindruckt. Ein gewöhnlicher Autodieb wird kaum einen Anlageberater als Referenz angeben.

Er dachte einen Augenblick über meinen Vorschlag nach und sagte dann: »Nun gut, probieren wir's halt. Wie ist die Nummer von diesem Darwin?«

Ich wußte sie nicht!

Francis und ich hatten eine Woche lang Schwerarbeit geleistet, aber es gibt so viele Details, die man übersehen kann. So viele bedeutungslose Dinge, die plötzlich wichtig werden: eine Autonummer, ein Vorname, eine Telefonnummer.

Ich merkte, daß ich schwitzte. »Ich kann mich nicht an die Nummer erinnern, aber die können Sie ja bestimmt nachsehen.«

Die Augen des Beamten verengten sich. »Sie kennen ihn seit zwanzig Jahren, aber Sie kennen seine Telefonnummer nicht?« Er öffnete die Wagentür. »Das war ein hübscher Bluff, Mister, aber jetzt rücken Sie bitte zur Seite. *Ich* werde fahren.«

Die drei Männer, die sich mit mir in dem Raum aufhielten, waren Detektive. Der große, der sich als Newell vorgestellt hatte, begann das endlose Verhör:

»Wann haben Sie ihn umgebracht?«

»Ich habe nichts zu sagen, bis ich meinen Anwalt gesehen habe. Bringen Sie Darwin her.«

»Wir ließen Sie seine Nummer nachsehen und sein Büro anrufen. Es hat niemand abgenommen.«

»Es ist nach fünf. Wahrscheinlich ist er zu Hause.«

»Aber Sie kennen seine private Telefonnummer nicht,

und auch nicht seine Adresse, und nicht einmal seinen Vornamen. Außerdem gibt es sechsundzwanzig Darwins im Telefonbuch und ein weiteres Dutzend ist in den Vororten verstreut.«

»Dann versuchen Sie's eben mit allen!« schnappte ich.

Newell seufzte und nickte einem der anderen Detektive zu. Er verließ den Raum.

Newell zündete sich eine Zigarette an. »Sie geben also zu, daß Sie die Leiche in Ihrem Break identifizieren können?«

Es hatte keinen Sinn, das zu leugnen. »Ja. Er war mein Diener.«

»Wie ist sein Familienname?«

»Ich *kenne* seinen Familiennamen nicht. Ich nannte ihn immer nur Francis.« Wie hatten Francis und ich etwas so Grundlegendes übersehen können? Newell paffte an seiner Zigarette. »Können Sie uns sagen, warum wir in einer der Taschen dieses Francis einen an Sie adressierten Brief gefunden haben?«

»Was für einen Brief?«

Er zog einen Brief aus der Tasche und legte ihn auf den Schreibtisch.

Ich starrte darauf; dann fing ich an zu zittern.

Ich hatte meine Frau *nicht* umgebracht.

Ich erinnerte mich. An alles, an absolut alles.

Sie war am Leben und würde bald mit diesem elenden...

Ich brauchte den Brief nicht aufzuheben. Jedes Wort war ein Dolchstoß, den man nicht mehr vergaß.

Lieber Oswald,

Ich habe Dich Deines Geldes wegen geheiratet, und Du hast mich geheiratet, weil ich etwas Hübsches war, das man gern besitzt. Als wir unser stillschweigendes Übereinkommen trafen, konnte ich ganz und gar nicht voraussehen, daß ich es je würde brechen müssen.

Ich habe mich immer für kaltblütig gehalten. Vielleicht war ich sogar stolz darauf. Aber nur Geld zu haben reichte offensichtlich nicht aus. Ich bin eine Frau, und ich entdeckte zu meiner eigenen Überraschung, daß ich Zuneigung brauchte, Liebe.

Erinnerst Du Dich an Roger Ferris? Ich glaube mich zu erinnern, daß Du und er Mitglied mehrerer Klubs – der gleichen Klubs – seid.

Er ist nicht so wohlhabend wie Du, Oswald, aber ich bin sicher, wir werden mit dem, was er hat, leicht auskommen.

Ich werde mich außerhalb des Staates niederlassen. Von einer Güterteilung wird natürlich keine Rede sein. Ich will nur meine Freiheit.

Ich habe außer Roger niemandem davon erzählt, und ich überlasse es Dir, Deinen Freunden das Ganze zu erklären.

Du kannst ihnen erzählen, was Du willst. Ich werde nichts leugnen.

Beverly

Roger Ferris! Dieser oberflächliche …

Ich hatte den Brief zu Hause gelesen. Dann war ich voller Wut durchs Haus gestürmt und hatte jedes Foto, jedes Porträt von Beverly an mich gerissen. Ich hatte geflucht und zugeschaut, wie sie im Kamin verbrannten.

Roger Ferris!

Was konnte ich meinen Freunden sagen?

Im Klub ...

Sie würden sich daran erinnern, daß ich oft mit Ferris Karten gespielt und keinen Verdacht gehegt hatte.

Sie würden flüstern und tuscheln. Sie würden mit dem Finger auf mich zeigen, wenn ich an ihnen vorbeikam.

Sie würden *lachen*!

Ich *konnte* mich nicht auslachen lassen.

Jetzt erinnerte ich mich auch daran, daß ich das Haus verlassen hatte und zu der Brücke gegangen war. Das Wasser da unten war kalt und grausam gewesen, abstoßend und anziehend zugleich. Ich hatte die Augen geschlossen. Was konnte ich tun?

Dann hatte mir der Polizist auf die Schulter geklopft, und ich hatte die Augen aufgemacht; ich sah eine Welt von Fremden. Ich wollte keinen von ihnen kennen, und keiner sollte mich kennen.

Und jetzt Francis!

Er hatte den Brief gefunden und ihn gelesen. Diese niederträchtige Kreatur hatte meine Amnesie dazu benützt, mich wegen etwas zu erpressen, was ich *nicht* getan hatte.

Es war zuviel. Zuviel. Zum Narren gemacht zu werden, von einer Frau ... und von einem *Diener*!

Ich schloß die Augen, und wenn ich eine Tür gehen hörte, öffnete ich sie wieder. Ich hatte Angst.

Es waren drei Männer in dem Raum, und einer von ihnen sagte: »Ich habe etwa ein Dutzend Darwins angerufen und ich glaube, ich habe jetzt den richtigen erwischt. Er wird in ein paar Minuten hier sein.«

Darwin? Wer war dieser Darwin? Und was machte ich hier in diesem Zimmer?

Ich schaute die drei Männer an – die drei Männer, die ich nie zuvor gesehen hatte –, und ich war nur von einem überzeugt: Ich würde nichts von dem glauben, was sie sagten.

Ich würde ihnen gar nichts glauben.

Rein gar nichts.

Verspätete Post

Es war ein klarer Fall von Personenverwechslung.

Sie dachten, sie hätten Harvey Pendleton entführt. Wir sehen uns wahrscheinlich ein bißchen ähnlich, aber er ist der Besitzer der Pendleton Snowmobile Company und ich nicht. Ich bin nur einer von seinen Angestellten.

Es war am Montag so gegen zwölf, als Mister Pendleton seine Bürotür öffnete, hinaussah und mich entdeckte.

Er warf mir seine Autoschlüssel hin. »Wilbur, fahren Sie tanken und lassen Sie das Öl und die Reifen checken. Ich muß heute nachmittag nach Madison und hab keine Zeit, es selber zu machen.«

»Jawohl, Sir«, sagte ich, zog meinen Mantel an und ging zum Parkplatz hinter der Fabrik hinunter. Ich ging zu dem Lincoln hin, auf dem Parkplatz, der klar und deutlich mit ›Pendleton‹ markiert war.

Gerade als ich den Schlüssel ins Schloß steckte, hielt eine grünweiße Limousine hinter mir, und zwei große, starke Männer sprangen heraus. Sie ergriffen mich und stießen mich in den Fond ihres Wagens, auf den Boden.

Einer von ihnen setzte seine Füße fest auf meinen Rücken, so daß ich mich nicht erheben konnte. Der andere sprang hinters Lenkrad, und wir rasten mit quietschenden Reifen los.

»Hören Sie«, sagte ich. »Was soll das Ganze?«

Der Mann mit den Füßen auf meinem Rücken erwiderte: »Nach was sieht es denn aus?«

Ich versuchte, intelligent zu raten. »Eine Entführung?«

»Stimmt, Mister.«

Ich erlaubte mir zu kichern. »Sie haben den Falschen erwischt. Ich heiße Crawford. Wilbur Crawford. Ich nehme an, daß Sie hinter Mister Pendleton her sind.«

Der Mann über mir ging nicht darauf ein. »Halt den Mund.«

Ich versuchte ihnen noch ein paarmal zu sagen, daß sie den Falschen erwischt hatten, aber alles, was ich damit erreichte, waren ein paar Tritte in die Rippen. Ich fand mich damit ab, es vorläufig aufgeben zu müssen.

Es war eine ziemlich lange Fahrt, vor allem für mich, der ich am Boden des Autos lag. Meiner Armbanduhr zufolge vergingen fast zwei Stunden, bevor das Auto endlich in eine knirschende Auffahrt einbog und hielt.

Der kurzen Unterhaltung, die die beiden Männer unterwegs geführt hatten, konnte ich entnehmen, daß der Fahrer Max hieß, das Individuum, das seine Füße auf mich gesetzt hatte, hingegen Clarence.

Er nahm sie jetzt von meinem Rücken herunter. »Aussteigen.«

Ich sah, daß wir auf dem Land waren, in einer ziemlich öden Gegend, und daß das Auto vor einem Farmhaus stand. Mein erster Gedanke war, in Richtung Auto zu rennen, aber Clarence hielt meinen Arm fest umklammert und stieß mich dem Haus zu.

Als ich drin war, meldete ich mich wieder zu Wort. »Ich heiße Wilbur Crawford. Nicht Pendleton. Und ich bin nicht der Besitzer der Pendleton Snowmobile Company. Ich bin nur einer von den Angestellten.«

»Klar«, sagte Clarence. »Klar.« Trotzdem führten sie mich in den ersten Stock, in ein kleines Schlafzimmer.

Clarence stieß mich hinein, versperrte die Tür und ließ mich allein. Ich ging sofort zu dem einzigen kleinen Fenster. Ich sah, daß es ganz von einem schweren, mit Bolzen am Fensterrahmen befestigten Drahtgitter bedeckt war. Es waren also eindeutig Vorbereitungen getroffen worden, um jemanden einzusperren.

Ich schaute auf das Auto hinunter, das immer noch in der Einfahrt stand. Vielleicht hatten sie es gestohlen. Andererseits aber – würden sie es riskieren, fast zwei Stunden lang ein gestohlenes Auto zu fahren, mit einem Entführten drin? Ich kam zu der Überzeugung, daß es sich lohnen könnte, die Autonummer auswendig zu lernen.

Ich bemerkte ein kleines Lüftungsgitter im Fußboden und kniete mich davor, die Hände auf den Boden gelegt. Unter mir sah ich Clarence und Max vorm Fernseher sitzen.

Schließlich war das Fünf-Uhr-Programm bei den Nachrichten angelangt.

Ein gewisser Wilbur Crawford war heute nachmittag entführt worden, und zwar auf dem Parkplatz hinter der Fabrik der Pendleton Snowmobile Company. Ein Zeuge hatte gesehen, wie er von zwei Männern in ein Auto gestoßen wurde. Der Zeuge war zu weit weg gewesen, um die Autonummer entziffern zu können. Aber er beschrieb das Auto als grünweiße Limousine neueren Datums.

Die Polizei spekulierte, die Entführer könnten das Opfer in der irrigen Annahme entführt haben, es handle sich um Harvey Pendleton, den Präsidenten der Pendleton Snowmobile Company.

Unter mir stieß Clarence einen Fluch aus und erhob sich aus seinem Lehnstuhl. Ich hörte ihn die Treppe heraufkommen.

Er sperrte die Tür auf und starrte mich an. »Sie sind also wirklich nicht Harvey Pendleton?«

»Das habe ich Ihnen vorhin zu sagen versucht.«

Er starrte mich weiter an. »Sie sind für mich nutzlos. Absolut nutzlos.«

Ich lächelte. »Dann können Sie mich ja ebensogut laufen lassen.«

Es folgte eine Pause. Dann sagte er: »Was bringt Sie auf die Idee, daß wir die Absicht haben könnten, Sie laufen zu lassen? Ganz egal, wer Sie sind?«

Ich räusperte mich. Das war eindeutig der Moment, Zeit zu gewinnen. »Andererseits bin ich für Sie vielleicht doch nicht ganz nutzlos. Es sollte Ihnen trotzdem gelingen, zu Ihrem Geld zu kommen. Schicken Sie Ihre Lösegeldforderung an Mister Pendleton selbst.«

»Was nützt das? Warum würde uns Pendleton zweihunderttausend Dollar für Ihr Versteck geben? Sie sagten ja selbst, daß Sie nur einer von seinen Angestellten sind.«

»Ja, aber glauben Sie, daß Mister Pendleton es wagen würde, das Lösegeld für mich *nicht* zu bezahlen?«

»Warum sollte er es nicht wagen?«

»Wegen der Publicity, die damit verbunden ist. Was würden die Zeitungen über ihn schreiben, wenn er rundweg beschließen würde, mich nicht loszukaufen, und mich meinem Schicksal überließe, was immer das auch sein mag? Die Leute würden sich über seinen Mangel an Menschlichkeit aufregen. Sie würden seine Snowmobiles nicht mehr kaufen. Er müßte seine Fabrik schließen. Glauben Sie, daß ihm das passen würde, und nur wegen lumpiger zweihunderttausend Dollar? Käme er hingegen mit dem Geld daher, würde er von der ganzen Nation bejubelt werden.«

Clarence rieb sich das Kinn. »Da könnte was dran sein.«

Ich nickte eifrig. »Das ganze Land würde anfangen, Snowmobiles zu kaufen. Er würde expandieren müssen. Geld würde in Strömen hereinfließen.«

»Schon gut«, sagte Clarence. »Übertreiben Sie's nicht.« Er brachte mich hinunter und reichte mir Kugelschreiber und Papier. »Schreiben Sie, was ich Ihnen sage.«

Er diktierte. Sie verlangten zweihunderttausend Dollar in kleinen, nicht numerierten Scheinen. Sie gaben Pendleton eine Woche, um das Geld aufzubringen; danach würden sie wieder Kontakt mit ihm aufnehmen.

Als ich den Brief beendet hatte, schrieb ich die Adresse auf einen Briefumschlag und klebte eine Marke drauf, die mir Clarence reichte.

Er schob den Brief in die Tasche, ging mit mir nach oben und sperrte mich wieder ein.

Ich hegte den Verdacht, daß mich Clarence jetzt nur für den Fall am Leben erhielt, daß er mich noch einmal brauchen sollte. Vielleicht dazu, einen weiteren Brief zu schreiben oder jemandem zu beweisen, daß ich noch am Leben und somit das Lösegeld wert war.

Montag ging vorbei. Dienstag. Mittwoch. Am Donnerstag morgen begann ich mich zu fragen, ob der Brief überhaupt je bei Mister Pendleton angekommen war.

Um zwei Uhr nachmittags stand ich an dem kleinen Fenster, als ich sah, wie Autos etwa achthundert Meter weiter unten auf der Landstraße parkten. Männer stiegen aus den Fahrzeugen, schwärmten über die Felder aus und schlichen vorsichtig ums Haus herum.

Ich kniete oben vor dem Fußbodengitter und beobachtete Clarence und Max, die vorm Fernseher saßen, als die Vertreter der Staatspolizei ins Wohnzimmer stürmten.

Clarence und Max waren völlig überrumpelt und ergaben sich widerstandslos.

Als ich hinunterkam, war Clarence von der Plötzlichkeit der Ereignisse noch ganz überwältigt. »Wie haben Sie uns gefunden?« fragte er den Wachtmeister.

Der Wachtmeister lächelte. »Es war der Briefumschlag, den Sie für die Lösegeldforderung verwendet haben. Die Postleitzahl war falsch, und der Brief traf daher mit Verspätung ein. Tatsächlich war die Postleitzahl *so* falsch, daß wir uns fragten, ob uns Mister Crawford damit nicht etwas mitteilen wollte, zum Beispiel eine Autonummer. Wir gaben die Zahl ans Verkehrsministerium weiter und stießen auf Ihre grünweiße Limousine.«

Max sah Clarence vorwurfsvoll an. »Wie konntest du nur einen Brief mit meiner Autonummer absenden?«

Clarence zuckte die Achseln. »Wieso sollte ich mich an die Nummer von *deinem* Auto erinnern?«

Als ich ins Büro zurückkam, war ich so etwas wie ein Held. Aber nur bis zum nächsten Montag morgen, als Mister Pendleton seine Bürotür öffnete, hinaussah und entdeckte, daß ich in unmittelbarer Reichweite war.

Er warf mir seine Autoschlüssel hin. »Wilbur, fahren Sie tanken und lassen Sie das Öl und die Reifen checken. Ich muß heute nachmittag nach Madison und hab keine Zeit, es selber zu machen.«

Diesmal wurde ich nicht entführt.

Ein Kind klärt den Fall

Es war schon weit nach Mitternacht, als Henry Wilson nach einer Spätvorstellung im Kino nach Hause zurückkehrte. Als er den Schlüssel ins Schloß seiner Wohnungstür steckte, erhielt er einen Schuß in den Rükken und war fast sofort tot.

George Clinton starb am nächsten Tag auf die gleiche direkte Art.

Unsere Polizeidienststelle bekommt jeden Tag eine Anzahl von Briefen. Ein paar davon bieten Informationen an oder wollen welche haben. Andere sind obszön, einige in drohendem Ton abgefaßt, wieder andere bestehen aus weitschweifigen Tiraden. Um die Wahrheit zu sagen: Ein großer Teil von ihnen wandert in den Papierkorb. Wir haben einfach nicht das Personal oder das Budget, das es uns erlauben würde, allem nachzugehen, was mit der Post kommt. Trotzdem gibt es Nachrichten, die unsere Aufmerksamkeit erregen.

Das hier war so eine. Umschlag und Papier waren von der gewöhnlichen Art, wie man sie in jeder beliebigen Papierwarenabteilung kaufen kann. Die Nachricht war mit der Maschine geschrieben und enthielt weder Grußformel noch Unterschrift. Sie war vor ein paar Stunden im Büro des Polizeikommissars gelandet und danach unserer Dienststelle zur Bearbeitung übergeben worden. Sie hatte folgenden Wortlaut:

Da ich davon ausgehe, daß jede Organisation, die so groß ist wie die Ihre, die Sache unabsichtlich übersehen könnte, schlage ich Ihnen vor, die Kugeln zu vergleichen, mit denen Henry Wilson und George Clinton umgebracht worden sind.

Ich glaube, Sie werden entdecken, daß sie aus der gleichen Schußwaffe abgefeuert worden sind.

Ich sah zu Detektiv Sergeant Harrison auf. »Nun?« Er nickte. »Es stimmt. Es ist die gleiche Schußwaffe.«

»Ich nehme an, Sie haben den Brief auf Fingerabdrücke untersuchen lassen?«

»Klar. Aber ohne Resultat. Es sind nur Millies Abdrücke drauf. Der Kommissar hat den Brief nicht berührt.«

Millie Tyler ist die Sekretärin des Kommissars. Sie öffnet seine offizielle Post und liest sie vor ihm. Wenn ein Brief von seinem Büro in die Abteilung für Fingerabdrücke weitergeleitet wird, erscheinen Millies Fingerabdrücke deshalb unweigerlich auf dem Papier. Die Techniker im Laboratorium behaupten, sie könnten sie auf den ersten Blick erkennen, und wir glauben es ihnen.

Ich trommelte mit den Fingern leicht auf den Tisch. »Wenn der Briefschreiber wußte, daß die Kugeln aus ein und derselben Schußwaffe kamen, ist die Frage klar: warum?«

»Ich habe einen gemeinen Verdacht.«

»Ich ebenfalls, vor allem weil er sich die Mühe gemacht hat, uns keine Fingerabdrücke zu liefern. Kannten Clinton und Wilson einander?«

»Soweit wir herausfinden konnten, haben sie einander nie gesehen. Sie haben nur eins miteinander gemeinsam: Beide waren Mitglieder der Amerikanischen Legion.«

Ich sah aus dem Fenster.

Harrison räusperte sich. »Ich bin sicher, wir werden noch mehr herausfinden, Sir.«

Da wir nicht weiterkamen, fragte ich: »Gehören sie beide dem gleichen Postbezirk an?«

»Nein. Sie wohnten auf entgegengesetzten Seiten der Stadt.«

»Aber sie waren doch wenigstens im gleichen Krieg?«

»Nein. Clinton war ein Veteran aus dem Zweiten Weltkrieg, und Wilson war in Korea.«

Ich nahm den Bericht über das erste Opfer, Henry Wilson, zur Hand.

Henry Wilson war ein Junggeselle von achtunddreißig gewesen. Er war Buchhalter bei einer Baufirma; eine zuverlässige Arbeitskraft. Er war kein besonders aufgeschlossener Gesprächspartner, gehörte aber vier Kegelklubs an. War sparsam, aber kein Fanatiker. Hatte an die sechstausend auf einem Sparkonto und zwanzigtausend in einer Versicherung stecken, davon zehntausend bei einer Militärversicherung und die anderen zehntausend in einer Privatfirma. Die Nutznießer waren ein halbes Dutzend Wohltätigkeitsorganisationen.

»War er scharf auf Wohltätigkeit?«

»Nein«, sagte Harrison. »Seinen Bekannten zufolge nahm Wilson die Policen in jungen Jahren heraus, weil es gute Geschäfte waren. Niedrige Beiträge, wissen Sie. Er dachte wohl, daß er im Falle einer Heirat immer noch jemand anderen als Nutznießer einsetzen könnte.«

»Offensichtlich tat er das aber nicht. Irgendwelche Heiratsaussichten oder Zurückweisungen?«

»Bisher ist uns nichts dergleichen untergekommen. Wahrscheinlich ging er lieber kegeln.«

Ich wandte mich der Akte George Clinton zu. Alter: sechsundvierzig. Veteran aus dem Zweiten Weltkrieg. Vizepräsident der Werbeagentur in der Madison Avenue. Seit 1963 geschieden. Die Frau und die beiden halbwüchsigen Töchter kehrten sofort nach Washington zurück, wo die Großeltern lebten.

Clinton war ein schwerer Trinker, der aber seinen Alkoholgenuß während der Arbeitsstunden offensichtlich unter Kontrolle hatte. Er war unglaublich jähzornig.

Einem Kollegen zufolge war Clinton noch drei Tage, bevor man ihn erschossen hatte, in einer Bar unten in der City in eine Schlägerei mit einem Kunden verwickelt gewesen.

Er lebte allein; seine Leiche war in der Wohnung gefunden worden, in Türnähe. Der Nachbar sagte, er hätte um ein Uhr nachts etwas gehört, was nach einem Schuß geklungen hätte. Aber er war nicht sicher genug gewesen, um die Polizei zu verständigen.

»Was ist mit der Schlägerei?« fragte ich.

»Wir suchen nach dem Mann. Der Barmann sagt, er kommt gelegentlich vorbei, aber er kennt weder den Namen des Kerls, noch weiß er etwas über ihn. Sie wissen ja, wie es in diesen überfüllten City-Bars zugeht. Die Gesichter werden einem vertraut, aber das einzige, woran man sich erinnert, ist der Lieblingsdrink des Betreffenden.«

Ich legte Clintons Akte in den OUT-Korb. »Wir verfolgen also zwei winzige Parallelen. Beide Opfer gehörten der Amerikanischen Legion an und beide waren alleinstehend.«

»Und beide waren Männer.«

»Danke für den Tip«, sagte ich.

»Nun, es könnte von Bedeutung sein.«

Am späten Nachmittag kam Sergeant Harrison in mein Büro zurück. »Der Barmann hat eben angerufen. Er sagte, daß der Kunde, der die Schlägerei mit Clinton hatte, gerade jetzt in der Bar sitzt und mit einem Whisky sour beschäftigt ist.«

»Haben Sie nicht daran gedacht, ihn mitzunehmen?«

»Ich habe schon jemanden hingeschickt«, sagte Harrison. »Sie bringen ihn her.«

Ich sagte meiner Sekretärin Sue Adams, wo ich zu finden sein würde, und wir fuhren mit dem Aufzug in die Verhörzimmer.

Fünfzehn Minuten später brachten zwei Detektive einen Mann herein, der Anfang Dreißig sein mochte. Er war adrett gekleidet, obwohl er gerade schwitzte und sein Haar ein bißchen feucht und unordentlich war. Er teilte uns mit, daß er der Juniorpartner von Polk & Polk und staatlich diplomierter Buchhalter sei.

»Ehrlich«, sagte er, »ich habe diesen Clinton nie zuvor gesehen.«

»Worüber habt ihr denn gestritten?« fragte ich.

»Wir haben nicht gestritten. Ich meine, wir haben nicht einmal miteinander gesprochen. Wahrscheinlich hatte er eine Menge getrunken. Ich stieß mit ihm zusammen, als er zum Zigarettenautomaten ging oder so was. Ich sagte ›Passen Sie auf‹, und bevor ich wußte, wie mir geschah, drehte er sich zu mir um, und so war's also.«

»Sie wußten nicht, wer er war?«

»Nein; ich schwöre es. Nicht bevor einer von diesen Detektiven es mir sagte.«

»Wo waren Sie Dienstag um ein Uhr früh?«

»Zu Hause in meinem Bett. Ich habe geschlafen. Meine

Frau kann es bezeugen. Sie hat einen leichten Schlaf und ist sehr eifersüchtig. Ich könnte ohne ihr Wissen nirgends hingehen.«

Als ich am Donnerstag nach dem Mittagessen ins Büro kam, teilte mir Sue Adams mit, der Kommissar hätte einen weiteren Brief bekommen und der läge jetzt auf dem Schreibtisch in meinem Büro.

Ich entfaltete das Briefpapier sorgfältig, schlitzte es mit einem Lineal auf und las:

Wie ich den Zeitungen entnehme, steht es für Sie endgültig fest, daß Clinton und Wilson mit ein und derselben Waffe erschossen worden sind.

Gut für Sie.

Der Revolver gehört mir, und ich habe die Absicht, ihn wieder zu verwenden.

Ich ließ Sergeant Harrison kommen. Er las die Nachricht und kräuselte die Lippen. »Der Brief ist nicht unterschrieben.«

Ich sah ihn aufmerksam an.

Er wurde rot. »Ich habe ja nicht erwartet, daß er mit seinem richtigen Namen unterschreibt, aber man ist doch auf so etwas wie ›Der Rächer‹ gefaßt.«

»Woher wissen wir, daß es ein ›Er‹ ist?«

»Wir wissen es nicht«, gab Harrison zu, »aber irgendwie kann ich mir einfach nicht vorstellen, daß eine Frau solche Briefe schreibt. Ich glaube, ich bin unheilbar romantisch veranlagt.«

»Bring den Brief ins Labor und schau, ob außer Millies Fingerabdrücken noch andere drauf sind.«

Es gab keine.

Der dritte Mann, der sterben sollte, war der Musiker und Musiklehrer William A. Wheeler.

Ich wurde – übrigens genau wie Harrison – um drei Uhr früh durch einen Anruf aus dem Präsidium aus dem Bett gerissen. Eine halbe Stunde später war ich bei Harrison, und wir starrten auf die mit einem Pyjama bekleidete Leiche von William A. Wheeler hinunter.

»Der Rekonstruierung zufolge«, sagte Harrison, »hat ihn jemand um zwei Uhr morgens aus dem Bett geläutet. Wheeler ließ die Sicherheitskette an der Tür, als er sie öffnete, aber das half ihm nichts. Sobald die Tür ein paar Zentimeter weit auf war, schoß der Mörder.«

Der Fotograf beendete seine Arbeit; zwei Krankenwärter legten Wheelers Leiche auf eine Tragbahre und deckten sie zu.

Harrison fuhr fort: »Der Mann in der Wohnung nebenan hockte über heißer Milch, mit der er seine Schlaflosigkeit zu bekämpfen versuchte, und hörte den Schuß. Er sprang nicht gleich auf, sondern überlegte und entschied schließlich, es könnte eventuell ein Schuß gewesen sein, obwohl er bei weitem nicht so laut war wie die Schüsse, die man im Fernsehen hörte. So spähte er den Gang hinunter und da sah er, daß Wheelers Hand aus der einen Spaltbreit geöffneten Tür ragte. Er sah aber keine Spur von dem Mörder und rief gleich die Polizei an.«

Ich sah mich in der Wohnung um. Es sah ziemlich unordentlich aus. Ich bemerkte ein paar kleine Trophäen auf einem der Regale im Bücherschrank und sah sie mir näher an. Wheeler hatte sie 1946 und 1947 gewonnen, als er Mitglied des Schwimmklubs in Jefferson High gewesen war.

»Was wissen wir über Wheeler?« fragte ich.

»Bis jetzt noch nichts«, sagte Harrison, »außer daß er sechsunddreißig ist.«

Um halb elf Uhr morgens brachte Millie Tyler, die Sekretärin des Kommissars, einen verschlossenen Briefumschlag in mein Büro. »Das ist mit der Post gekommen, für den Kommissar. Wahrscheinlich wieder einer von diesen Briefen. Ich erkenne allmählich die Art wieder, wie die Briefe getippt werden.«

Ich öffnete den Umschlag, zog sorgfältig den Brief heraus und las:

Ich nehme an, daß Sie bei Erhalt dieses Schreibens Wheelers Leiche gefunden haben.

Glauben Sie vielleicht, ich verachte die menschliche Rasse so sehr, daß ich wahllos morde?

Wenn Sie das glauben, dann haben Sie zur Hälfte recht: Ich morde nicht wahllos.

Ich wunderte mich über die rasche Postzustellung, bis ich den Umschlag noch einmal untersuchte. Der Brief war am Vorabend um acht abgestempelt worden, sechs Stunden bevor Wheeler ermordet worden war.

Ich schickte den Brief ans Labor weiter, und er kam zu mir zurück, gerade bevor Harrison in mein Büro kam.

Harrison las ihn und schüttelte den Kopf. »Er ist verrückt.«

»Das sind wir alle«, sagte ich, »nur zu verschiedenen Zeiten.«

»Und voller Zuversicht. Ich meine, er hat den Brief sechs Stunden vor dem Mord an dem Mann zur Post gebracht. Sind Fingerabdrücke drauf?«

»Überhaupt keine. Nicht einmal die von Millie.«

Harrison schlug sein Notizbuch auf. »Über William A. Wheeler: Er spielte Klarinette, erteilte Gruppenunterricht im Rahmen des städtischen Musikförderprogramms und gab Privatstunden. Ein Zimmer seiner Wohnung ist schalldicht.«

»Wie steht's mit Freunden, Bekannten und so weiter?«

»Die normale Anzahl. Wir überprüfen das gerade. Wheeler hatte zwei Brüder, einer ist Zahnarzt und der andere hat einen Drugstore. Wheeler verbrachte während des Koreakrieges zwei Jahre in der Armee und spielte in verschiedenen Militärkapellen, auch im Ausland.«

»Ich nehme an, er war Mitglied der Amerikanischen Legion?«

»Nein. Er war bei den Veterans of Foreign Wars. Trotzdem ist es auch eine Militär-Organisation. Im Gymnasium war er ein Sportschwimmer. Hat ein paar Preise gewonnen.«

Ich kaute an meiner Pfeife herum. »Was zum Teufel verbindet Wilson, Clinton und Wheeler? Ist da irgend etwas, was sie miteinander gemeinsam haben, ganz gleich wie banal es ist?«

Harrison zählte gelangweilt auf: »Es waren lauter Männer, sie lebten allein in einer Wohnung, waren alleinstehend oder geschieden. Alle waren früher beim Militär und sind Mitglieder einer Veteranen-Organisation. Sie hatten alle braune Haare und konnten alle schwimmen. Letzteres habe ich überprüft, nachdem ich Wheelers Trophäen gesehen habe.«

Ich schloß die Augen. »Sie haben vergessen, daß sie alle von Zeit zu Zeit ein- und ausatmen und daß sie dafür bekannt waren, ihre Gesichtszüge vorn am Kopf zu tragen.«

Harrison war leicht ungehalten. »Sie sagten mir, Sie wollten irgend etwas, das sie miteinander verbindet, und wenn es noch so geringfügig ist.«

Ich gab es zu. »Hatte Wheeler eine Versicherung abgeschlossen?«

»Zehntausend. Militärversicherung. Tausend für Bestattungskosten und neuntausend für seine Mutter. Sie ist Witwe, bezieht eine Altersrente und lebt in einer Wohnung über dem Drugstore ihres Sohnes Albert. Sie glauben doch nicht etwa, sie hätte ihn wegen der Police ermordet?«

»Natürlich nicht.«

Harrison sah aus, als zweifelte er leicht daran. »Wie können Sie da so sicher sein? Ich weiß, es ist unnatürlich, aber es kommt vor, daß Mütter ihre Kinder ermorden.«

»Aber nicht, wenn sie erwachsen sind.«

Er rieb sich das Kinn. »Das ist mir noch nie aufgefallen, wissen Sie. Das läßt einen innehalten und nachdenken.« Und er hielt inne und dachte eine Zeitlang nach.

Am nächsten Morgen begrüßte mich Sue Adams, als ich zur Arbeit kam. »Diesmal ist der Brief anstatt an den Kommissar direkt an Sie adressiert. Ich habe ihn mit Ihrer übrigen Post aufgemacht. Er liegt auf Ihrem Schreibtisch.«

In meinem Büro sah ich mir den Briefumschlag einen Augenblick an. Er war gestern am frühen Abend aufgegeben worden.

Lieber Herr Wachtmeister Hayes,

Ich wende mich direkt an Sie, weil die Zeitungen schreiben, daß Sie den Fall leiten. Ich nehme an, daß Sie Opfer Nummer vier gefunden haben?

Ich fühle mich ziemlich genau wie der Rennfahrer, der

weiß, daß es mit einer Katastrophe enden wird, wenn er mit hundertzwanzig Stundenkilometern in eine Kurve fährt. Und trotzdem versucht er es mit hundertsiebzehn, dann mit hundertachtzehn, dann mit hundertneunzehn... Immer näher herankommen, ohne daß ein Unglück passiert, das ist das Schönste daran. Wie viele wage ich noch zu töten, bis Sie mir endlich zuvorkommen?

Vielleicht bringe ich einen zuviel um.

Ich rief Sue Adams übers Interphon an. Sie kommt eine halbe Stunde früher als ich zur Arbeit und wird gewöhnlich über die Ereignisse der letzten Nacht informiert.

»Sue, warum haben Sie mir nicht erzählt, daß sie Nummer vier gefunden haben?«

»Ich glaube nicht, daß das stimmt«, sagte sie. »Ich habe zumindest nichts dergleichen gehört. Gestern abend sind zwei Morde passiert, aber das waren Ehegeschichten, in dem einen Fall war's ein Hammer, im andern ein Messer. Nicht das, was wir suchen, nicht wahr, Wachtmeister?«

Als ich um eins vom Lunch zurückkam, war Sue vor Ungeduld schon ganz zappelig. »Ich glaube, sie haben Nummer vier gefunden. Harrison ging vor fünfzehn Minuten weg und ist inzwischen wahrscheinlich dort angekommen.« Sie reichte mir einen Zettel, auf dem eine Adresse stand.

Als mich mein Fahrer absetzte, ging ich zu einem kleinen Cottage, das sich etwas weiter hinten auf dem Grundstück befand, in einem von Bäumen beschatteten, älteren Stadtviertel.

»Er heißt Fairbanks«, sagte Harrison. »Charles W. Fairbanks, aber die Nachbarn nannten ihn Charley. Alter: zweiundsiebzig, Witwer; keine Kinder. Er ist im Ruhestand und lebt allein, von einer Altersrente und einer Pension.«

Ich sah auf die Leiche auf dem Küchenboden hinunter. Charley Fairbanks war durch die rechte Schläfe geschossen worden.

Harrison fuhr fort: »Der Doktor nimmt an, daß er zwischen ein und drei Uhr nachts gestorben ist. In der Nachbarschaft kann sich jedenfalls niemand daran erinnern, den Schuß gehört zu haben. Zu dieser Nachtzeit schläft gewöhnlich jeder. Ich nehme an, das ist der Grund, weshalb der Mörder um diese Zeit zuschlägt.«

»Brillante Schlußfolgerung.«

»Es sieht so aus, als hätte Fairbanks hier am Küchentisch bei einer Tasse Kaffee gesessen.«

»Zwischen ein und drei Uhr morgens?«

»Er lebte allein und teilte sich seine Zeit ganz nach seinem Gutdünken ein. Wenn er Lust auf eine Tasse Kaffee hatte, trank er sie. Wie auch immer: Der Mörder stand draußen und schoß durchs Moskitogitter neben ihm.«

»Wer hat die Leiche gefunden?«

»Seine Nichte. Ich habe mit ihr gesprochen. Da Fairbanks allein lebte, und wegen seines Alters, ruft sie ihn jeden Tag so um die Mittagszeit an. An diesem Tag aber antwortete er nicht, und sie kam also herüber, um nachzusehen, ob etwas passiert war.«

»Wie steht's mit Versicherungen?«

»Nur eine Zweitausend-Dollar-Police, und die Nichte ist seine Nutznießerin. Aber es ist ausgemacht, daß sie sein Begräbnis bezahlt. Ihm gehört auch das Cottage hier, und das bekommt ebenfalls sie.« Nach kurzem Stillschweigen seufzte Harrison . »Fairbanks konnte verdammt noch mal nicht einen einzigen Zug schwimmen.«

Ich schaute Harrison an.

Er räusperte sich. »Ich meine, jetzt haben wir wieder eine von diesen Querverbindungen weniger. Sie wissen schon, von wegen: alle Opfer können schwimmen und so. Und nicht nur das: Was Fairbanks noch an Haar besaß, war grau, und davor rot. Damit wäre also auch unsere Theorie kaputt, nach der sie alle braunes Haar hatten.«

Ich sah aus dem Fenster. »Hören Sie auf, von *unserer* Theorie zu sprechen.«

Harrison gab sich noch nicht geschlagen. »Aber wenigstens verbrachte er zwei Wochen in einem Militärlager außerhalb von Lincoln, Nebraska, und dann war der Erste Weltkrieg zu Ende. War ein treues Mitglied der Amerikanischen Legion, seit ihrer Gründung im Jahre 1919.«

Harrison nickte vor sich hin. »Wir haben also immer noch folgendes: Es waren lauter Männer, die allein lebten. Sie waren alle beim Militär und sind Mitglieder einer Veteranen-Organisation.«

Ich holte tief Luft. »Sind Sie damit wirklich zufrieden?«

Opfer Nummer fünf starb am darauffolgenden Morgen zwischen zwei und drei Uhr. Wir konnten den Zeitpunkt des Todes so genau festlegen, weil er Nachtwächter gewesen war und stündlich die Stechuhr betätigen mußte. Als er das um drei nicht getan hatte, reagierte die Sicherheitspolizei ganz automatisch. Sie fanden seine Leiche innerhalb des Zauns aus dickem Stacheldraht, der die Humphrey Tool and Die Company umschloß.

An diesem Morgen um neun lagen die persönlichen Habseligkeiten des Opfers auf meinem Schreibtisch. Ich las die Mitteilung auf seinem Führerschein: »Richard M. Johnson. Geboren 1912. Er war also vierundfünfzig.«

Harrison war von dem Rapport, den wir soeben vom

Labor erhalten hatten, offensichtlich erschüttert. »Aber Johnson kann nicht Nummer fünf sein. Es paßt nicht in unser Schema.«

»Aber die Kugel paßt«, sagte ich. »Sie stammt aus der gleichen Waffe, mit der die anderen erschossen wurden.«

»Johnson war nie beim Militär und auch nicht bei der Marine oder den Seetruppen, ja nicht einmal bei der Küstenwache«, sagte Harrison in leicht anklagendem Ton. »Doppelter Bruch und offizielle Dienstuntauglichkeit. Und er hat auch nie allein gelebt. Er hatte eine Frau und zwei erwachsene Kinder, die bei ihm wohnten.«

Ich legte ihm die Hand auf die Schulter. »So was gibt's. Haben Sie wirklich so an diesen Veteranen-Organisationen gehangen?«

Er nickte. »Das einzige, was die Opfer miteinander verbindet, ist jetzt die Tatsache, daß es lauter Männer waren, und von denen gibt's Millionen.« Er runzelte nachdenklich die Stirn. »Sie wurden doch nicht in alphabetischer Reihenfolge ermordet, oder?«

Ich schäme mich zu gestehen, daß ich flüchtig auch daran gedacht hatte. »Nein«, sagte ich verdrießlich, »das wurden sie nicht.«

Harrison rieb sich das Kinn. »Ich halte den Mörder ganz und gar nicht für verrückt.«

»Und warum nicht?«

»Nun... Ich weiß, daß es verrückt ist, Leute in dieser Kettenbrief-Manier umzubringen. Aber das ist eigentlich nicht seine *Art* von Verrücktheit. Er will uns nur *vormachen*, daß da ein wahnsinniger Mörder frei herumläuft. Er hat zumindest für den Mord an einem der Opfer ein überzeugendes Motiv. Aber es ist ihm lieber, daß wir herumlaufen und nach einem Massenmörder suchen, anstatt jeden der Fälle einzeln zu untersuchen und eine Antwort zu finden, die ihm wehtun könnte.«

Manchmal habe ich das Gefühl, daß ich die Intelligenz einiger meiner Mitarbeiter unterschätze. Es kommt nicht oft vor, aber es passiert.

»Gut«, sagte ich, »und auf welches der Opfer hat er's nun wirklich abgesehen?«

»Ich weiß es nicht«, sagte Harrison. »Vielleicht ist er noch nicht einmal bei ihm angekommen.«

Abends um zehn war ich in meinem Büro. Ich war müde und hungrig und wollte nach Hause, in ein heißes Bad. Doch die Tatsache, daß es bis morgen früh einen weiteren Toten geben würde, ließ mich alles, was wir über die Morde wußten, immer wieder Revue passieren und überdenken.

Die Tür zu meinem Büro sprang auf, und Sergeant Harrison kam mit seinem zehnjährigen Sohn William herein, der etwas Eulenhaftes an sich hatte. Beide waren ziemlich feierlich angezogen und Harrison erklärte: »Wir kommen gerade vom ›Abendessen für Vater und Sohn‹ im Christlichen Verein Junger Männer. Dachte, ich schau mal vorbei, um zu sehen, ob's was Neues gibt.«

»Es gibt nichts Neues«, sagte ich und starrte trübsinnig auf das Blatt Papier auf meinem Schreibtisch.

1. Henry Wilson
2. George Clinton
3. William A. Wheeler
4. Charles W. Fairbanks
5. Richard M. Johnson

Ich spürte die Gegenwart von Harrisons Sohn an meinem Ellbogen. »Nun«, sagte ich leicht gereizt, »sagen dir diese Namen überhaupt was?«

Er schob die Brille auf den Nasenrücken zurück. »Klar, Wachtmeister Hayes. Es sind alles ehemalige Vizepräsidenten der USA.«

Ich sah ihn fast zwanzig Sekunden lang wie versteinert an, und ging dann zu der nächstbesten Reihe von Enzyklopädien hinüber.

William hatte recht.

Ich rief sofort alle Detektive, die frei hatten, zurück, setzte mich mit dem Telefonbuch hin und begann Überwachungsaufträge auszuteilen.

Einer der Detektive, der sich vor dem Landhaus des schwerreichen William A. King aufhielt, verhaftete Kings Neffen und Alleinerben, als sich der junge Mann anschickte, dem schlafenden Onkel eine Kugel durch den Schädel zu jagen.

Mister Kings Namensvetter hatte unter Franklin Pierce als Vizepräsident gedient.

Ich organisierte eine kleine Feier mit Kaffee und Kuchen in meinem Büro.

»Ich finde es ein bißchen unfair von dem Mörder«, sagte Sue Adams. »Wer in aller Welt erinnert sich schon an Vizepräsidenten? Hätte es sich beispielsweise um die Namen unserer Präsidenten gehandelt, wäre ich sofort mißtrauisch geworden. Jeder kennt unsere Präsidenten!«

Sergeant Benjamin Harrison schnitt ein Stück Schokoladekuchen ab und gab es seinem Sohn William Henry Harrison. »Zuerst dachte ich, der Mörder sei dieser staatlich diplomierte Buchhalter von Polk & Polk.«

Millie Tyler tat Zucker in ihren Kaffee. »Sie meinen den,

der sich mit dem Vizepräsidenten von der Werbeagentur in der Madison Avenue geprügelt hat? Nun, um ehrlich zu sein, damals dachte ich, es könnte seine Frau gewesen sein, aber sie hatte ja dieses Alibi, wonach sie in Washington war.«

Sue Adams Denken glich einer Einbahnstraße. »Hätte er bloß jemanden wie Jefferson oder Lincoln erwähnt.«

Ich rieb mir nachdenklich das Kinn und versuchte mich zu erinnern. Jetzt, wo sie davon sprach, schien mir, daß...

Der Kommissar öffnete die Bürotür. »Wir schreiben eine Belobigung für Sie, Wachtmeister. Wie war doch gleich Ihr Vorname?«

»Rutherford«, sagte ich. »Rutherford B. Hayes.«

Der Aussteiger

Sheriff Tate stellte sich vor und entschuldigte sich dann. »Tut mir leid, Sie so früh am Morgen zu stören, Mister Watkins, aber wir brauchen einen Anwalt.«

Ich machte die Tür des Hotelzimmers ein bißchen weiter auf. »Wir?«

»Der Distrikt des Sheriffs«, sagte er. »Wir haben einen Gefangenen, der will ein Geständnis ablegen.«

Ich sah auf die Uhr. Es war sieben Uhr morgens. »Dann soll er eben gestehen.«

Tate lächelte nachsichtig. »Wir hier versuchen mit der heutigen Zeit Schritt zu halten, Mister Watkins. Wir können nicht mehr einfach ein Geständnis annehmen, nur weil ein Gefangener eins ablegen will. Wir müssen seine Rechte in Betracht ziehen. Zuerst müssen wir ihn darüber informieren, daß er kein Wort zu sagen braucht, wenn er es nicht will. Das kommt vom Miranda-Beschluß, wissen Sie. Wenn er dann immer noch darauf besteht, ein Geständnis abzulegen, ist es besser für uns, wenn er es in Gegenwart seines Anwalts tut. Dann kann er es später nämlich nicht abstreiten und behaupten, niemand hätte ihm was gesagt. Das Ganze ist in dem Büchlein erklärt, das die Sheriffs' Association herausgegeben hat.«

»Sehen Sie mal, Sheriff«, sagte ich, »ich muß mich um meine eigenen Aufgaben kümmern. Einer meiner Fälle soll heute nachmittag vor dem Obersten Gerichtshof erscheinen, und ich muß dort sein.«

»Es wird nicht mehr als eine halbe Stunde Ihrer Zeit in Anspruch nehmen«, sagte Tate.

»Der Miranda-Beschluß sagt nichts darüber, wie lange Sie sein Anwalt sein müssen. Ich meine, Sie vertreten ihn nur, während er sein Geständnis ablegt, und er kann einen anderen Anwalt bekommen, wenn es zur Verhandlung kommt.«

Ich sah auf meine gepackten Koffer. »Hat diese Stadt keine eigenen Anwälte?«

Er nickte. »Doch, wir haben zwei, aber beide sind diese Woche in Jefferson City. Das Gericht für Zivilsachen tagt gerade, wissen Sie.« Er verlagerte sein Gewicht auf den anderen Fuß. »Der Gefangene – er heißt Dawson – wurde dabei ertappt, wie er versuchte, in Harringtons Superette den Safe zu knacken.«

Ich rieb mir das Kinn. »Waren Sie derjenige, der ihn erwischt hat?«

»Nein, das besorgte Harrington selbst. Er lebt in der Wohnung über dem Geschäft. Hörte unten ein Geräusch und kam mit seiner Pistole herunter. Jagte Dawson die Gasse hinauf und verletzte ihn. Freilich nichts Ernstes, nur ein Kratzer an der Wade.«

Ich dachte darüber nach. »Haben Sie Harrington festgenommen?«

Tate blinzelte. »Harrington? Wozu?«

»Eine Stadt von dieser Größe hat doch zweifellos eine Verordnung gegen das Abfeuern von Schußwaffen innerhalb der Grenzen seines Territoriums?«

»Nun ... ja. Aber Harrington hat nur seinen Besitz verteidigt.«

Ich lächelte schmal. »Und wo, sagten Sie, war der Gefangene verwundet worden?«

»An der Wade.«

»Mit anderen Worten, der Gefangene lief von Harrington weg, als er angeschossen wurde?«

»Ich glaube, das könnte man sagen.«

»Harrington hat also tatsächlich gar nichts verteidigt? Er hat nur einen Flüchtenden ins Bein geschossen, wie?«

Tate sah mich einen Augenblick unsicher an. Doch dann entschied er, daß er mich nach wie vor brauchte. »Wie auch immer, wir fanden diese Tasche mit Einbruchswerkzeugen in einem Hinterhof ganz in der Nähe der Gasse. Dort hat Dawson sie weggeworfen, als ihm klar wurde, daß sie ihn beim Fliehen behinderten.«

»Haben Sie Dawsons Fingerabdrücke auf den Werkzeugen gefunden?«

»Nein, das nicht. Ich nehme an, er benutzte die schwarzen Handschuhe, die wir zusammengeknüllt in der hinteren Tasche fanden. Dem Hotelpersonal zufolge ist Dawson zwei Tage hier gewesen und hat sich als Verkäufer im Schuhgroßhandel ausgegeben.«

Mein Blick ging zum Fenster. Der Tag konnte deprimierend werden. »Wo ist der Gefangene jetzt?«

»In einer Zelle im Gefängnis.«

»Sie haben einen Verwundeten in eine Gefängniszelle gebracht?«

»Ja, sicher. Wie ich schon sagte, die Wunde war nichts Ernstes. Nur ein bißchen Fleisch abgesäbelt.«

»Sagte das auch der Arzt?«

»Wir konnten Doc Peterson nicht erreichen. Er war auf einem Hausbesuch auf dem Land. Mrs. Thomkins ist wieder in Erwartung und für sie kommt nur eine Hausentbindung in Frage. Aber wir haben einen Erste-Hilfe-Kasten im Büro.«

Ich schüttelte traurig den Kopf.

Tate sah besorgt aus. »Sie meinen, wir hätten den Arzt irgendwie finden müssen? Aber der Miranda-Beschluß gilt nicht für leichte Fleischwunden.«

»Warum ist der Gefangene so darauf versessen, ein Geständnis abzulegen?«

»Er ist eigentlich nicht darauf versessen. Er hat nur seit ein paar Stunden darüber nachgedacht, und ich nehme an, es ist ihm klar geworden, daß es, wo er doch in flagranti ertappt worden ist, leichter für ihn sein wird, wenn er keine Schwierigkeiten macht und gesteht.«

»Haben Sie mit ihm eine Abmachung getroffen?«

»Absolut nicht«, sagte Tate fest. »Keine Abmachungen. Ich schwöre es.«

Ich begleitete Tate zum Gefängnis und wurde Harrington vorgestellt. Er war ein schwerer, von schwachem Schnapsgeruch umgebener Mann.

»Ich wohne über dem Geschäft«, sagte er, »und um etwa drei Uhr früh erwachte ich und hörte den Lärm unten. Ich ging also zum Frisiertisch, in dem ich meine Pistole aufbewahre, und zog die Schublade auf. Ich war wohl ein bißchen nervös, weil ich sie zu weit herauszog und alles zu Boden fiel. Das muß den Einbrecher auf mein Kommen aufmerksam gemacht haben. Als ich unten ankam, war er schon auf der Straße.«

»Wieviel hat er gestohlen?« fragte ich.

»Nichts«, sagte Harrington. »Er hatte keine Zeit, den Safe zu knacken.«

Tates Stellvertreter brachte den Gefangenen ins Zimmer. Dawson war ein kleiner Mann und schien kurz vor einem Wutausbruch zu stehen. Er starrte mich mißtrauisch an.

»Ich bin Ihr Anwalt«, sagte ich. »Mein Name ist James Watkins. Ich hörte, Sie wollen ein Geständnis ablegen?«

Er zuckte gleichgültig die Achseln. »Würde das die Sache für mich nicht vereinfachen?«

»Wie fühlt sich Ihr Bein an?« fragte Tate. »Haben Sie Schmerzen?«

Dawson sah auf das Bein hinunter. »Nein. Es war nur ein Kratzer.«

Der Sheriff wandte sich zu mir. »Der Grund, weshalb ich ihn nach der Verletzung fragte, ist der Fall in Sheboygan, wo ein Mann wegen Trunkenheit am Steuer festgenommen worden war. Er legte im Polizeibüro ein Geständnis ab, im Beisein seines Anwalts und mit dessen Einverständnis. Aber der Richter ließ das Ganze ohnehin fallen. Er behauptete nämlich, der Angeklagte sei zur Zeit des Geständnisses noch zu betrunken gewesen, um im vollen Besitz seiner Sinne zu sein und zu wissen, was er sagte.«

Ich blinzelte, weil ich zwischen den beiden Fällen keine Verbindung sah.

»Ich meine, daß ein Mann, der beispielsweise infolge einer Schußwunde Schmerzen hat, möglicherweise auch nicht im vollen und uneingeschränkten Besitz seiner Sinne ist. Und das Gericht könnte gezwungen sein, die Anklage fallenzulassen. Man kann gar nicht vorsichtig genug sein, wissen Sie.«

Dawson rieb sich die Stirn.

Der Sheriff beobachtete ihn. »Haben Sie Kopfschmerzen?«

»Klar«, sagte Dawson.

Tate wandte sich an seinen Stellvertreter. »Bill, hol ihm zwei Aspirin und ein Glas Wasser.«

Als Bill zurückkam, schluckte Dawson die zwei Aspirin. Er sah aus, als wollte er etwas sagen, aber Sheriff Tate hielt warnend die Hand hoch. »Es ist mir klar, daß die Aspirintabletten wahrscheinlich schon in Ihren Blutstrom gelangt sind, aber warten wir noch zehn Minuten, um sicher zu sein.«

Dawson sah mich an und zuckte wieder die Achseln.

Ich wandte mich zu Harrington. »Haben Sie den Gefangenen am Safe gesehen?«

»Eigentlich nicht. Aber die Hintertür stand offen und ich wußte, daß ich sie nicht offengelassen hatte, als ich hinaufging, um mich für die Nacht zurückzuziehen.«

»Sie stürzten also zur Hintertür und sahen eine dunkle Gestalt weglaufen. Oder vielmehr, Sie *dachten*, Sie sähen den Gefangenen weglaufen.«

»Er lief wirklich«, sagte Harrington entschieden. »Der Mond war zu einem Viertel voll. Vielleicht auch mehr.«

»Und Sie fingen an, wild herumzuschießen? Wieviele Schüsse haben Sie abgegeben?«

»Fünf oder sechs.«

»Und alle waren für den Flüchtenden bestimmt?«

»Klar.«

»Aber nur eine Kugel traf ihn? Und es war noch dazu ein Streifschuß?«

»Nun, es war dunkel«, sagte Harrington, sich verteidigend.

Er verbesserte sich rasch. »Nicht zu dunkel, um ihn zu sehen. Aber ich bin kein sehr guter Schütze. Und so ist's passiert.«

»Genau gesagt«, erklärte Sheriff Tate, »ging eine von Harringtons Kugeln durch Ray Janeckis Küchenfenster, so etwa in Kopfhöhe. Die hätte Ray erwischt, bloß daß der um die Zeit im Bett lag.« Er wandte sich an Dawson. »Wie geht's den Kopfschmerzen?«

»Besser«, sagte Dawson. »Was gibt's zum Frühstück?« setzte er hinzu.

Tate erschrak leicht. »Frühstück? Wir bringen Ihnen lieber was zu essen, noch bevor Sie ein Wort sprechen«, sagte er rasch. »Ich möchte den Wert des Geständnisses nicht durch die Tatsache beeinträchtigt sehen, daß Sie unter dem Streß eines Hungergefühls handeln.«

Nach etwa fünfzehn Minuten kam Tates Stellvertreter vom Schnellrestaurant nebenan mit dem Essen.

Während Dawson aß, beobachtete ich Harrington. »Haben Sie etwas gegen diesen Janecki? Den, dem Sie beinahe den Kopf abgeschossen haben?«

Harringtons Stimme krächzte leicht. »Ob ich was gegen ihn habe? Warum sollte ich was gegen Janecki haben? Er ist nicht mal ein Stammkunde von mir.«

Tate hatte das Handbuch des Sheriffs durchgeblättert. Er sah auf. »Ist nicht Chuck Biddles Haus gerade neben dem von Janecki?«

»Ich glaube ja«, sagte Harrington. »Warum?«

Tate wandte sich zu mir. »Letzte Woche erwischte Harrington Biddles Frau beim Ladendiebstahl in seinem Geschäft.«

Harrington nickte. »Ein Glas Maraschinokirschen und zwei Büchsen Sardellen. Sie brauchen das Zeug eigentlich nicht, aber sie nehmen es trotzdem.«

Tate nickte. »Biddle regte sich ziemlich auf, als er herausfand, daß Harrington seine Frau mir übergeben hatte. Er sagte, eine solche Bagatelle sollte diskret bereinigt werden, ohne die Behörden zu bemühen. Er drohte sogar, Harrington mit der Faust ins Gesicht zu schlagen.«

Ich lächelte schmal in Harringtons Richtung. »Sie sorgen sich, daß Biddle seine Drohung wahrmachen könnte?«

Er richtete sich auf. »Biddle macht mir keine Sorgen. Ich sagte ihm, er solle sich einen anderen Laden zum Stehlen aussuchen, und soweit es mich betrifft, ist die Sache damit abgeschlossen!«

Sheriff Tate machte sein Handbuch zu. »Ich glaube, wir sollten, um ganz sicher zu gehen, beides auf Band aufnehmen: die Tatsache, daß ich den Gefangenen über seine Rechte informiert habe, und das Geständnis.« Zu seinem Stellvertreter sagte er: »Kennen Sie jemanden in der Stadt, der ein Kassettengerät besitzt?«

»Millie Pritchard hat eins«, sagte Bill und verließ das Zimmer.

Ich konzentrierte mich wieder auf Harrington. »Sie geben also zu, daß der Safe bei dem sogenannten Diebstahlsversuch nicht einmal geöffnet wurde?«

»Vielleicht nicht«, räumte er ein. »Aber es war zumindest Einbruch.«

»Haben Sie Dawson dabei ertappt?«

»Nein, aber die Hintertür ist mit Gewalt geöffnet worden. Wenn Sie wollen, können Sie sich selbst davon überzeugen.«

Ich lächelte geduldig. »Ich gebe also zu, daß die Hintertür gewaltsam geöffnet wurde, aber wir wissen im Grunde ja nicht, wer das gemacht hat, oder? Nehmen wir einmal an, das alles ist in Wirklichkeit ein Alibi für den Versuch, Biddle eine Kugel durch den Kopf zu jagen.«

Harrington fuhr gereizt auf. »Ich habe nicht einmal Biddles Haus getroffen.«

»Sie geben zu, daß Sie ein lausiger Schütze sind, und getrunken haben Sie auch – ich rieche es an Ihrem Atem.«

Er verfärbte sich. »Ich habe nicht getrunken, als das alles passierte. Später nahm ich ein paar Schlucke, um meine Nerven zu beruhigen. Außerdem: Warum sollte ich auf ein dunkles Fenster schießen?«

»Das Mondlicht, das auf das Fenster fiel, ließ es so aussehen, als stände Biddle am Spülbecken, um ein Glas Wasser zu holen. Und Sie wollten den Mord vertuschen, indem Sie vorgaben, es sei ein Unfall passiert, während Sie auf den angeblichen Einbrecher schossen.«

Harrington explodierte. »Den *angeblichen*? Wenn Dawson nicht der Einbrecher war, warum lief er dann die Straße hinunter?«

»Nun mal ruhig, Harrington«, sagte ich. »Angenommen Sie kehren ganz unschuldig nach dem Kino in Ihr Hotel zurück. Plötzlich stürzt jemand , der getrunken hat, aus einem Türeingang und fängt an, auf Sie zu schießen. Würden Sie nicht auch rennen?«

Harrison schnaubte. »Warum sollte er durch die Gasse gehen? Warum geht er nicht auf der Straße?«

»Er hat eine Abkürzung genommen.«

»Es gibt nur ein einziges Hotel in dieser Stadt, und ein einziges Kino«, sagte Harrington, »und die Gasse liegt nicht zwischen den beiden. Außerdem war es drei Uhr früh, und das Kino schließt um Mitternacht.«

Dawson sah von seiner Tasse Kaffee auf und wartete.

»Er konnte den Weg nicht finden und irrte lange herum«, sagte ich. »Er gibt zu, daß er sich in der Stadt nicht auskennt.«

»Und was ist mit dem Einbruchswerkzeug?« fragte Harrington.

»Na schön, was ist damit? Sind Sie sicher, daß es wirklich Einbruchswerkzeug ist? Außerdem: Wie in aller

Welt kann jemand beweisen, daß sie Dawson gehören? Man sagte mir, daß keine Fingerabdrücke drauf sind.«

Tates Stellvertreter kam mit einem Kassettengerät zurück. »Wir können nur die zweite Hälfte von dem Band benutzen, Sheriff. Millie hat auf der ersten Hälfte ein paar Lieder aufgenommen und sie will nicht, daß sie gelöscht werden.« Er stellte das Gerät auf den Tisch und steckte die Schnur ein.

Wir lauschten den letzten Takten von ›La Estralita‹, gesungen von einem klaren ländlichen Sopran. Dann stoppte der Stellvertreter das Band und reichte Tate das Mikrophon. »Alles parat, Sheriff. Sprechen Sie ganz natürlich. Und werden Sie nicht nervös.«

Tate räusperte sich und rezitierte sorgfältig die Formel, mit der der Angeklagte gewarnt wird, so wie es in dem offen vor ihm liegenden Sheriff-Handbuch gedruckt stand. Als er fertig war, wischte er sich die Handfläche der einen Hand an der Hose ab. »Und jetzt übergebe ich das Mikrophon dem Gefangenen, einem gewissen Samuel Dawson.«

Dawson betupfte seine Lippen mit einer Serviette und griff nach dem Mikrophon. »Ich kam vom Kino nach Hause und hatte nur meine eigenen Probleme im Kopf. Ich verirrte mich, und nachdem ich ein paar Stunden herumgelaufen war, kam ich zufällig in diese Gasse, und gerade als...«

Sheriff Tate und Harrington waren ziemlich unglücklich, als Dawson zu Ende erzählt hatte.

Ich lächelte. »Wir müssen den Dingen ins Auge sehen, Harrington. Das reicht doch nicht aus, um gegen meinen Klienten vorzugehen. Sie geben zu, daß Sie ihn nicht einmal auf Ihrem Grundstück gesehen haben; davon abgesehen sind Sie anfechtbar, Harrington. Sie haben zumindest innerhalb der Stadtgrenzen eine Schußwaffe abgefeuert, ohne auf das Leben Ihrer Nachbarn auch nur im geringsten Rücksicht zu nehmen.«

Ich ließ ein paar Sekunden verstreichen. »Wenn Dawson vor Gericht gestellt wird, glauben Sie denn im Ernst, daß er nur die geringste Chance hat, schuldig gesprochen zu werden? Vor allem wenn ich ihn verteidige?«

Harrington fuhr sich mit der Zunge über die Lippen. »Sind Sie einer von diesen Großstadtanwälten?«

Ich zuckte die Achseln. »Ich habe ein Anwaltsbüro in Chicago: Watkins, O'Brien und Schultz.« Ich lächelte. »Das Urteil wird natürlich ›nicht schuldig‹ lauten. Ich glaube, das ist allen von uns klar, die wir hier im Zimmer sind. Ein Mann ist so lange unschuldig, bis seine Schuld bewiesen ist, und wir haben hier das Wort eines Mannes, der getrunken hat, gegen das Wort eines ehrlichen, aber vom Pech verfolgten Schuhverkäufers. Es würde mich ganz und gar nicht überraschen, wenn sich mein Klient gegen Sie wendete und Sie wegen schwerer seelischer und körperlicher Leiden verklagte.«

Harrington sah hilfesuchend zu Tate hin, aber der war damit beschäftigt, seinen Zeigefinger das Inhaltsverzeichnis des Sheriff-Handbuchs hinuntergleiten zu lassen, offenbar ohne zu finden, was er suchte.

Mein Ton sollte freundlich klingen. »Vielleicht kann ich meinen Klienten dazu überreden, den ganzen Zwischenfall zu vergeben und zu vergessen, vor allem da ich ziemlich sicher bin, daß Sie einfach ein bißchen zuviel getrunken hatten und anfingen, in der Nacht Geister abzuknallen. Sie hatten nicht die Absicht, Biddle zu ermorden, und ich bin ziemlich sicher, daß ein kompetenter Anwalt eine Jury davon überzeugen könnte.« Fast hätte ich ihm auf die Schulter geklopft. »Sie können sich wahrscheinlich selber nicht genau erinnern, was an jenem Morgen um drei Uhr passiert ist. Oder?«

Harrington schloß die Augen und ließ sie fast eine Minute lang geschlossen. Dann seufzte er: »Ich erinnere mich an nichts, verdammt nochmal. An überhaupt nichts.«

Fünf Minuten nachdem Dawson freigelassen wurde, ging ich mit Sheriff Tate ins Schnellrestaurant frühstücken.

Er sah ziemlich müde aus, als er neben dem Fenster Platz nahm. »Ich glaube, Sie sind ein ziemlich guter Anwalt, nicht wahr, Mister Watkins?«

Ich studierte die Speisekarte an der Wand und zuckte die Achseln. »Ich habe dreiundneunzig Kriminalfälle persönlich behandelt, und jeder einzelne meiner Klienten wurde freigesprochen.«

Tate war beeindruckt. »Und waren auch Unschuldige dabei?« fragte er.

In Gedanken versunken fuhr ich in die Hauptstadt. Dort angekommen, meldete ich mich im Madison Hotel an. Ich fragte nach Dawsons Zimmernummer. Er war gerade dabei, eine Flasche aufzumachen.

An diesem Morgen um drei waren Dawson und ich unten am Safe gewesen, als Harrington die Schublade ganz aus dem Schrank gezogen hatte. Ich war sofort weggelaufen, aber Dawson war so unklug gewesen, Zeit zu verlieren, indem er die Werkzeuge einsammelte, anstatt sie im Laden zu lassen. Ich war schon draußen auf der Straße und um die Ecke in Sicherheit, als Harrington zu schießen begann.

Jetzt nahm ich den Drink, den Dawson mir anbot. »Ich

wollte dafür sorgen, daß du einen guten Anwalt bekommst. Ich war nicht darauf gefaßt, diese Aufgabe selbst übernehmen zu müssen.«

Dawson grinste. »An langweiligen Nachmittagen in Kleinstadt-Hotelhallen müssen wir über irgendwas reden und mehr scheinen als sein. Aber ich dachte nie daran, daß es so vorteilhaft für dich sein könnte, dich als Anwalt auszugeben.« Er schenkte sich etwas Brandy ein. »Vielleicht hast du deine Berufung verfehlt, Fred. Du scheinst Talent für das Recht zu besitzen.«

Ich nickte und sah aus dem Fenster, über die Kuppel des Capitols hinweg, auf den Campus der Universität, an der ich vor mehr als einem Jahrzehnt sechs Monate lang Jura studiert hatte.

Samuel Dawson und ich waren fast fünf Jahre lang Partner gewesen. Ich dachte, wir hätten gute Arbeit geleistet, aber ich sah jetzt, daß unsere Leistungen die reinsten Lappalien gewesen waren. Mir wurde klar, wo das große Geld liegen mußte.

Es würde nicht ganz einfach sein, Sam zu erklären, daß ich wieder zur Schule gehen würde, um mein Studium abzuschließen.

Emily ist auf Reisen

Das Telefon läutete; ich nahm den Hörer ab. »Ja?«

»Hallo, Liebling, hier spricht Emily.«

Ich zögerte. »Was für eine Emily?«

Sie lachte leise. »Aber Liebling, Emily, deine Frau.«

»Tut mir leid, Sie müssen sich in der Nummer geirrt haben.« Ich legte den Hörer recht ungeschickt in die Mulde zurück.

Millicent, Emilys Cousine, hatte mich beobachtet. »Du bist so weiß wie ein Leintuch.«

Ich schaute heimlich in den Spiegel.

»Ich meine es nicht wörtlich, Albert. Ich meine es im übertragenen Sinn, in bezug auf deine Gemütsverfassung. Du siehst ängstlich aus, schockiert.«

»Unsinn.«

»Wer hat angerufen?«

»Jemand hat sich in der Nummer geirrt.«

Millicent schlürfte ihren Kaffee. »Übrigens, Albert, ich dachte, ich hätte gestern in der Stadt Emily gesehen. Aber das ist natürlich unmöglich.«

»Natürlich ist es unmöglich. Emily ist in San Francisco.«

»Ja, aber *wo* in San Francisco?«

»Das hat sie nicht gesagt. Nur daß sie Freunde besucht.«

»Ich habe Emily ihr ganzes Leben lang gekannt. Sie hat sehr wenige Geheimnisse vor mir. Sie *kennt* niemanden in San Francisco. Wann wird sie zurück sein?«

»Sie könnte ziemlich lange weg sein.«

»Wie lange?«

»Das wußte sie nicht.«

Millicent lächelte. »Du warst doch schon einmal verheiratet, nicht, Albert?«

»Ja.«

»Genauer gesagt, du warst Witwer, als du Emily kennengelernt hast?«

»Das habe ich auch nicht zu verbergen versucht.«

»Deine erste Frau ist vor fünf Jahren bei einem Bootsunfall ums Leben gekommen?«

»Leider ja. Sie konnte nicht schwimmen.«

»Trug sie denn keinen Rettungsring?«

»Nein. Sie behauptete, es würde ihre Bewegungsfreiheit einschränken.«

»Es sieht so aus, als wärest du der einzige Zeuge des Unfalls.«

»Ich glaube, das stimmt auch. Wenigstens hat sich nie jemand anderes gemeldet.«

»Hat sie dir Geld hinterlassen, Albert?«

»Das geht dich nichts an, Millicent.«

Cynthias Vermögen hatte in einer Lebensversicherungspolice in Höhe von fünfzigtausend Dollar bestanden, deren einziger Nutznießer ich war. Außerdem besaß sie eine Anzahl Aktien und Obligationen und ein kleines Segelboot.

Ich rührte in meinem Kaffee. »Millicent, ich dachte, ich sollte dir als erster das Haus zum Verkauf anbieten.«

»Als erster?«

»Ja. Wir haben beschlossen, das Haus zu verkaufen. Es ist wirklich zu groß für uns beide. Wir werden ein kleineres finden, vielleicht sogar eine Wohnung. Ich dachte, vielleicht möchtest du gern ein gutes Geschäft machen. Ich bin sicher, wir finden eine Abmachung, die uns beide zufriedenstellt.«

Sie blinzelte. »Emily würde dieses Haus nie verkaufen. Es ist ihr Heim. Ich müßte es von ihr persönlich hören, mit ihren eigenen Worten.«

»Dazu besteht kein Grund. Ich habe ihre Vollmacht. Sie hat keinen Geschäftssinn, weißt du, aber ich genieße ihr volles Vertrauen. Es ist alles ganz legal und korrekt.«

»Ich werde es mir überlegen.« Sie stellte ihre Tasse hin. »Albert, womit hast du dir deinen Lebensunterhalt verdient, bevor du Emily kennengelernt hast? Oder Cynthia, wenn wir schon einmal dabei sind?«

»Ich kam durch.«

Als Millicent weg war, ging ich wie üblich auf dem Grundstück hinter dem Haus spazieren. Ich ging wieder zu der kleinen Senkung hinunter und setzte mich auf den umgestürzten Baumstamm. Wie friedlich es hier war. Ein Platz zum Ausruhen. In den letzten paar Tagen war ich oft hierhergekommen.

Millicent und Emily waren Cousinen. Sie wohnten nebeneinander auf großen Grundstücken, in Häusern, die einander zum Verwechseln ähnlich sahen. Man konnte also logischerweise annehmen, daß sie beide gleich wohlhabend waren. Wie ich nach der Hochzeit mit Emily entdeckte, war das jedoch nicht der Fall.

Millicents Vermögen mußte weit ins Siebenstellige hineinreichen: Immerhin nahm es die Dienste von Amos Eberly, ihrem Vermögens- und Finanzberater, ganztägig in Anspruch. Emily hingegen besaß kaum mehr als das Haus und das Grundstück und hatte große Schulden gemacht, um sie halten zu können.

Sie konnte sich nur zwei Diener – die Brewsters – leisten. Mrs. Brewster, ein säuerliches Geschöpf, kochte und staubte ein bißchen ab, während ihr Mann, der ehemalige Butler, zum Faktotum degradiert worden war, das sich überall mehr schlecht als recht zu schaffen machte.

Zwei Gärtner wären hier wirklich vonnöten gewesen.

Millicent und Emily waren Cousinen. Dennoch konnte man sich, was Aussehen und Charakter betraf, kaum unterschiedlichere Menschen vorstellen.

Millicent ist ziemlich groß, mager und dezidiert. Sie hält sich für eine Intellektuelle und neigt dazu, alle, mit denen sie zu tun hat, herumzukommandieren und zu beherrschen. Das hatte sie zweifellos auch mit Emily getan. Es ist mir klar, daß Millicent mir gegenüber einen tiefen Groll hegt, weil ich Emily aus ihrer Gewaltherrschaft befreit habe.

Emily. Kleiner als Durchschnitt; an die fünfundzwanzig Pfund Übergewicht. Eine liebenswürdige Natur, ohne Anspruch auf brillante Intelligenz. Leicht zu dominieren, ja, obwohl sie überraschend stur werden konnte, wenn sie sich etwas in den Kopf gesetzt hatte.

Als ich ins Haus zurückkam, wartete Amos Eberly auf mich. Er ist ein Mann in den Fünfzigern mit einer besonderen Vorliebe für graue Anzüge.

»Wo ist Emily?« fragte er.

»In Oakland.« Er dachte nach.

»Ich meinte, in San Francisco. Oakland ist gerade gegenüber der Bucht, nicht wahr? Ich denke immer daran, als wenn es ein und dasselbe wäre, was wahrscheinlich keinem von beiden gerecht wird.«

Er runzelte die Stirn. »San Francisco? Aber ich hab sie

doch heute morgen in der Stadt gesehen! Sie sah ganz wohl aus.«

»Unmöglich.«

»Unmöglich, daß sie wohl aussah?«

»Unmöglich, daß Sie sie gesehen haben. Sie ist immer noch in San Francisco.«

Er nippte an seinem Drink. »Ich weiß doch, wann ich Emily vor mir habe! Sie trug ein fliederfarbenes Kleid mit einem Gürtel. Und so eine Art duftigen hellblauen Schal.«

»Sie haben sich geirrt. Übrigens trägt die Frau von heute keine duftigen hellblauen Schals.«

»Emily trug aber einen. Könnte sie nicht zurückgekommen sein, ohne Sie zu informieren?«

»Nein.«

Eberly sah mich aufmerksam an. »Sind Sie etwa krank, Albert? Ihre Hände scheinen zu zittern.«

»Ein Anflug von Grippe«, sagte ich rasch. »Bringt mich immer zum Zittern. Was führt Sie eigentlich zu mir, Amos?«

»Nichts Besonderes, Albert. Ich war in der Nachbarschaft und dachte, ich schau mal vorbei und besuche Emily.«

»Verdammt, ich sagte Ihnen doch, daß sie nicht hier ist.«

»Schon gut, Albert«, sagte er beruhigend. »Warum sollte ich daran zweifeln? Wenn Sie sagen, sie ist nicht hier, dann ist sie eben nicht hier.«

Ich habe mir angewöhnt, Dienstag und Donnerstag nachmittag den Lebensmitteleinkauf zu besorgen, eine Aufgabe, die ich Mrs. Brewster abgenommen habe, weil ich an ihrer Rechenkunst zu zweifeln begann.

Ich parkte wie üblich auf dem Supermarkt-Parkplatz

und schloß das Auto ab. Als ich aufschaute, sah ich eine kleine, leicht untersetzte Frau über die Straße gehen, dem anderen Ende des Blocks zu. Sie trug ein fliederfarbenes Kleid und einen hellblauen Schal. Es war in den letzten zehn Tagen das vierte Mal, daß ich sie sah.

Ich überquerte rasch die Straße. Ich war immer noch etwa siebzig Meter hinter ihr, als sie um die Ecke bog.

Ich widerstand der Versuchung, ihr nachzurufen, um sie zum Stehenbleiben zu zwingen, und schlug einen gemächlichen Laufschritt ein.

Als ich die Ecke erreichte, war sie nirgends mehr zu sehen. Sie konnte in einem der Dutzend Läden an der Vorderseite des Blocks verschwunden sein.

Ich stand da und versuchte, wieder zu Atem zu kommen, als ein Auto um die Kurve bog.

Es war Millicent. »Bist du es, Albert?«

Ich sah sie ohne Begeisterung an. »Ja.«

»Was in aller Welt tust du hier? Ich sah dich laufen. Ich hab dich nie zuvor laufen sehen.«

»Ich bin *nicht* gelaufen. Ich bin nur so dahingetrabt, um meinen Kreislauf in Schwung zu bringen. Ein bißchen Jogging soll ja gesund sein.«

Ich verabschiedete mich von ihr und kehrte zum Supermarkt zurück.

Am nächsten Morgen, als ich von meinem Spaziergang zu der Senkung zurückkam, fand ich Millicent im Wohnzimmer vor. Sie schenkte sich gerade Kaffee ein und machte es sich überhaupt sehr gemütlich, eine Gewohnheit aus der Zeit, als Emily das Haus allein bewohnte.

»Ich war oben und habe mir Emilys Kleider angesehen. Es fehlt offenbar nichts.«

»Warum sollte etwas fehlen? War ein Dieb im Haus?

Ich nehme an, du kennst ihre Garderobe in- und auswendig.«

»Nicht gerade in- und auswendig, aber doch fast. Und es fehlt sehr wenig, wenn überhaupt etwas fehlt. Erzähl mir nicht, daß Emily ohne alles Gepäck nach San Francisco gereist ist.«

»Sie hatte Gepäck mit, allerdings nicht sehr viel.«

»Was hatte sie an, als sie wegfuhr?«

Millicent hatte mir diese Frage schon einmal gestellt. Diesmal sagte ich: »Ich erinnere mich nicht.«

Millicent hob die Brauen. »Du erinnerst dich nicht?« Sie stellte ihre Tasse hin. »Albert, ich halte heute abend bei mir eine Seance ab. Ich dachte, daß du vielleicht kommen möchtest.«

»Ich gehe zu keiner verdammten Seance.«

»Liegt dir denn nichts daran, mit einem geliebten Toten in Verbindung zu treten?«

»Ich glaube, daß man die Toten in Ruhe lassen soll. Warum sollen wir sie mit jeder Bagatelle aus dem Diesseits belästigen?«

»Möchtest du denn nicht mit deiner ersten Frau sprechen?«

»Warum zum Teufel sollte ich mit Cynthia in Kontakt treten? Übrigens habe ich ihr absolut nichts zu sagen.«

»Aber vielleicht hat sie dir etwas mitzuteilen.«

Ich wischte mir die Stirn. »Ich gehe nicht zu deiner blöden Seance, und damit basta.«

An diesem Abend kontrollierte ich vorm Zubettgehen den Inhalt von Emilys Kleiderschrank. Wie sollte ich ihre Kleider loswerden? Wahrscheinlich, überlegte ich, würde ich sie einer ehrenhaften Wohltätigkeits-Organisation spenden.

Um zwei Uhr morgens wurde ich von Musik geweckt. Ich horchte. Ja, da unten spielte jemand klar und deutlich Emilys Lieblingssonate auf dem Klavier.

Ich schlüpfte in meine Pantoffel und zog meinen Schlafrock an. Im Gang schaltete ich das Licht ein.

Ich war die Treppe schon zur Hälfte hinabgestiegen, als das Klavierspiel aufhörte. Ich ging ganz hinunter und blieb an den Türen zum Musikzimmer stehen. Ich legte das Ohr an eine von ihnen. Nichts. Ich öffnete langsam die Tür und spähte hinein.

Am Klavier saß niemand. Dafür standen aber zwei Kerzenleuchter mit flackernden Kerzen darauf. Das Zimmer kam mir kalt vor. Ziemlich kalt.

Ich entdeckte, daß der Luftzug hinter den Vorhängen hervorkam und schloß die Flügeltüren, die auf die Terrasse hinausgingen. Ich blies die Kerzen aus und verließ den Raum.

Oben an der Treppe traf ich Brewster. »Ich dachte, ich hätte Klavierspiel gehört, Sir«, sagte er. »Waren Sie das?« Ich wischte mir die Handflächen am Schlafrock ab. »Selbstverständlich.«

»Ich wußte nicht, daß Sie Klavier spielen, Sir.«

»Brewster, es gibt vieles, was Sie über mich nicht wissen und auch nie wissen werden.«

Ich ging in mein Zimmer zurück, wartete eine halbe Stunde und zog mich dann an.

Draußen im hellen Mondlicht ging ich zum Gartenschuppen hinüber. Ich schob den Riegel zurück, knipste das Licht an und überprüfte die Gartengeräte. Mein Blick fiel auf die Werkzeuge, die an einem Brett an der Wand hingen.

Ich holte eine langstielige Bewässerungsschaufel herunter und schlug ein bißchen trockenen Schmutz von der Schaufelspitze. Ich warf das Gerät über die Schulter und ging in Richtung der Senkung.

Ich war schon fast dort, als ich stehenblieb und tief aufseufzte. Ich schüttelte den Kopf und ging zum Schuppen zurück. Ich hängte die Schaufel an ihren Platz an der Wand zurück, schaltete das Licht aus und ging zu Bett.

Am nächsten Morgen kam Millicent vorbei, als ich gerade frühstückte.

»Wie geht es dir heute morgen, Albert?«

»Hab mich schon besser gefühlt.«

Millicent setzte sich hin und wartete, bis ihr Mrs. Brewster eine Tasse brachte.

Mrs. Brewster brachte auch die Morgenpost. Sie enthielt mehrere Werbeprospekte, ein paar Rechnungen und einen kleinen blauen Umschlag, der an mich adressiert war.

Ich untersuchte ihn. Die Handschrift war mir vertraut, ebenso der Duft, der dem Kuvert entströmte. Der Brief war in der Stadt aufgegeben worden.

Ich schlitzte den Umschlag auf und zog ein einziges Blatt Papier heraus.

Lieber Albert,

Du kannst Dir nicht vorstellen, wie sehr Du mir fehlst. Ich werde bald zurückkommen, Albert. Bald.

Emily

Ich legte das Blatt in den Umschlag zurück und ließ ihn in die Tasche gleiten.

»Nun?« fragte Millicent.

»Nun was?«

»Ich dachte, ich hätte Emilys Schrift auf dem Umschlag erkannt. Hat sie gesagt, wann sie zurückkommt?«

»Das ist *nicht* Emilys Schrift. Es ist ein Brief von meiner Tante in Chicago.«

»Ich wußte nicht, daß du eine Tante in Chicago hast.«

»Millicent, du kannst beruhigt sein. Ich *habe* eine Tante in Chicago.«

In dieser Nacht lag ich im Bett, aber ich schlief nicht, als das Telefon auf meinem Nachttisch läutete. Ich nahm den Hörer ab.

»Hallo, Liebling. Hier ist Emily.«

Ich ließ fünf Sekunden verstreichen.

»Sie sind *nicht* Emily. Sie sind eine Betrügerin.«

»Aber Albert, warum bist du so stur? Natürlich bin ich es. Ich, Emily.«

»Das ist unmöglich.«

»Warum?«

»Deswegen.«

»Warum deswegen?«

»Von wo rufen Sie an?«

Sie lachte. »Ich glaube, du wärst überrascht.«

»Sie können nicht Emily sein. Ich *weiß*, wo sie ist, und sie würde – nein, sie *könnte* nicht zu dieser Nachtzeit anrufen, nur um mir ›Gute Nacht‹ zu sagen. Es ist weit nach Mitternacht.«

»Du glaubst, du weißt, wo ich bin, Albert? Nein, dort bin ich nicht mehr. Es war so unbequem, so schrecklich unbequem. Und deshalb ging ich weg, Albert.«

Ich erhob die Stimme. »Verdammt, ich kann *beweisen*, daß du noch dort bist.«

Sie lachte. »Beweisen? Wie willst du so etwas beweisen, Albert? Gute Nacht.«

Sie hängte auf.

Ich stieg aus dem Bett und zog mich an. Dann ging ich hinunter und machte einen Abstecher ins Arbeitszimmer. Ich machte mir einen Drink, trank mein Glas langsam leer und machte mir dann einen zweiten.

Als ich zum letzten Mal auf die Uhr sah, war es fast eins. Ich zog zum Schutz vor der nächtlichen Kühle eine leichte Jacke über und ging zum Gartenschuppen. Ich öffnete die Türen, schaltete das Licht ein und zog die langstielige Schaufel aus der Wandhalterung.

Diesmal ging ich ganz bis zur Senkung hinunter. Neben einer riesigen Eiche blieb ich stehen und starrte auf die vom Mond beschienene Lichtung.

Ich zählte, als ich anfing, den Platz abzugehen. »Eins, zwei, drei, vier...« Bei sechzehn blieb ich stehen, drehte mich um neunzig Grad und ging dann achtzehn Schritte in die andere Richtung.

Dann begann ich zu graben.

Ich war seit fast fünf Minuten an der Arbeit, als ich plötzlich das durchdringende Schrillen einer Pfeife hörte. Unmittelbar darauf waren die Strahlen von etwa einem Dutzend Taschenlampen auf mich gerichtet, und Stimmen drangen auf mich ein.

Ich schützte meine Augen vor dem grellen Licht und erkannte Millicent.

»Was zum Teufel soll das heißen?«

Sie zeigte ein grausames Lächeln. »Du mußtest dich davon überzeugen, daß sie wirklich tot war, nicht wahr, Albert? Und das konntest du nur, indem du an ihr Grab zurückkehrtest.«

Ich richtete mich auf. »Ich suche nach indianischen Pfeilspitzen. Einem alten Aberglauben zufolge bringt es dem Finder mehrere Wochen lang Glück, wenn man im Mondlicht eine findet.«

Millicent stellte mir die Leute vor, die um mich herumstanden. »Seit ich anfing, mich zu fragen, was mit Emily wirklich passiert ist, bist du Tag und Nacht von Privatdetektiven beschattet worden.«

Sie deutete auf die anderen. »Miss Peters. Sie ist eine ziemlich gute Imitatorin und hat Emilys Stimme am Telefon nachgeahmt. Sie spielt auch Klavier. Und Mrs. McMillan. Sie machte Emilys Schrift nach und war die Frau im fliederfarbenen Kleid und dem blauen Schal.«

Millicents sämtliche Hausangestellte schienen anwesend zu sein. Ich erkannte auch Amos Eberly und die Brewsters. Ich würde sie morgen entlassen.

Die Detektive hatten ihre eigenen Schaufeln und Spaten mitgebracht und lösten mich bei der Arbeit ab. Sie begannen zu graben.

»Hören Sie«, sagte ich und demonstrierte Empörung. »Sie haben kein Recht dazu. Dies ist *mein* Grundstück. Sie brauchen zumindest einen Durchsuchungsbefehl.«

Millicent fand das amüsant. »Das ist *nicht* dein Grundstück, Albert. Es ist *meins*. Du bist sechs Schritte über die Grenzlinie zurückgetreten.«

Ich wischte mir die Stirn ab. »Ich gehe ins Haus zurück.«

»Du bist verhaftet, Albert.«

»Unsinn, Millicent. Unter all den Leuten hier ist kein einziger, richtiger, uniformierter Polizist. Und in diesem Staat haben Privatdetektive nicht das Recht, irgend jemanden zu verhaften.«

Einen Augenblick lang schien sie nicht ein noch aus zu wissen; aber dann sah sie einen Ausweg. »Du bist festgenommen, Albert. Jeder Bürger kann einen anderen Bürger festnehmen, und ich bin ein Bürger.«

Millicent ließ die Pfeife an der Schnur herumwirbeln. »Wir wußten, daß wir dich kriegen würden, Albert. Letzte Nacht hast du sie beinahe ausgegraben, nicht? Aber dann hast du es dir anders überlegt. Nun, das war im Grunde gar keine schlechte Idee. Gestern abend hätte ich nicht so viele Zeugen auftreiben können. Heute abend haben wir alle auf dich gewartet.«

Die Detektive gruben etwa eine Viertelstunde lang und machten dann eine Pause. Einer von ihnen runzelte die Stirn. »Man würde sich das Graben leichter vorstellen. Der Boden sieht aus, als wäre hier noch nie gegraben worden.«

Sie nahmen ihre Arbeit wieder auf und gruben bis in fast zwei Meter Tiefe, bevor sie es aufgaben. Der mit dem Spaten kroch aus der Grube. »Der Teufel soll's holen! Hier ist nichts vergraben worden. Das einzige, was wir gefunden haben, war eine indianische Pfeilspitze.«

Millicent starrte mich schon seit einer halben Stunde an.

Ich lächelte. »Millicent, was bringt dich auf die Idee, daß ich Emily *begraben* habe?«

Damit ging ich weg und ins Haus zurück.

Wann waren mir Millicents großartiges Manövrieren und die Vierundzwanzig-Stunden-Beschattung zum ersten Mal aufgefallen? Fast ganz von Anfang an, glaube ich. Ich bin ziemlich schnell von Begriff.

Was hatte Millicent bezweckt? Ich nehme an, sie wollte mich in einen solchen Angstzustand versetzen, daß ich irgendwann zusammenbrechen und den Mord an Emily gestehen würde.

Um ehrlich zu sein: Ich hätte es – um es vorsichtig auszudrücken – unwahrscheinlich gefunden, daß ein solcher Plan von Erfolg gekrönt sein würde. Und trotzdem: Sobald mir klar wurde, was Millicent da vorhatte, begann ich an dem Spiel Gefallen zu finden.

Millicent hat das Ganze angestiftet, das Spiel begonnen, aber ich war es, der sie zu der Senkung geführt hat.

Es gab Zeiten, in denen ich dachte, ich täte ein bißchen zuviel des Guten – wie zum Beispiel nicht existierenden Schweiß abzuwischen oder hinter der Frau im fliederfarbenen Kleid herzulaufen –, aber andererseits glaube ich, daß man diese Reaktionen im Grunde von mir erwartete, und ich wollte eventuelle Zuschauer nicht enttäuschen.

Mit den tristen Ausflügen zur Senkung hatte ich ziemlich ins Schwarze getroffen. Und daß ich letzte Nacht mit der Schaufel über der Schulter die halbe Strecke bis hierher gekommen war, hatte den Zweck gehabt, dem vierundzwanzig Stunden später stattfindenden Finale ein großes Publikum zu sichern.

Ich hatte, Millicent nicht eingeschlossen, achtzehn Zeugen gezählt.

Ich überlegte. Verleumdung? Üble Nachrede? Ein Komplott? Grundlose Festnahme? Wahrscheinlich noch einiges mehr. Ich würde damit drohen, sie zu verklagen und eine unrealistisch hohe Summe verlangen. Das war doch heute modern, oder? Zwanzig Millionen? Natürlich war das im Grunde ziemlich unwichtig. Ich bezweifelte sehr, ob die Angelegenheit je vor den Richter kommen würde.

Nein, Millicent würde die Publicity nicht ertragen. Die Welt durfte nicht erfahren, daß sie sich völlig zum Narren gemacht hatte. Sie konnte es nicht ertragen, in ihrem Kreis von Bekannten und Gleichgesinnten die Zielscheibe von Spott und Gelächter zu sein.

Sie würde natürlich ihr Bestes tun, um das Ganze zu vertuschen. Ein paar Dollars hier und ein paar Dollars dort, um das Schweigen der Zeugen zu erkaufen. Aber konnte man im Ernst hoffen, das totale Schweigen von achtzehn verschiedenen Leuten zu erkaufen? Wahrscheinlich nicht. Trotzdem: Wenn die Leute zu tuscheln begannen, würde es Millicent sehr helfen, wenn der Hauptdarsteller in der Geschichte auf ihrer Seite stehen und heftig leugnen würde, daß sich ein so lächerlicher Vorfall überhaupt je ereignet hatte.

Und das würde ich für Millicent tun. Für eine Gegenleistung. Und die war allerdings gewaltig.

Ende der Woche läutete das Telefon.

»Hier ist Emily. Ich komme jetzt heim, mein Lieber.«

»Wunderbar.«

»Hat mich jemand vermißt?«

»Du kannst dir gar nicht vorstellen, wie sehr.«

»Du hast doch niemandem erzählt, wo ich in den letzten vier Wochen war, nicht wahr, Albert? Vor allem nicht Millicent?«

»Nein. Vor allem nicht Millicent.«

»Und was *hast* du ihr erzählt?«

»Ich sagte, du seist auf Besuch bei Freunden in San Francisco.«

»O Gott. Ich kenne *keinen Menschen* in San Francisco. Glaubst du, daß sie Verdacht geschöpft hat?«

»Nun, vielleicht ein ganz klein wenig.«

»Sie glaubt, ich hätte überhaupt keinen Willen, aber das stimmt nicht. Trotzdem wollte ich nicht, daß sie mich auslacht, wenn ich es nicht durchhalten sollte. Oh, ich glaube, wer eine Schlankheitsfarm aufsucht, schwindelt ohnehin. Ich meine, man kann ja gar nicht in Versuchung geraten, weil sie das ganze Essen kontrollieren. Aber ich hab's durchgehalten. Ich hätte jederzeit heimfahren können.«

»Du hast einen phantastischen Willen, Emily.«

»Ich habe *dreißig Pfund* verloren, Albert! Und die bleiben auch weg. Ich wette, ich bin jetzt genauso schlank, wie Cynthia damals war.«

Ich seufzte, Emily hatte absolut keinen Grund, sich ständig mit meiner ersten Frau zu vergleichen. Die beiden sind verschiedene Wesen, und jede von ihnen hat ihren sicheren Platz in meinem Herzen.

Arme Cynthia. Sie hatte darauf bestanden, mit dem kleinen Schiff loszufahren. Ich hatte am Fenster des Yachtklubs gesessen, an einem Martini genippt und auf den kalten, grauen Hafen hinausgesehen.

Cynthias Schiff schien an diesem unfreundlichen Tag das einzige auf dem Wasser zu sein. Offensichtlich war unerwartet Wind aufgekommen. Ich hatte gesehen, wie sich das Schiff plötzlich stark auf die Seite legte und Cynthia über Bord geschleudert wurde. Ich hatte sofort Alarm gegeben, aber als wir hinauskamen, war es zu spät gewesen.

Emily seufzte ebenfalls. »Ich glaube, ich muß mich von Kopf bis Fuß neu einkleiden. Glaubst du, daß wir uns das leisten können, Albert?«

Ja, das konnten wir jetzt. Und mehr als das.

Der nächste bitte

Mir fehlten vier Zigaretten.

Normalerweise wäre mir das gar nicht aufgefallen. Nun hatte ich aber versucht, das Rauchen aufzugeben, und hatte mir für den Anfang noch ein Paket pro Tag zugestanden.

Heute morgen hatte ich eine neue Packung angebrochen und die zwanzig Zigaretten in meine silberne Zigarettendose gelegt. Dann war ich hinuntergegangen und hatte gefrühstückt.

Danach zog ich mich in die Bibliothek zurück, zündete die erste Zigarette des Tages an und las meine täglichen zwei Seiten aus der ›Mühle auf dem Fluß‹*. Um meine Ausdauer zu testen, bin ich entschlossen, das verdammte Buch fertigzulesen, und wenn es mich umbringt. Gegenwärtig bin ich auf Seite 171.

Als ich mit der Zigarette und den zwei Seiten fertig war, durchquerte ich die Halle und ging ins Wohnzimmer, wo ich das Kreuzworträtsel aus der Zeitung von gestern ausfüllte und die Pendeluhr im Auge behielt. Ich wartete, bis es neun Uhr dreißig und Zeit für die zweite Zigarette war.

Nachdem es die halbe Stunde geschlagen hatte, griff ich nach der Zigarettendose und stellte fest, daß ich sie offenbar in der Bibliothek gelassen hatte. Als ich die Dose

* Roman von George Eliot

öffnete, entdeckte ich, daß anstatt neunzehn Zigaretten, die darauf warteten, geraucht zu werden, jetzt nur noch fünfzehn da waren.

Mein erster Gedanke galt Edwards. Hatte er die Zigaretten genommen? Aber dann fiel mir ein, daß er nicht rauchte.

Und wie stand es mit Henrietta und Cyrus? Nein. Sie waren gleich nach dem Frühstück in Cyrus' Auto weggefahren, um diesen Anwalt in Chicago wieder aufzusuchen; sie wollten das Testament anfechten.

Abgesehen von Edwards war ich im Augenblick der einzige Mensch in dem riesigen Haus.

Ich rieb mir das Kinn.

Während ich im Wohnzimmer über dem Kreuzworträtsel gesessen hatte, sah ich zu der offenen Tür hin. Auf der anderen Seite des Korridors hatte ich die geschlossene Bibliothekstür klar und deutlich vor Augen. Ich war überzeugt, daß es mir nicht entgangen wäre, wenn jemand die Bibliothek betreten hätte. Aber es war keiner da gewesen.

War es möglich, daß jemand die Bibliothek durch eines der Fenster betreten und meine Zigaretten gestohlen hatte?

Als einziges Motiv für einen Einbruch war das absurd. Andererseits konnte es einfach eine Reflexhandlung des Einbrechers gewesen sein, der Größeres vorhatte.

Ich untersuchte die hohen Fenster, die die Nord- und Westseiten des Raumes säumten. Jedes von ihnen war von innen fest verriegelt.

Oder hatte eines von ihnen offengestanden, und hatte es der Einbrecher verriegelt, *nachdem* er ins Zimmer eingedrungen war?

In diesem Fall mußte er immer noch im Zimmer sein, da ich es bestimmt gemerkt hätte, wenn er die Bibliothek verlassen hätte.

Ich fühlte so etwas wie verletzten Besitzerstolz, obwohl ich erst seit zwei Wochen auf O'Reilly Oaks lebte.

Ich bewaffnete mich mit einem Kamin-Schürhaken und ging daran, den großen Raum zu durchsuchen.

Ich fand niemanden.

Ich zündete meine Neun-Uhr-dreißig-Zigarette an.

Der Dieb mußte Edwards sein. Er war außer mir der einzige Mensch im Haus. Ein echter Einbrecher hätte die ganze Dose mitgehen lassen. Es fehlten aber nur vier Zigaretten, sehr wahrscheinlich, weil Edwards nicht glaubte, daß ich ihr Verschwinden merken würde.

Gehörte Edwards zu den Menschen, die sich einreden, daß sie keine richtigen Raucher sind, solange sie sich ihre Zigaretten nicht selber kaufen? Betteln oder Stehlen schien für sie etwas anderes zu sein.

Der Verlust der Zigaretten war an sich belanglos. Was mir keine Ruhe ließ, war die Frage, wie Edwards in die Bibliothek kommen und sie wieder verlassen konnte, ohne daß ich ihn sah.

Ich konnte nur an eine einzige Möglichkeit denken. Lächerlich makaber, und doch, in diesen alten Häusern...

Ich ging im Zimmer umher und drückte auf Knöpfe, Vorsprünge und holzgeschnitzte Weintrauben auf der Suche nach der Vorrichtung, die den verborgenen Durchgang – zweifellos des Rätsels Lösung – öffnete und schloß.

Ich hatte keinen Erfolg.

Ich zog heftig an der Klingelschnur. Als Edwards – auf

legitimem Wege – die Bibliothek betrat, sagte ich: »Edwards, ich denke, Sie rauchen nicht.«

»Das stimmt, Sir.«

Edwards war groß, in den Fünfzigern, und hatte sein ganzes Leben lang in diesem Haus gedient, genau wie sein Vater und sein Großvater.

»Edwards«, sagte ich, »sind in diesem Haus nachts je Geister durch die Gänge gewandelt? Oder vielleicht sogar tagsüber?«

Seine Augen flackerten. »Was für Geister, Sir?«

»Das Übliche«, sagte ich. »Kopflose, wehklagende, solche, die mit Ketten rasseln und andere, die Zigaretten rauchen?«

Er dachte darüber nach. »In einem so großen und so alten Haus wie diesem hier kann schon das Krachen einer Diele die Phantasie anregen, Sir. Aber ich versichere Ihnen, daß es in diesem Haus keine Geister gibt.« Er räusperte sich. »Haben Sie etwas gehört ... oder gesehen, Sir?«

Ich lächelte geheimnisvoll. »Wie alt ist dieses Haus?«

»General Horatio Bolivar O'Reilly erklärte es 1842 für vollständig, Sir.«

»Als General Horatio Bolivar O'Reilly dieses Haus baute, ließ er da aus einem verrückten Einfall heraus ein paar Geheimgänge einbauen? Ich glaube, daß das damals beliebt war.«

Edwards wechselte das Standbein. »Das kann ich nicht wissen, Sir.«

Es zeigte sich, daß es zumindest im Augenblick sinnlos war, diesbezüglich weiter in ihn zu dringen. Und was die verschwindenden Zigaretten betraf, so beschloß ich, es bei einer Warnung zu belassen.

Ich prüfte umständlich den Inhalt meiner Zigarettendose. »Hm. Ich könnte schwören, daß ich heute erst zwei Zigaretten geraucht habe. Trotzdem bleiben mir nur vierzehn übrig. Von jetzt an werde ich über meine Zigaretten genau Buch führen, Edwards. Wie Sie wissen, versuche ich das Rauchen aufzugeben und beschränke mich auf genau zwanzig Zigaretten pro Tag.«

»Ja, Sir«, sagte Edwards. »Ich glaube mich zu erinnern, daß Sie vor ein paar Tagen etwas Derartiges äußerten.«

O'Reilly umfaßt etwa fünfundvierzig Zimmer.

Das an die neunzig Hektar große Grundstück ist zum Großteil bewaldet oder an Bauern in der Umgebung verpachtet.

Nur die direkt ans Haus grenzenden eineinhalb oder zwei Hektar Land sind kultiviert.

General Horatio O'Reilly, Marketender seines Zeichens, erlangte seinen Rang, als er während des Black Hawk Krieges ein Milizbataillon auf die Beine stellte. Im Laufe der Kampagne verlor seine Einheit über dreihundert Mann, zweihundert durch Desertieren, hundert infolge diverser Fieberkrankheiten und acht durch akuten Alkoholismus. Während der ganzen Zeit wurde nicht ein einziger Indianer gesichtet.

General O'Reilly, der aus dem Krieg als ziemlich reicher Mann zurückkehrte, wählte die Gegend hier, die etwa fünfundzwanzig Kilometer von Green River Falls entfernt ist, einer Stadt mit damals etwa dreitausend Einwohnern. Auch heute liegt die Einwohnerzahl immer noch unter viertausend.

In jenen Tagen, als Dienstpersonal im Überfluß vorhanden und daher billig war, diente ein ganzes Heer von ihnen in O'Reilly Oaks. Aber mit der Zeit wurden die Kosten für manuelle Arbeit immer höher, und das Kapital der O'Reillys verlor langsam, aber stetig an Wert. So daß bei dem vor einigen Monaten erfolgten Ableben von Terrence O'Reilly, dem Ururenkel von General O'Reilly, die einzigen Bewohner des Hauses Terrence selbst und sein Diener Edwards waren.

Als Terrence verblich, waren nur noch drei direkte, wenn auch entfernte Verwandte von General O'Reilly am Leben, nämlich Cyrus O'Reilly, ein staatlich diplomierter Buchhalter in Chicago; Henrietta O'Reilly, die in einem Versandhaus in Boston einen Pool von Schreibkräften leitete, und ich selber, Wilbur O'Reilly, Angestellter der Gailliard-Dampfschiffahrtsgesellschaft mit Sitz in San Francisco.

Keiner von uns dreien hatte den anderen je zuvor gesehen, und jeder nahm die Existenz der anderen sozusagen nur am Rande wahr. Wir versammelten uns in der Bibliothek von O'Reilly Oaks, wo uns Amos Keller, Terrence O'Reillys Anwalt und Vermögensverwalter, das Testament vorlas.

Es stellte sich heraus, daß O'Reilly Oaks von Keller als Treuhandgesellschaft verwaltet werden sollte. Jeder direkte Nachfahre von General O'Reilly durfte Haus und Grundstück als Wohnsitz benutzen, solange er wollte. Die Treuhandgesellschaft gründete auch einen Fonds zur Bezahlung der Grundstückssteuer und zur Durchführung der dringendsten Instandsetzungsarbeiten von Gebäude und Grundstück.

Es stellte sich ferner heraus, daß Edwards das Recht hatte, auf O'Reilly Oaks zu bleiben, solange er wollte, und daß er ein regelmäßiges Monatsgehalt bekommen sollte, solange er dort lebte.

Beim Tode des letzten O'Reilly sollte der gesamte Besitz liquidiert und der Erlös an verschiedene Wohltätigkeitsinstitute verteilt werden.

Als Keller zu Ende gelesen hatte, entstand eine lange Schweigeminute.

Henrietta, eine robuste Frau mit grimmigem Gesichtsausdruck, sprach als erste. »Moment mal. Wollen Sie damit sagen, daß keiner von uns ein Stück Land kriegt?«

»Ich fürchte, das stimmt«, sagte Keller. »Obwohl jeder einzelne – oder alle – von Ihnen, wie gesagt, O'Reilly Oaks als Ihr Heim ansehen können, solange Sie leben. Ich bin berechtigt, jedem von Ihnen einen monatlichen Betrag für Essen, Kleider und Diverses zu überweisen.«

Cyrus O'Reilly war ein kleiner kluger Mann mit beginnender Glatze und randloser Brille.

»Wieviel ist der Besitz in bar wert?«

Keller zuckte die Achseln. »Das ist schwer zu sagen. Es gibt so viele variable Größen. Es hängt alles vom Käufer ab, vom Markt, vom Zeitpunkt und so weiter.«

»Ist der Besitz je zum Verkauf angeboten worden?« fragte Cyrus.

»Nein.«

»Es ist nie ein Angebot gemacht worden?«

»Nun ... ja«, gab Keller zu. »Eine Gruppe von Geschäftsleuten kam vor ein paar Jahren auf Terrence zu. Sie machten ihm ein ganz hübsches Angebot, aber er lehnte ab.«

Cyrus ließ nicht locker. »Warum sollte eine Gruppe von Geschäftsleuten O'Reilly Oaks kaufen wollen? Ich würde meinen, daß ein Haus von dieser Größe heutzutage unverkäuflich sein muß.«

»Wahrscheinlich«, sagte Keller. »Aber sie wollten den

Besitz in einen Golfplatz verwandeln. Sie schienen der Meinung zu sein, daß das Hauptgebäude ein ideales Klubhaus ergeben würde.«

»Wieviel haben sie dafür geboten?« fragte Henrietta.

»Ich weiß es nicht genau«, sagte Keller. »Aber soviel ich weiß, war es in der Größenordnung von einer Million.« Er sah über seine Brille hinweg. »Hat jemand von Ihnen die Absicht, O'Reilly Oaks zu seinem Heim zu machen?«

Cyrus besah sich die Fingernägel. »Ich denke, ich werde es versuchen.«

Ich lächelte. »Ehrlich gesagt, für mich klingt es ideal.«

Wir drei – Henrietta, Cyrus und ich – verbrachten die nächsten paar Tage damit, voneinander unabhängig durch das Haus und über das Grundstück zu streifen und die Situation abzuschätzen.

Ich fand das Gebäude ganz nach meinem Geschmack. Die Möbel waren ein bißchen altmodisch, aber in erstklassigem Zustand. Im ersten und zweiten Stock waren sie freilich ein wenig verstaubt. Ich wählte eine Suite mit Morgensonne im ersten Stock, räumte ein bißchen auf und zog ein.

Ende der Woche überflog Henrietta beim Frühstück den altmodischen Raum; er fand nicht ihre Billigung. »Mir wäre ein kleineres, neueres Haus lieber. Vor allem eins, das ich als mein eigenes bezeichnen könnte.«

Cyrus biß in seinen Toast, daß es krachte. »Ich habe ein Büro und eine Kundschaft in Chicago. Ich sehe nicht, wie ich ernsthaft daran denken könnte, das aufzugeben, um mich gerade noch über Wasser zu halten.«

Edwards hatte gekocht und servierte jetzt.

»Edwards«, sagte ich. »Die Eierspeise war köstlich. Bin ich auf Paprika gestoßen?«

»Ja, Sir. Milder Paprika zur farblichen Belebung und wegen Vitamin C.«

»Und was ist mit dir, Wilbur?« fragte Cyrus. »Wie ich höre, haben Sie eine verantwortungsvolle Position bei irgendeiner Dampfschiffahrtsgesellschaft. Haben Sie die Absicht, die für freie Kost und Logis aufzugeben?«

Ich schlürfte Kaffee. »Ich habe lange genug für meine Firma gearbeitet, um eine halbe Rente beziehen zu können. Ich glaube, für mich ist die Zeit gekommen, in den Ruhestand zu treten.«

Nach dem Abitur vor etwa zwanzig Jahren ging ich zur See. Nicht aus Abenteuerlust, sondern aus dem handfesten ökonomischen Grund, daß es der einzige Job war, den ich damals finden konnte.

Ich unterschrieb einen Vertrag als Assistent des Zahlmeisters an Bord der *Polylandia* der Gailliard Dampfschiffahrtsgesellschaft.

Die *Polylandia*, ein neuer, in San Francisco stationierter Luxusdampfer, befuhr die meisten Häfen des Fernen Ostens. Bis zu meinem jetzigen Urlaub hatte ich mein ganzes Berufsleben auf der *Polylandia* im Büro des Zahlmeisters verbracht.

Henrietta legte Messer und Gabel hin. »Ich bin sicher, wir können das Testament anfechten.«

»Oh«, sagte ich. »Und mit welcher Begründung?«

»Ich habe herausgefunden, daß Terrence die letzten fünfzehn Jahre als Einsiedler hier gelebt hat, und jeder weiß, daß Einsiedler nicht normal sind. Er kann nicht ganz richtig im Kopf gewesen sein, als er das Testament gemacht hat. Wir drei sind die einzigen Blutsverwandten, die er auf der Welt hatte, und wir sollten von Rechts wegen erben, was er hinterlassen hat, und es durch drei teilen.«

Cyrus stimmte nachdrücklich zu. »Wir können einfach nicht unser Leben damit vergeuden, in diesem riesigen Haus herumzusitzen. Ich kenne da einen Rechtsanwalt in Chicago, der auf sowas spezialisiert ist. Auf das Anfechten von Testamenten meine ich. Er ist teuer, aber wenn wir sein Honorar durch drei teilen, bleibt immer noch mehr als genug übrig.«

Ich weigerte mich, ihm beizustimmen. »Ich persönlich ziehe die jetzige Situation vor. Ich bin von Natur aus seßhaft. In meiner ganzen Dienstzeit auf der *Polylandia* bin ich weniger als ein dutzendmal an Land gegangen, und das nur, um Souvenirs einzukaufen. Sogar den Blinddarm habe ich mir an Bord der *Polylandia* herausnehmen lassen.«

Cyrus zerknüllte seine Serviette. »Nun, ich fahre nach Chicago, um diesen Rechtsanwalt aufzusuchen. Wenn jemand mitkommen möchte, ich habe Platz im Wagen.«

Als Cyrus wegfuhr, saß Henrietta neben ihm.

Ich verbrachte den Morgen damit, den Küchengarten und das Glashaus zu inspizieren. Letzteres hatte ein paar zerbrochene Scheiben, schien aber ansonsten in brauchbarem Zustand zu sein.

Ich ging ins Haus zurück und fand Edwards in der Küche; er bereitete das Mittagessen vor. »Edwards« sagte ich, »haben wir so etwas wie eine Egge im Haus?«

»Ja, Sir. Alle Gartengeräte und sämtliches Zubehör sind im Schuppen neben dem Glashaus. Haben Sie die Absicht zu gärtnern?«

»Ja. Zwanzig Jahre lang habe ich mich mit Gartenzeitschriften gebildet. Jetzt ist es Zeit, das Ganze auf praktischer Ebene auszuprobieren.«

Edwards hackte ein paar Schalotten. »Der verstorbene Terrence O'Reilly war selber ein ziemlich passionierter

Gärtner. Er hatte eine Vorliebe für Gemüse, wobei er davon ausging, daß es sich nicht lohnte, etwas wachsen zu lassen, wenn man es nicht essen konnte, obwohl er andererseits eine Schwäche für Iris, Moosrosen und Stiefmütterchen hatte.«

»Ich bin selber so ähnlich eingestellt«, sagte ich. »Wie ich hörte, war Onkel Terrence ein Einsiedler.«

»Eigentlich nicht, Sir. Er zog seine eigene Gesellschaft jeder anderen vor, aber er verließ doch ab und zu das Haus, vor allem um die monatliche Versammlung des Gärtnervereins von Green River Falls zu besuchen. Die hiesigen Gärtner treffen sich jeden zweiten Mittwoch im Monat in der Gemeindebibliothek, und wie ich höre, sind neue Mitglieder willkommen.«

»Ich habe Onkel Terrence nie in Fleisch und Blut gesehen«, sagte ich, »obschon ich mich vage daran erinnern kann, ihm als Junge ein paar obligatorische Weihnachtskarten geschickt zu haben. Er hat nie geheiratet, oder?«

»Doch, Sir. Mrs. O'Reilly starb vor dreißig Jahren.«

»Hatten sie keine Kinder?«

»Sie hatten einen Sohn, Sir. Robert.«

»Tot, nehme ich an – sonst hätte ihm Terrence wohl den Besitz hinterlassen.«

»Ja, Sir. Tot. Schon seit fünfzehn Jahren.«

»Dann ist er ziemlich jung gestorben. Ein Unfall?«

»Ja, Sir. Ich glaube, so kann man es nennen.«

»Edwards«, sagte ich. »Ich habe den untrüglichen Verdacht, daß da eine Familienleiche im Schrank ist. Was war los mit Robert?«

»Er wurde getötet, als sein Wagen ein Brückengeländer durchbrach und in den Mississippi stürzte.«

»Zu schnell gefahren? Ein paar Drinks hinter die Binde gegossen?«

»Nichts mit Alkohol, Sir. Aber zu schnell gefahren ist er.«

»Edwards«, sagte ich. »Ich bin immer noch dabei, Ihnen die Würmer aus der Nase zu ziehen. Warum ist er zu schnell gefahren?«

»Nun, Sir, er ist zu schnell gefahren, weil ihn die Polizei verfolgt hat. Er war gerade aus dem staatlichen Gefängnis entwichen.«

»Warum war er im Gefängnis?«

Edwards seufzte. »Robert war ein ruhiger Mensch, besaß aber einen ausgeprägten Gerechtigkeitssinn. Er war ein brillanter Student an der Universität. Oder doch fast. Im letzten Semester seines letzten Studienjahres bekam er in Sittenlehre statt der Sechs, die er ehrlich verdient zu haben glaubte, nur eine Drei. Er verlor den Kopf und erschoß den Professor.«

Ein Fünkchen Sympathie glomm in mir auf. Der einzige Flecken in meiner eigenen akademischen Laufbahn war eine Zwei in Leibeserziehung gewesen, ein Fach, das auf einer richtigen Universität nichts zu suchen hat.

Edwards schnitt Tomaten in Scheiben. »Robert bekam lebenslänglich, aber er wurde des Lebens in Gefangenschaft müde, und es gelang ihm zu fliehen. Für kurze Zeit jedenfalls.«

»Und jetzt ist er tot und begraben?«

»Eigentlich nicht, Sir. Tot ist er schon. Aber seine Leiche wurde nie aus dem Fluß geborgen.«

Henrietta und Cyrus kamen an diesem Abend rechtzeitig zum Dinner zurück.

Cyrus rieb sich die Hände. »Nun, Wilbur, wir haben McCardle getroffen. Er ist der Anwalt, von dem ich dir erzählt habe. Er ist überzeugt, daß wir das Testament anfechten können. Er schlägt vor, wir sollen ein bißchen nachforschen und Material über Onkel Terrence sammeln. Wenn ein Mann fünfzehn Jahre lang als Einsiedler lebt, muß er ja ein paar krankhafte Wesenszüge entwikkeln. Dinge, die wir, wenn wir richtig damit umgehen, zu einem Fall aufbauen können, der zeigt, daß der Verstand von Onkel Terrence nicht ganz das war, was er hätte sein sollen.«

Er wandte sich zu Edwards, der den Nachtisch servierte. »Edwards, Sie waren Ihr ganzes Leben lang bei meinem Onkel, nicht wahr?«

»Ja, Sir.«

»Dann müssen Sie sich an bestimmte Vorfälle oder Umstände erinnern, bei denen man sein Benehmen ein bißchen merkwürdig hätte nennen können?«

»Nein, Sir. Ich erinnere mich nicht.«

Cyrus lächelte schmal. »Sie haben ein schlechtes Gedächtnis – ist es das?«

»Nein, Sir«, sagte Edwards. »Ich habe ein sehr gutes Gedächtnis.« Er ging mit dem leeren Tablett hinaus.

»Das war ungeschickt von dir, Cyrus«, sagte Henrietta. »Schließlich hat Edwards etwas zu verlieren, wenn wir das Testament anfechten. Wenn wir seine Mithilfe wollen, werden wir wahrscheinlich irgendwie mit ihm verhandeln müssen.«

Cyrus nickte. »Nun, Wilbur, bist du auf unserer Seite?«

»Wieviel erwartet McCardle für seine Rechtsberatung?« fragte ich.

»Fünfundzwanzig Prozent vom Besitz«, sagte Cyrus.

Ich lächelte. »Jeder von uns, einschließlich unserem Rechtsanwalt, würde also ein Viertel von dem kriegen, was sich auf eine Million Dollar belaufen könnte – oder auch nicht. Abzüglich dessen natürlich, was es kosten mag, Edwards zum Mitmachen zu bewegen, und abzüglich der Grundstückssteuern, die heutzutage horrend sind.« Ich schüttelte den Kopf. »Nein, ich glaube gar nicht daran, daß es sich lohnt, das Testament anzufechten. Angenommen, ich würde es fertigbringen, hundertfünfzigtausend herauszuholen. Wenn ich mich entschließe, sie im großen Stil auszugeben, ist das Geld binnen kurzem verschwunden, und ich stehe mit leeren Händen da. Und selbst wenn ich es klug investiere: Mit wieviel Gewinn könnte ich rechnen? Mit zwölftausend pro Jahr?« Ich nahm noch ein Stück Quarktorte. »Nein, ich lebe jetzt wahrscheinlich in größerem Komfort und größerer Sicherheit, als ich es mit hundertfünfzigtausend tun könnte. Ich bin wohlgenährt, lebe behaglich, kann die Klingelschnur ziehen, wann immer es mir paßt, und außerdem: Wie könnte ich mir wohl mit zwölftausend pro Jahr einen so phantastischen Koch und Diener wie Edwards leisten?«

»Mir wären hundertfünfzigtausend in harter, klingender Münze lieber«, sagte Henrietta fest.

Cyrus nickte. »Zum Teufel mit der Sicherheit.«

Während der nächsten Woche, in der sich die beiden vergeblich bemühten, Edwards auf ihre Seite zu bringen, reisten Henrietta und Cyrus noch zweimal nach Chicago, um sich mit dem Anwalt zu beraten.

Am Abend des Tages, an dem mir Edwards die Zigaretten geklaut hatte, drang ich in ihn: »Gehört der Break in der Garage Ihnen, oder gehörte er Onkel Terrence?«

»Er gehörte Ihrem Onkel, Sir.«

»Ich nehme an, er hätte nichts dagegen, wenn ich mir den Break heute abend ausborge. Das ist der zweite Mittwoch des Monats, nicht wahr? Ich dachte, ich würde bei der Versammlung des Gärtnervereins vorbeischauen.«

»Ich bin sicher, es wird Ihnen gefallen, Sir. Wie Ihrem Onkel.« Er fand die Schlüssel zum Break und gab sie mir.

Als ich an diesem Abend nach zehn aus Green River Falls zurückkam, sah ich blitzende Rotlichter; mehrere Streifenwagen parkten in der Auffahrt von O'Reilly Oaks.

Als ich das Haus betrat, erschien ein robuster Mann in Uniform in der Halle. »Mister Wilbur O'Reilly?«

»Ja. Was soll das Ganze?«

»Ich bin Lieutenant Stafford«, sagte er. »Von der Streifenpolizei. Ich möchte Ihnen ein paar Fragen stellen.«

Wir gingen zu Henrietta und Edwards ins Wohnzimmer.

Stafford sah mich aufmerksam an. »Ihr Cousin Cyrus O'Reilly wurde neben der Straße nach Green River Falls etwa achthundert Meter von hier erschossen aufgefunden. Können Sie mir sagen, wie Sie den heutigen Abend verbracht haben?«

»Natürlich«, sagte ich. »Ich besuchte eine Versammlung des Gärtnervereins von Green River Falls. Das Thema war Rosen. Was ist denn mit Cyrus passiert?«

»Seine Leiche wurde vor seinem Wagen entdeckt, der heute abend um etwa acht Uhr dreißig an der Straßenböschung geparkt war. Wir sind ziemlich sicher, daß er auf ein paar Minuten genau um diese Zeit getötet worden ist und die Leiche im Strahl seiner Scheinwerfer lag.«

Ich rieb mir das Kinn. »Wahrscheinlich machte Cyrus den Fehler, einen Autostopper mitzunehmen.«

»Wahrscheinlich«, sagte Stafford. »Obwohl Autostopper in einem solchen Fall fast immer das Auto mitnehmen. Auch steckte Cyrus O'Reillys Brieftasche unversehrt in der Tasche; sie enthielt siebenhundert Dollar. Ich bezweifle, daß ein Autostopper-Mörder so etwas übersehen haben könnte.«

»Zweifellos ist der Autostopper in Panik geraten und nach dem Mord geflohen«, sagte ich. »Was machte Cyrus eigentlich an diesem Abend draußen?«

»Das scheint niemand zu wissen», sagte Stafford. »Er fuhr weg, ohne jemandem etwas zu sagen, und niemand hat ihn weggehen sehen. Um welche Zeit haben Sie heute abend das Haus verlassen?«

»Gegen halb acht.«

»Wie viele Leute waren bei dieser Versammlung vom Gärtnerverein?«

»Etwa fünfundzwanzig, wahrscheinlich dreißig. Die Versammlung war etwa Viertel vor zehn zu Ende.«

»Könnten diese Leute bezeugen, daß Sie den ganzen Abend dort waren?«

»Ich war dort ein Fremder. Es war meine erste Versammlung. Wahrscheinlich hat mich gar niemand bemerkt, abgesehen von der Sekretärin, als ich mich am Ende der Versammlung als neues Mitglied einschrieb.«

Stafford schüttelte den Kopf. »Als Fremder in einer Kleinstadt bemerkt Sie doch jeder. Sie waren also da, vom Beginn der Versammlung bis fast um zehn?«

Ich hustete: »Nun... eigentlich kam ich ein bißchen zu spät.«

»Wie groß war Ihre Verspätung?«

Ich lächelte rasch. »Anscheinend gibt es auf der Straße nach Green River Falls eine Abzweigung, und ich bin falsch abgebogen. Ich bin eine ganze Strecke weit gefahren, bevor ich merkte, daß ich auf der falschen Straße war und kehrtmachte. Ich kam etwa um neun in der Bibliothek von Green River Falls an.«

Henrietta lächelte.

Ich starrte sie an: »Und wo warst du, als Cyrus getötet wurde?«

»In meinem Schlafzimmer; ich las ein Buch.«

»Ha«, sagte ich. »Und gibt es jemanden, der das bezeugen kann?«

»Natürlich nicht«, sagte sie kalt.

»Und Sie, Edwards«, sagte ich, »wo waren Sie um halb neun?«

Die Frage schien ihn zu überraschen. »Ich war in der Küche und bereitete die Marinade für den Sauerbraten vor.«

Staffords Blick wanderte zu Henrietta und mir. »Ich habe erfahren, daß Sie beide und Cyrus O'Reilly Terrence O'Reillys Anwesen geerbt haben. Ist das Testament gerichtlich beglaubigt worden? Ich meine, wird das Anwesen jetzt statt zwischen drei Personen zwischen Ihnen beiden geteilt werden?«

»Ich fürchte, Ihre diesbezügliche Information ist falsch«, sagte ich. »Wir haben Terrence O'Reillys Besitz nicht geerbt. Laut Testament ist es uns lediglich erlaubt, als Gäste hierzubleiben, solange wir wollen. Uns selbst gehört kein Zollbreit von dem Besitz.«

Henrietta kam mir zu Hilfe. »Nicht ein Zollbreit. Wie Sie sehen, Herr Polizist, gibt es also keinen wie immer gearteten Grund, warum einer von uns Cyrus nach dem

Leben getrachtet haben sollte. Wir haben durch seinen Tod absolut nichts gewonnen.«

»Lieutenant«, sagte ich, »ich glaube, es gibt da einen Nitrattest oder so etwas Ähnliches, um Spuren von Schießpulver auf den Händen von Leuten zu entdecken, die kurz zuvor eine Waffe abgefeuert haben. Das sollte die Angelegenheit ein für allemal bereinigen.«

Stafford nickte. »Unser Techniker wartet nebenan. Aber Mörder werden immer raffinierter. Vor allem wenn ein Vorsatz im Spiel ist. Normalerweise treffen sie Vorsichtsmaßnahmen, indem sie Handschuhe anziehen oder irgendwas um Hände und Arme wickeln, bevor sie schießen. Es würde mich nicht überraschen, wenn ich nichts fände.«

Er fand nichts.

Stafford fuhr fort, Henrietta, Edwards und mich bis elf Uhr dreißig zu verhören; dann gab er es für den Abend auf.

Am nächsten Morgen traf ich Henrietta beim Frühstück. »Nun, Wilbur, jetzt, wo Cyrus nicht mehr unter uns weilt, sollten wir doch größere Anteile vom Besitz kriegen, oder?« fragte sie, indem sie Kaffee einschenkte.

»Henrietta, ich habe nach wie vor nicht die geringste Absicht, das Testament anzufechten.«

Sie lächelte schmal. »Natürlich nicht, Wilbur. Ich auch nicht. Zumindest nicht im Augenblick. Wir werden eine Zeitlang warten, nicht? Sechs Monate? Ein Jahr? Schließlich ist es nicht klug, einen so gierigen Eindruck zu machen, auch wenn die Polizei hinsichtlich Cyrus' Tod offenbar nicht das geringste beweisen kann.« Das Lächeln verschwand. »Einer von uns beiden muß es sein, und ich bin's bestimmt nicht.«

»Was bist du nicht?«

»Du verstehst sehr wohl, was ich meine, Wilbur. Einer von uns hat Cyrus ermordet, und ich weiß, daß ich es nicht war. Du bist viel tiefgründiger und schlauer als ich dachte. Dein unschuldiger Gesichtsausdruck kann mich nicht einen Moment lang täuschen. Ich werde ein Auge auf dich haben und meine Vorsichtsmaßnahmen treffen.«

»Vorsichtsmaßnahmen? Was für Vorsichtsmaßnahmen?«

»Ich werde einem Freund von mir einen versiegelten Brief schicken, mit der Anweisung, daß er nur geöffnet werden soll, wenn ich unter mysteriösen Umständen sterbe.«

»Henrietta, ich kann dir einfach nicht folgen.«

Sie lächelte grimmig. »In meinem Brief werde ich dich des Mordes an Cyrus beschuldigen.«

Ich starrte sie kalt an. »Dafür hast du absolut keinen Beweis.«

»Natürlich habe ich keinen. Hätte ich einen, so hätte ich ihn höchstwahrscheinlich der Polizei übergeben. Trotzdem werde ich in meinem Brief sagen, daß wir beide übereingekommen sind, Cyrus zu ermorden, um größere Anteile zu bekommen, und daß ich jetzt den Verdacht hege, du wolltest mich ebenfalls töten und alles übernehmen. Ich glaube, das würde die Aufmerksamkeit der Polizei erregen, falls mir etwas zustoßen sollte, meinst du nicht, Wilbur? Das Geständnis eines der beiden Komplizen würde dich in ziemliche Schwierigkeiten bringen.«

»Henrietta«, sagte ich, »hast du je daran gedacht, daß es einen Dritten im Haus gibt, der Cyrus gern tot sehen würde?«

»Edwards?«

»Natürlich. Schließlich würde er, wenn du und Cyrus das Testament mit Erfolg angefochten habt, sein Heim und seine Stellung riskieren.«

»Aber wir haben ihm einen Anteil angeboten.«

»Ja, aber euer Angebot war vielleicht nicht gut genug. Oder er zieht den Status quo vor. Vielleicht betrachtet er O'Reilly Oaks ebenso als sein Zuhause wie Terrence O'Reilly es tat – bestimmt mehr als du oder ich.«

Ich trank meinen Kaffee aus. »Ich sende jetzt einem Freund von mir einen versiegelten Brief, in dem ich kurz und bündig feststelle, daß wir drei – Edwards, du und ich – uns zusammentaten, um Cyrus zu ermorden, aus Spaß und wegen des Profits, und daß ich jetzt den schweren Verdacht hege, daß ihr beide die Absicht habt, mich ebenfalls umzubringen.« Ich lächelte. »Ich werde auch feststellen, daß du und Edwards in eine leidenschaftliche Liebesaffäre verstrickt wart.«

Sie errötete. »Ich? Mit einem Diener?«

»Meine liebe Henrietta«, sagte ich. »Das soll schon vorgekommen sein.«

Es zeigte sich, daß keiner von uns beiden je einen solchen Brief absandte.

Ich ging in die Bibliothek, zündete die erste Zigarette des Tages an und nahm ›Die Mühle auf dem Fluß‹ zur Hand.

Als ich die obligatorischen zwei Seiten gelesen hatte, suchte ich nach der Zeitung von gestern und dem Kreuzworträtsel.

Wo hatte ich die Zeitung liegenlassen? – Ach ja, in dem sonnigen Alkoven beim Treppenabsatz im ersten Stock.

Ich verließ das Zimmer, fand die Zeitung und hielt mich dort eine Weile auf, um einen Artikel zu lesen, den ich gestern ausgelassen hatte. Als ich fertig war, ging ich wieder in die Bibliothek hinunter.

Ich war etwa mit dem halben Kreuzworträtsel fertig, als die Pendeluhr auf der anderen Seite des Korridors die halbe Stunde schlug.

Zeit für meine zweite Zigarette. Ich griff nach meiner Dose auf dem Tisch neben mir und öffnete sie.

Es fehlten fünf Zigaretten. Als ich das Zimmer verlassen hatte, hatte ich die Dose nicht mitgenommen und offensichtlich war während meiner Abwesenheit...

Ich ging zur Klingelschnur und zog heftig daran.

Edwards erschien. »Ja, Sir?«

»Edwards«, sagte ich. »Mir fehlen fünf Zigaretten.«

Er runzelte nachdenklich die Stirn.

»Edwards«, sagte ich. »Sie sind doch auch der Ansicht, daß nur drei Leute im Haus sind, oder?«

»Absolut, Sir.«

»Gut. Ich weiß mit Sicherheit, daß ich die fünf Zigaretten nicht geraucht habe, und ich weiß auch, daß Henrietta schon vom Tabakgeruch schlecht wird. Welche Schlüsse müssen wir daraus ziehen, Edwards?«

Er vermied meinen Blick. »Ich weiß es nicht, Sir.«

»Wir müssen daraus den unvermeidlichen Schluß ziehen, daß die Person, die die Zigaretten gestohlen hat, Sie sind, Edwards.«

Edwards rieb sich den Nacken. »Ja, Sir. Ich gebe es zu. Ich habe die Zigaretten genommen.«

Ich musterte ihn streng. »Edwards, schämen Sie sich denn nicht? Schließlich ist Ihr Gehalt recht großzügig. Ich würde meinen, daß Sie imstande wären, sich Ihre Zigaretten selber zu kaufen. Sie sollten es nicht nötig haben, sie zu stehlen. Haben Sie eine Erklärung?«

Er ließ den Kopf hängen. »Sir, als ich aufhörte zu rauchen, da schwor ich mir, nie wieder eine Zigarette zu kaufen. Aber...«

»Aha«, sagte ich, »Sie haben sich ein Hintertürchen offengelassen. Sie haben nicht geschworen, keine Zigaretten zu erbetteln oder zu stehlen, nicht wahr?«

Er sah beiseite. »Ich finde stehlen ist zu grob gesagt, Sir. Mausen vielleicht...«

»Edwards«, sagte ich, »ganz abgesehen vom Mausen ist da noch etwas anderes, das mir keine Ruhe läßt. Wie zum Teufel sind Sie in die Bibliothek gekommen? Es muß einen Geheimgang geben. Als ich diesen Raum verließ, ging ich zu dem Alkoven beim Treppenabsatz im ersten Stock, um die Zeitung zu holen. Ich war etwa zwei, drei Minuten da oben und habe gelesen. Dabei hatte ich aber die offene Bibliothekstür unter mir im Auge. Ich habe zwar nicht direkt hingeschaut, aber sie war doch in meinem Gesichtsfeld. Ich bin sicher, ich hätte es gesehen, wenn jemand die Bibliothek betreten hätte.«

Edwards biß sich kurz auf die Lippen. »Als Sie die Treppe hinaufgingen, Sir, kehrten Sie der Tür den Rücken. In diesem Moment schlüpfte ich in die Bibliothek.«

»Sehr gut«, sagte ich, »und wie sind Sie wieder herausgekommen? Sie hätten während der relativ kurzen Zeit, in der ich Ihnen den Rücken zuwandte, bestimmt nicht genug Zeit gehabt, hineinzugehen, die Zigaretten zu stehlen und den Raum wieder zu verlassen.«

Edwards rieb sich das Kinn. »Ich versteckte mich hinter der Tür, Sir. Als Sie wieder in die Bibliothek kamen und zu Ihrem Sessel gingen, wandten Sie mir wieder den Rücken zu, und ich flitzte hinaus.«

Ich seufzte. »Dann gibt es also keinen Geheimgang?«

»Nein, Sir. Keinen Geheimgang.«

»Edwards«, sagte ich. »Ich bewundere Ihre zeitliche Planung, aber diese Zigarettenklauerei muß aufhören.«

»Ja, Sir«, sagte Edwards fest. »Ich werde dafür sorgen, daß es nicht mehr vorkommt.«

Die Wochen gingen ziemlich ruhig dahin, und der zweite Mittwoch des nächsten Monats rückte heran.

Ich borgte mir von Edwards die Schlüssel für den Break.

»Wieder der Gärtnerverein, Sir?« fragte er. »Ja«, sagte ich. »Diesen Monat haben wir einen Gemüsegärtner als Gast. Seine Spezialität sind Paprikaschoten.«

»Ich bin sicher, das wird interessant sein, Sir. Ich hoffe sehr, daß Sie nicht wieder falsch abbiegen, Sir.«

»Das ist nicht sehr wahrscheinlich. Jetzt kenne ich mich langsam aus.«

Kurz nach neun, als ich im Lesesaal der Bibliothek von Green River Falls im Kreise der Zuhörer saß, klopfte mir jemand auf die Schulter. Es war Lieutenant Stafford von der Streifenpolizei in Begleitung eines zweiten Beamten in Uniform. Stafford winkte mir, und ich folgte ihm hinaus; mir wurde blitzartig klar, daß aller Augen auf mich gerichtet waren.

Auf der Treppe vorm Haus sagte er zu mir: »Waren Sie den ganzen Abend da drin?«

»Seit acht Uhr. Warum?«

»Wären die Leute da drin bereit, das vor Gericht zu beschwören?«

»Sie müßten sie fragen. Aber ich versichere Ihnen, daß ich den Raum nicht verlassen habe. Ich habe sogar direkt neben dem Bürgermeister gesessen. Sein Spezialgebiet sind Geranien. Offengestanden habe ich mich nie für

Geranien interessiert. Alle die, die ich gesehen habe, schienen permanent staubig zu sein. Was soll das Ganze?«

»Ihre Cousine Henrietta ist um acht Uhr dreißig von einem vorbeikommenden Autofahrer auf der Straße nach Green River Falls neben ihrem Wagen erschossen aufgefunden worden.«

Ich runzelte die Stirn. »Henrietta neben der Straße erschossen? Wie Cyrus?«

Er nickte. »Gleiche Straße, gleicher Ort, gleiche Zeit. Wahrscheinlich auch die gleiche Schußwaffe. Wir werden das später noch überprüfen. Gehen wir wieder hinein.«

Ich hielt ihn zurück. »Sie wollen also wieder hineingehen und die Versammlung sprengen, nur um zu fragen, ob sich jemand an mich erinnert?«

»Genau.«

Wir gingen wieder hinein. Lieutenant Stafford stieg auf das Podium und übernahm das Präsidium.

Es war höchst peinlich, aber er fand mehrere Leute, darunter den Bürgermeister, die bereit waren zu schwören, daß ich um acht, als die Versammlung begonnen hatte, unter den Zuhörern auf meinem Platz gesessen und ihn nicht verlassen hatte, bis Stafford mich hatte nach draußen rufen lassen. Ich hatte das Gefühl, ich würde aufgrund meiner neuen Berühmtheit entweder aus dem Verein ausgeschlossen oder aber bei der nächsten Wahl zum Präsidenten gewählt werden.

Stafford nahm mich mit zur Streifenzentrale. Dort wurde ich wieder einem Nitrattest unterzogen, der natürlich wieder negativ ausfiel.

Trotzdem wurde ich danach zu einem weiteren Verhör in ein kleines Zimmer gebracht.

»Offengestanden«, sagte ich, »kommt doch, abgesehen

von irgendeinem Psychopathen, der neben der Fahrbahn lauert und grundlos mordet, für Sie meiner Ansicht nach als Mörder nur Edwards in Frage.«

»Edwards? Der Butler oder was er auch immer ist?«

»Warum nicht?« sagte ich. »Wo war er, als Henrietta ermordet wurde?«

»In der Küche. Er mahlte trockenes Brot für das Wiener Schnitzel.«

Wiener Schnitzel? Es stimmte mich milde. Normalerweise bedeutete das auch Gurkenscheiben in dickem Rahm.

»Was für einen Grund könnte Edwards haben, Ihren Cousin und Ihre Cousine umzubringen?« fragte Stafford.

»Sie hatten die Absicht, Onkel Terrences Testament anzufechten und den Besitz zu Bargeld zu machen. Ohne meine Mithilfe, das versichere ich Ihnen. Trotzdem! Wenn es ihnen gelungen wäre, hätte Edwards damit seinen Job und seine Wohnung verloren.«

»Sie glauben, er würde zwei Menschen umbringen, nur um seinen Job zu behalten?«

»Wenn man auch Kost und Logis berücksichtigt, so würde ich sagen, daß wir über einen Pauschalvertrag von über fünfzehntausend Dollar im Jahr sprechen. Angenommen, Edwards lebt – vorsichtig geschätzt – noch zwanzig Jahre, dann könnten es insgesamt über dreihunderttausend Dollar sein. Bestimmt etwas, wofür sich ein Mord lohnt.«

Stafford war anscheinend von einem Motiv, das sich über zwanzig Jahre hinzog, nicht beeindruckt. Er sah mich nachdenklich an. »Jetzt, wo Ihr Cousin und Ihre Cousine tot sind, bleiben nur Sie übrig. Der letzte der O'Reillys. Hatten Sie es die ganze Zeit über so geplant?

Die beiden zuerst zu eliminieren und dann zur Tat zu schreiten und das Testament anzufechten? Wozu die Beute in drei Teile teilen, wenn Sie sich alles schnappen können?«

Ich wies die Beschuldigung voll Würde zurück. »Ich habe ein perfektes Alibi.«

Er grunzte. »Ich mißtraue perfekten Alibis prinzipiell, und ich demoliere sie immer. Haben Sie zufällig einen Zwillingsbruder?«

Ich lächelte. »Ich bin einzigartig. Ich würde es nicht anders dulden.«

Es war schon Mitternacht vorbei, als mich Stafford endlich gehen und mich zu meinem Auto zurückfahren ließ.

In dem Break sitzend, zögerte ich. Ich hatte ganz bestimmt weder Cyrus noch Henrietta ermordet. Trotzdem trauerte ich offengestanden ihrem Hinscheiden nicht nach.

Aber damit blieb nur Edwards. Er mußte der Mörder sein. Wer war schließlich sonst noch da? Die Theorie von dem Landstraßen-Psychopathen überzeugte mich eigentlich nicht.

Aber wenn Edwards der Mörder war, konnte ich dann ohne weiteres nach O'Reilly Oaks zurückkehren?

Ich grübelte darüber nach.

Edwards hatte Henrietta und Cyrus ermordet, weil sie entschlossen waren, das Testament anzufechten. Aber ich hatte keine derartige Absicht. Außerdem war ich schließlich der letzte der O'Reillys. Wenn mir etwas zustieß, wurde der Besitz aufgelöst, und Edwards stand ohne Wohnung und ohne Arbeit da.

Nein, es war vielleicht ein bißchen ungemütlich, mit

einem Mörder im selben Haus zu leben, aber mein Leben war auch seins. Wenn er mir etwas antat, würde er sich damit sozusagen die eigene Kehle durchschneiden. Ich war in O'Reilly Oaks sicher wie in Abrahams Schoß.

Mit der Zeit würde Stafford zweifellos genug Beweise zusammentragen, um Edwards zu verhaften, aber bis dahin war es sinnlos für mich, in irgendein schäbiges Motel zu ziehen. Ich fuhr nach O'Reilly Oaks zurück und schlief die ganze Nacht durch.

Am Morgen nach dem Duschen und Anziehen ging ich zu der Schreibtischschublade, in der ich meine Zigaretten aufbewahrte.

Ich runzelte die Stirn, als ich auf den geöffneten Karton hinuntersah. Ich hatte ihn gestern gekauft und ein Paket herausgenommen. Es müßten also noch neun Pakete drin sein. Es waren aber nur sechs da.

Verdammter Edwards. Zuerst vier Zigaretten. Dann fünf. Und jetzt drei ganze Pakete. Und das, nachdem er mir fest versprochen hatte, aufzuhören.

Ich starrte vielleicht eine volle Minute lang auf die Zigaretten hinunter. Natürlich, dachte ich. Natürlich. Das würde alles erklären. Ich füllte meine Dose und ging hinunter.

Ich wartete im Frühstückszimmer, bis Edwards erschien.

»Edwards«, sagte ich, »ich habe zwei und zwei zusammengezählt. Rational betrachtet sieht es so aus, daß wir beide die einzigen Menschen auf der Welt sind, die ein Motiv für den Tod von Henrietta und Cyrus haben.«

»So sieht es aus, Sir.«

»Ich weiß aber, daß ich weder Henrietta noch Cyrus umgebracht habe, Edwards. Und ich hege den dunklen

Verdacht, daß auch Sie es nicht waren. Ich glaube jetzt auch nicht mehr, daß Sie die Zigaretten gestohlen haben, Edwards. Keine einzige haben Sie genommen.«

Edwards hüstelte.

Ich lächelte. »Ich sehe die Sache so, Edwards: Als Robert O'Reillys Auto über die Mississippi-Brücke stürzte, ist er nicht ertrunken. Es gelang ihm vielmehr, aus dem Wasser zu kriechen und nach Hause zu gehen. Dort angekommen, versteckte er sich irgendwo hier im Haus und lebt seither hier verborgen.«

Edwards wich meinem Blick aus.

»Edwards«, sagte ich, »um hier zu überleben, waren der Beistand und das Einverständnis einer anderen Person oder mehrerer Personen notwendig. Immerhin mußte er mit Essen, Trinken und so weiter versorgt werden.« Ich lächelte wieder. »Edwards, warum versorgen Sie ihn denn nicht auch zugleich mit Zigaretten? Warum muß er sie stehlen?«

Edwards seufzte tief auf. »Robert war bis vor kurzem Nichtraucher. Aber jetzt hat er sich das Rauchen angewöhnt.«

Ich griff nach der Schüssel mit den gegrillten Würsten und den zart gebräunten Bratkartoffeln. »Ich nehme an, Robert hat Cyrus und Henrietta getötet, weil er sein Asyl verloren hätte, wenn es ihnen gelungen wäre, das Testament anzufechten?«

»Ja, Sir. Das Haus wäre verkauft worden und dem neuen Besitzer wäre Roberts Existenz nicht lange verborgen geblieben. Robert zwang also Ihren Cousin und Ihre Cousine, zu der Stelle zu fahren, wo ihre Leichen gefunden wurden, erschoß sie und ging dann über die Felder zum Haus zurück.«

Edwards schenkte mir Kaffee ein. »Was haben Sie jetzt vor, Sir?«

»Ich werde natürlich die Polizei informieren und sie auf die Suche nach Robert schicken.«

»Sir, leben Sie gern in diesem Haus?«

»Sicher.«

»Sir, Robert O'Reilly ist der Sohn von Terrence O'Reilly. Als solcher hat er einen völlig legitimen und vorrangigen Anspruch auf den Besitz seines Vaters. Er könnte ohne weiteres vor Gericht gehen und das Testament und dessen Bestimmungen anfechten, weil Sie hier das Haus besetzen.«

»Aber Robert ist ein Mörder, und ein Mörder kann dem Gesetz zufolge nicht von einem Mord profitieren.«

»Richtig, Sir. Aber Robert hat seinen Vater nicht ermordet, und der Zeitpunkt des natürlichen Todes seines Vaters ist der Punkt, von dem er ausgehen würde, um Anspruch auf den Besitz zu erheben. Was Ihren Cousin und Ihre Cousine betrifft, so war ihr Anteil beziehungsweise ihr legaler Anspruch auf den Besitz keineswegs größer als der von Robert. Mit anderen Worten, er mag sie zwar ermordet haben, aber er tat es nicht, um den ganzen Besitz in seine Hände zu bekommen. Er wußte, daß das gesetzlich bereits der Fall war, wann immer er sich zu erkennen gäbe.«

Edwards stellte den Kaffeetopf auf den Dreifuß zurück. »Übrigens, Sir: Glauben Sie wirklich, die Polizei könnte beweisen, daß Robert Ihre Verwandten ermordet hat?«

»Nun ... nein. Aber Robert ist trotzdem als Mörder verurteilt worden. Da ist die Geschichte mit dem Professor für Sittenlehre. Sollte er dafür nicht ins Gefängnis zurückgebracht werden?«

»Wahrscheinlich, Sir. Trotzdem: Wenn Sie dafür verantwortlich wären, ihn dorthin zurückzuschicken, könnte er einen leisen Wunsch nach Rache verspüren und seinen Anspruch aufrechterhalten. Er mag ein Verbrecher sein, Sir. Aber er würde ein reicher Verbrecher und Ihr Hausherr werden. Er würde Sie zweifellos gerichtlich vertreiben lassen und für die Zeit, die Sie hier verbracht haben, vielleicht sogar die Kosten für Kost und Logis von Ihnen verlangen.«

Ich schlürfte langsam meinen Kaffee, während Edwards wartete.

»Edwards«, sagte ich, »angenommen, Robert setzt es sich in den Kopf, mich ebenfalls zu ermorden?«

»Sir«, sagte Edwards ernst, »wenn der letzte O'Reilly stirbt – nehmen wir aus praktischen Gründen einmal an, daß Sie es sind –, wird der Besitz aufgelöst. Robert wird das wahrscheinlich verhindern, indem er aus seinem Versteck auftaucht und Anspruch auf den Besitz erhebt. Das aber würde bedeuten, daß man ihn ins Gefängnis zurückschickt. Es ist das letzte, was er sich wünschen würde. Er denkt gar nicht daran, Ihnen ein Leid anzutun, Sir. Ich bin sicher, er wünscht Ihnen ein langes Leben.«

Ich seufzte. »Edwards, es gibt einen geheimen Zugang zur Bibliothek, nicht wahr?«

»Ja, Sir. Man kann ihn von der Bibliothek aus öffnen, indem man auf das Hinterteil des Engels drückt, der auf der Wandtäfelung rechts vom Kamin Trompete bläst.«

»Und wohin führt der Gang?«

»In ein Schlafzimmer im dritten Stock.«

»Hält sich Robert da drin versteckt?«

»Nein, Sir. Seine Wohnung liegt hinter falschen Wänden.«

Ich hielt rasch eine Hand hoch. »Schon gut. Je weniger

ich über seinen genauen Aufenthalt weiß, um so besser. Und, Edwards, vielleicht ist es auch klüger, wenn Robert nicht weiß, daß mir seine Existenz bekannt ist.«

»Ich verstehe, Sir.«

Nach dem Frühstück zog ich mich in die Bibliothek zurück. Ich zündete mir eine Zigarette an und nahm ›Die Mühle auf dem Fluß‹ zur Hand.

Beobachtete mich Robert in diesem Augenblick? Es mußte offensichtlich eine Art Guckloch geben. Wartete er darauf, daß ich meine Zigarettendose wieder liegenlassen würde? Aber warum sollte er das wohl tun? Schließlich hatte er doch die drei Pakete, die er aus meiner Schreibtischschublade genommen hatte. In diesem Augenblick war er höchstwahrscheinlich in seinem Versteck und paffte zufrieden Tabak.

Ich legte das Buch hin, stand auf und untersuchte die Wandtäfelung. Ich fand den Engel mit dem abgenutzten Hinterteil.

Ich drückte behutsam darauf.

Die Täfelung glitt geräuschlos zurück und ließ eine Öffnung sehen, die etwas enger und kürzer als ein normaler Türeingang war.

Ich zögerte wegen der darin herrschenden Dunkelheit, aber dann zog ich mein Feuerzeug heraus. Im Schutze seines flackernden Scheins trat ich vorsichtig in die Öffnung.

Ich bemerkte innen einen kleinen Knauf. Offenbar konnte man damit den Gang von innen öffnen und schließen.

Ich ließ die Tür des Gangs offen und ging langsam die engen schmalen Steinstufen hinauf. Es roch nach Feuchtigkeit und Schimmel, aber es gab keine Spinnweben.

Schließlich konnten sie sich keines langen Lebens erfreuen, wenn Robert andauernd auf und ab trampelte.

Ich stieg über das hinaus, was ich für den zweiten Stock hielt, und ging dann weiter nach oben, bis ich vor einer leeren Holzwand stand.

Ich fand einen kleinen Knauf, ähnlich dem, den ich unten gefunden hatte, und drehte ihn, bis die Wandplatte vor mir zur Seite glitt. Was immer man auch über Robert sagen mochte: Der Mechanismus dieser Türen war wirklich gut geölt.

Ich betrat ein kleines Schlafzimmer, das vom muffigen Geruch unbewohnter Räume erfüllt war. Sehr wahrscheinlich war es vor langer Zeit von einem der Dienstmädchen benutzt worden.

Vom Geheimgang her liefen schmutzige Fußspuren, schwächer werdend, zum Korridor hin.

Im Korridor schienen sie ganz zu verschwinden. Trotzdem konnte ich sie gerade noch sehen, wenn ich mich auf alle viere niederließ. Ich verfolgte sie bis zu einer Tür am Ende des Korridors.

War das Roberts Versteck? Ich glaubte es eigentlich nicht. Edwards hatte erwähnt, daß Roberts Zufluchtsort hinter einer falschen Wand versteckt lag, obwohl man durch diese Tür wahrscheinlich zu dieser falschen Wand gelangen konnte.

Halb aus Vorsicht, halb aus Neugierde zögerte ich. Dann machte ich die Tür behutsam einen Spaltbreit auf. Der mittelgroße Raum schien gut beleuchtet zu sein; kein menschliches Wesen war zu sehen.

Ich ging ruhig hinein und schaute mich um.

Wo mochte die von Mauern abgeschirmte Geheimzelle sein? Nicht daß ich die Absicht gehabt hätte, Robert zu stören. Ich wollte nur wissen, wo sie zu finden war.

Bestimmt nicht an den Ost- und Nordseiten des Raums. Es waren zahlreiche Fenster vorhanden. Und auch nicht auf der Südseite; die wurde vom Korridor gesäumt.

Ich untersuchte die gegipste Westwand. Es mußte einen Hinweis auf einen Geheimgang geben; aber es schien keiner da zu sein. Nicht einmal einen Haarriß sah ich.

Ich öffnete die Tür zu einem frei dastehenden Kleiderschrank und fand ordentlich aufgehängte Kleider darin.

Aber natürlich! Das mußte Edwards Zimmer sein. Ich war noch nie zuvor drin gewesen, aber ich erkannte jetzt einen Teil seiner Garderobe. Es hätte mir sofort auffallen müssen, daß der Raum bewohnt war. Kein Stäubchen war zu sehen. Ein gemütliches, nach Sauberkeit duftendes Zimmer, das ich selbst gern bewohnen würde, außer daß ich Aschenbecher aufstellen würde.

Mein Blick wanderte zum Papierkorb. Er enthielt eine alte Zeitschrift und ...

Ich schaute näher hin und hob die Zeitschrift auf.

Inmitten verschiedener Abfälle lagen drei ungeöffnete Schachteln Zigaretten. Meine Marke.

Nachdenklich ging ich zum Kleiderschrank zurück und untersuchte die Sohlen von Edwards Schuhen. Ja, ein Paar von ihnen wies Schmutzspuren auf, die nur aus dem Geheimgang stammen konnten.

Weggeworfene Zigaretten? Schmutz auf Edwards Schuhsohlen? Eine glatte Gipswand, auf der nicht das Geringste auf den Zugang zu einem Versteck hinwies. Zu einem angenommenen Versteck?

Mir fielen die Mundwinkel herunter.

Ich war geblufft worden. Ja, das war das einzige Wort dafür. Geblufft.

Robert war eindeutig tot. Er war gestorben, als sein Wagen über die Brücke stürzte – ob seine Leiche nun gefunden worden war oder nicht. Er lauerte weder in den Wänden dieses Hauses, noch hatte er mir auch nur eine einzige Zigarette gestohlen.

Edwards hatte ihn allein meinetwegen wieder zum Leben erweckt.

Warum?

Jetzt sah ich alles ganz klar.

Mit dem Tod von Henrietta und Cyrus wurde ich zum einzigen überlebenden O'Reilly und mußte als solcher erhalten werden.

Ich hatte zwar erklärt, daß ich nicht die Absicht hatte, Onkel Terrences Testament anzufechten. Aber für Edwards blieb die Gefahr bestehen, daß ich es mir irgendwann einmal anders überlegen könnte. Schließlich konnte ein Besitz, der eine Million Dollar wert war, eine fortwährende Versuchung sein, vor allem jetzt, wo ich ihn mit keinem mehr teilen mußte.

Nein, Edwards mußte dieser über seinem Haupte schwebenden Drohung begegnen, indem er Robert erschuf oder vielmehr wiedererschuf.

Wenn Robert lebte – oder wenn ich dies zumindest glaubte –, so war es sinnlos für mich, je daran zu denken, das Testament anzufechten. Robert hatte das Erstrecht und würde auf den Plan treten, sobald ich es versuchte.

Ja, Edwards war schlau gewesen, aber die Scharade war jetzt zu Ende, und das würde ich ihm auch sagen. Ich würde damit zweifellos seine innere Sicherheit kaputtmachen, aber die Wahrheit muß ans Licht.

Ich stakste hinunter und fand Edwards in der Küche; er spülte das Frühstücksgeschirr.

Er wischte sich die Hände ab und wandte sich um. »Ja, Sir?«

Edwards war in diesem Hause geboren worden, genau wie sein Vater und sein Großvater. Er gehörte genauso hierher wie ein O'Reilly. Er liebte das Haus, diente ihm und mordete, um es zu schützen.

Ich rieb mir das Kinn. Er war auch so rücksichtsvoll gewesen, die Morde zu einer Zeit zu verüben, für die ich, wie er glaubte, ein perfektes Alibi hatte. Er konnte natürlich nicht ahnen, daß ich an dem Abend, an dem Cyrus aus dem Leben schied, falsch abbiegen würde.

Edwards wartete.

Ich räusperte mich. »Edwards, von wegen dieser Geschichte mit Robert, der mir die Zigaretten klaut. Vielleicht sollten Sie dafür sorgen, daß er regelmäßig welche bekommt. Mindestens eine Schachtel pro Tag.«

Er nickte eifrig. »Ja, Sir. Ich setze die Zigaretten für Robert gleich auf die Einkaufsliste.«

Das Wiener Schnitzel an diesem Abend war einfach herrlich.

Die beste Autofahrerin der Grafschaft

Was mich an den beiden beeindruckte, war in erster Linie die Tatsache, daß sie Revolver auf mich richteten.

Der Schnitt ihrer leichten, in Farbe und Stil identischen Kleider war unverwechselbar der einer öffentlichen Institution, wahrscheinlich des Frauengefängnisses. Mit der Zeit erfuhr ich, daß sie Irene und Hilda hießen.

Ich war gerade dabei, Tomatensämlinge in meinen Garten zu verpflanzen, als ich aufschaute. Und da standen sie.

Irenes harter grüner Blick wanderte rasch über das Haus, die Garage und die kleine Scheune hinweg. »Wo ist Ihr Auto?«

Ich dachte einen Augenblick nach. Dann sagte ich: »Ich hab keins.«

»Warum dann die Garage?« fragte sie.

»Sie gehörte zum Anwesen. Ich brachte es nicht über mich, sie niederzureißen.« Ich sah heimlich auf die Uhr. Es war kurz nach drei.

»Die Swenson-Farm ist nur ein paar Kilometer weiter die Straße hinunter. Ich bin sicher, er borgt euch eins von seinen Fahrzeugen, wenn ihr überzeugend genug seid.«

Sie sah sich wieder um. »Wer wohnt neben Ihnen?«

»Niemand«, sagte ich fest.

Sie wandte sich an Hilda. »Behalt ihn im Auge. Ich schau mich ein bißchen um.«

Es schien mir sinnlos, nur so herumzustehen. Ich hob daher ein neues Loch aus und setzte einen weiteren Sämling hinein.

Hilda räusperte sich. »Etwa fünf Kilometer weiter hinten hatten wir eine Panne. Wir gingen zu Fuß und versuchten es dabei mit einer Reihe anderer Gehöfte, aber die Häuser waren alle leer und verwahrlost und ohne Fenster.«

»Verlassene Gehöfte«, sagte ich. »Nachdem die Bewohner der Erde das letzte bißchen Humus entrissen hatten, gingen sie weg, um andere Gebiete zu verwüsten.«

Man konnte Hilda als derb bezeichnen; sie mußte in den Vierzigern sein. »Das Land hier ist ziemlich hügelig und nicht leicht mit Maschinen zu bearbeiten. Vielleicht war das mit ein Grund, warum ein paar von ihnen weggingen?« setzte sie schlau hinzu.

Ich gab ihr widerstrebend recht.

»Sie betreiben Landwirtschaft nicht wirklich im großen Stil, oder?« fragte Hilda.

»Nur zwei Hektar Land und Unabhängigkeit.« Ich sah zum Haus hin. Mein Gewehr lag an der Wand des eingebauten Schrankes. Aber wo zum Teufel hatte ich die Munition hingetan?

Irene kam zurück. »Wie erklären Sie sich die Reifenspuren in der Auffahrt?«

»Ich hatte heute morgen einen Besucher«, sagte ich. »Mein Cousin Alfred.«

Sie sah mich kalt an. »Sie leben hier draußen ganz allein und kommen ohne Auto zurecht?«

»Ich bin fast in jeder Hinsicht Selbstversorger; im übrigen rufe ich einmal pro Monat den Krämer in Haywood an und lasse mir die Waren ins Haus liefern.«

»Wie weit ist dieses Haywood von hier entfernt?«

»Etwa dreizehn Kilometer.«

Hilda lächelte mißtrauisch.

»Ich fahre wirklich gut Auto. Ich hörte einmal, Leute wie ich seien die besten Autofahrer, weil wir uns auf das, was wir tun, konzentrieren und uns nicht ablenken lassen wie die wirklich Intelligenten, oder sowas Ähnliches.«

Ich starrte einen Augenblick lang in Hildas sanfte, aufrichtige Augen; dann begriff ich.

Ich wandte mich an Irene und deutete die Straße hinunter. »Wie ich vorhin sagte, da unten ist die Swenson-Farm, nur etwa drei Kilometer von hier.«

Irene starrte mich an. »Wir kamen vorhin aus dieser Richtung. Es gibt in etwa fünf Meilen im Umkreis kein bewohntes Gehöft.«

Ich seufzte. Ich hatte angenommen, sie seien aus dem Norden gekommen, aber sie hatten mich offensichtlich umkreist, bevor sie sich bemerkbar gemacht hatten. Es gab natürlich keine Swenson-Farm. Ich dachte flüchtig daran, eine Lindsey-Farm im Süden zu erfinden, aber offensichtlich würde man meinem Vorschlag mit Skepsis begegnen.

Irene fluchte leise. »Nichts fuhr an uns vorbei, weder in der einen noch in der anderen Richtung.«

Das traf leider ziemlich zu.

Ihre Augen leuchteten plötzlich auf. »Er hat einen Briefkasten.«

Hilda stimmte zu. »Es ist nur ein ganz gewöhnlicher, aber manche Leute haben wirklich ganz tolle Briefkästen, und ich habe gehört, daß es eigentlich gegen das Gesetz verstößt, sie so ausgefallen zu machen, aber niemand schert sich drum.«

»Hör zu, Dummkopf«, schnappte Irene. »Ich meine, wir sind hier auf dem Land, und auf dem Land bringt der Briefträger die Post mit dem Auto. Wir warten also, bis er aufkreuzt, und nehmen seinen Wagen.«

Hilda nickte. »Das stimmt, Irene, aber heute ist Sonntag, und am Sonntag wird keine Post geliefert.«

Ich war ein bißchen neugierig, was Hilda betraf. »Warum sind Sie ins Gefängnis gekommen?« fragte ich.

»Mord«, sagte sie. Sie sah auf meine Himbeersträucher. »Meine Mutter machte immer Himbeermarmelade. Damals war es die einzige Möglichkeit, etwas haltbar zu machen, aber heute kann man sie ja einfrieren.«

Irene fuchtelte herrisch mit dem Revolver. »Gehen wir ins Haus.«

Ich ging vor ihnen durch die Hintertür in die Küche.

»Ach du meine Güte«, sagte Hilda. »Es ist ja so sauber und ordentlich hier drin. Das würde man von einem Mann nicht erwarten.«

»Warum nicht?« sagte ich rasch. »Ich bin ein ordentlicher Mensch von Natur aus.«

Leider hatte sich aber der Keim des Mißtrauens in Irenes Kopf festgesetzt. »Ich möchte das ganze Haus sehen«, sagte sie.

Ich mußte unweigerlich die Tür zum vorderen Schlafzimmer im zweiten Stock öffnen. Irenes Augen verengten sich, als sie den Frisiertisch bemerkte. Sie ging zum Kleiderschrank und öffnete die Tür, was – natürlich – den Blick auf die Kleider und Ähnliches freigab.

Sie drehte sich um. »Sie sagten, Sie lebten hier allein?«

Ich räusperte mich. »Das Zimmer meiner verstorbenen Frau. Sie starb vor einem Jahr. Ich habe ihr Zimmer genauso gelassen, wie es am Tag ihres Todes war.«

»Außer daß Sie Staub gewischt haben«, sagte Hilda.

Ich nickte. »Außer daß ich Staub gewischt habe.« Jetzt fiel mir wieder ein, wo ich die Gewehrmunition aufbewahrt hatte: in der Speisekammer, auf dem obersten Regal.

»Wenn Sie mich fragen«, sagte ich, »so bin ich ziemlich hungrig. Um diese Zeit esse ich gewöhnlich einen Happen.«

Die Vorstellung, einen Happen zu essen, schien für beide akzeptabel zu sein. Wir gingen in die Küche hinunter.

Ich betrat die Speisekammer, ließ die Tür hinter mir absichtlich so, daß sie sich langsam schloß, und fuhr fort zu sprechen. »Möchten Sie Kaffee oder Tee?«

Ich stieg auf die Trittleiter und griff rasch nach der Pappschachtel mit der Munition. Ich stopfte vier Sechzehnerpatronen in die Tasche und stieg herunter. »Zucker?«

Ich nahm Tassen und Untertassen heraus und setzte den Kaffeetopf auf. Ich sah auf die Wanduhr. Zwanzig nach drei; um vier mußte ich sie los sein. Ich stellte einen Kaffeekuchen auf den Tisch.

»Der sieht aber schön aus«, sagte Hilda. »Man sieht gleich, daß er hausgemacht ist. Ich nehme an, Sie haben ihn selbst gebacken?«

Einen Augenblick lang dachte ich, der einzige Ausweg wäre, ›ja‹ zu sagen und das Beste zu hoffen. Doch die Inspiration kam dazwischen.

»Nein«, sagte ich. »Mein Cousin Alfred brachte ihn, als er heute morgen zu Besuch kam. Seine Frau ist für ihren Kaffeekuchen berühmt.« Ich schnitt rasch ein paar Stücke ab und wechselte das Thema. »Waren Sie lange im Gefängnis, Hilda?«

»Sechsundzwanzig Jahre«, sagte sie. »Seit ich sechzehn war, ununterbrochen. Ich bekam lebenslänglich.«

Ich drehte das Gas unter dem Kaffeetopf an. »Ich weiß, daß diese Strafen meistens als lebenslänglich bezeichnet werden. Aber war nicht nach zwölf Jahren eine bedingte Haftentlassung fällig?«

Sie kaute an einem Bissen Kuchen. »Ja, aber ich lehnte es ab. Ich glaube, das machte einen Haufen Ärger. Es war noch nie vorgekommen. Sie mußten Gesetze und alles so was studieren, und sie entdeckten, daß sie mich nicht entlassen konnten, wenn ich nicht einverstanden war. Und ich war nicht einverstanden.«

Ich hakte mich an dem Widerspruch fest. »Sie akzeptierten die Entlassung nicht und griffen doch zu, als sich die Gelegenheit zum Ausbrechen bot?«

Sie nickte. »Gefängnis ist für jemanden wie mich nicht allzu schlimm, außer daß sie einem so an die zwei Wochen Ferien pro Jahr geben sollten. Damit man hinauskommen und nachsehen kann, was es Neues gibt, nicht wahr?« Sie lächelte. »Wenn ich die bedingte Haftentlassung annahm, so war die einzige Möglichkeit, wieder hineinzukommen, wieder jemanden umzubringen oder sonst etwas Böses zu tun, nachdem ich mir draußen alles angeschaut hatte. Und das wollte ich nicht, außer ich wußte etwas über die Person und sie hatte es verdient. Aber angenommen, ich konnte niemanden finden, der schlecht war? Dann hätte ich für immer draußen bleiben müssen.«

Ich dachte immer noch über die Logik dessen nach, was sie soeben gesagt hatte, als der Kaffee fertig war.

»Irene könnte auch eine Mörderin sein«, sagte Hilda.

»Könnte?« Ich sah zu Irene hinüber.

»Ich meine, sie und ihr Freund sind nach einem Banküberfall weggelaufen und zufällig auf diese Hütte im Wald gestoßen, in der zwei Jäger lebten. Sie übernahmen die Hütte, und als sie weggingen, töteten sie beide Jäger, damit die der Polizei nicht sagen konnten, daß sie hier waren.«

Auf Irenes Lippen erschien die Andeutung eines Lächelns. Aber sie sagte nichts.

»Und als Irene und ihr Freund erwischt wurden, sagte sie, er hätte die beiden umgebracht, und er behauptete das gleiche von ihr. Niemand wußte, wem er glauben sollte, und sie bekamen beide lebenslänglich. Sie und ihr Freund schreiben einander jetzt nicht einmal mehr.«

Einen Augenblick lang begegnete ich Irenes Blick, und ich hatte deutlich das Gefühl, daß ihr Freund das Opfer eines Justizirrtums geworden war.

Bisher hatte mein vordringlichstes Interesse, sie von meinem Grundstück herunterzukriegen, darin bestanden, sie am Diebstahl meines Autos zu hindern – es sollte um vier Uhr zurück sein –, aber ich sah jetzt, daß wahrscheinlich viel mehr als das Schicksal meines Autos auf dem Spiel stand.

»Wie kommt es, daß Sie keinen Ehering tragen?« fragte Irene plötzlich.

Ich sah auf meine Hand.

»Ich nehme an, es ist, weil er nicht sentimental ist«, sagte Hilda. »Er sagt sich, was geschehen ist, ist geschehen, und sie ist tot.«

»Sei kein Idiot!« schnappte Irene. »Wenn er sentimental genug ist, um ihr Zimmer unberührt zu lassen, warum würde er dann keinen Ring tragen?«

Ich wollte gerade sagen, daß manche Männer aus Überzeugung keinen Ehering tragen, aber Hilda kam mir zuvor.

»Vielleicht hat er ihn in den Sarg gelegt, als sie begraben wurde. Manche Trauernde tun das.«

Damit wollte ich mich zufriedengeben. »Ja«, sagte ich. »Ich legte ihn in den Sarg.«

Hilda schlürfte ihren Kaffee. »Was werden wir jetzt tun, Irene?«

»Wir bleiben hier über Nacht«, sagte Irene. »Am Morgen, wenn der Briefträger aufkreuzt, erwarten wir ihn mit einem süßen Lächeln.«

Hilda war einverstanden. »Dann sperren wir ihn und den Mann hier in den Keller oder sowas und ziehen die Telefonkabel heraus. Und bevor die wieder herauskommen und der Polizei von uns erzählen, sind wir schon fünfzehn oder zwanzig Kilometer weit weg.«

Wieder lächelte Irene geheimnisvoll. »Ja, sowas Ähnliches werden wir wohl tun.«

Ich hatte jetzt die Patronen in der Tasche, und das Gewehr wartete im Schrank. Es blieb nur noch die Aufgabe, die beiden miteinander zu vereinen.

Ich nahm die Tassen und Untertassen vom Tisch und stellte sie ins Spülbecken. »Haben Sie was dagegen, wenn ich hinausgehe und mit dem Einpflanzen weitermache?«

Irene zuckte die Achseln. »Mir ist das schnurzegal. Hilda, du bleibst bei ihm und paßt auf, daß er keine Dummheiten macht.«

»Mach dir keine Sorgen«, sagte Hilda. »Ich paß schon auf und bewach' ihn echt gut.«

»Es wird scheint's ein bißchen kühl draußen«, sagte ich. »Ich brauche eine leichte Jacke.«

Hilda folgte mir zu dem eingebauten Schrank.

Was sollte ich als nächstes tun? In das ziemlich große Zimmer hineingehen und die Tür hinter mir zufallen lassen wie in der Speisekammer vorhin? Dann, während ich vorübergehend Hildas Blicken entzogen war, nach dem Gewehr greifen und die Patronen hineinstecken?

Und dann was? Die Tür mit dem Fuß aufstoßen und losballern?

Ich seufzte. Ich glaubte nicht, daß ich überhaupt fähig war, etwas so Aggressives und Kaltblütiges zu tun. Aber ich konnte wenigstens so tun als ob.

»Die Jacke hängt auf einem Haken hinten im Schrank«, sagte ich, öffnete die Tür und ging hinein.

Als die Tür langsam zufiel, war ich vorübergehend im Dunkeln. Ich tappte umher, und meine Hand schloß sich sofort um die Waffe. Rasch ließ ich zwei Patronen in die Kammern gleiten und holte tief Luft.

Ich öffnete die Tür wieder. »Laß den Revolver fallen, Hilda«, sagte ich entschieden, aber halblaut, um Irene in der Küche nicht zu alarmieren.

Hilda runzelte vor lauter Konzentration die Stirn. Dann, nach langen fünfzehn Sekunden, schüttelte sie den Kopf. »Nein, das kann ich nicht. Ich hab's Irene versprochen.«

»Hilda«, sagte ich warnend, »ist Ihnen klar, was eine Doppelflinte einem menschlichen Wesen antun kann?«

Sie nickte. »Auf diese Art hab ich meinen Stiefvater erschossen, als ich sechzehn war. Weil er den Zaun um meinen Garten niedertrampelte und immer behauptete, es sei ein Unfall gewesen. Nur, ich habe gewartet und beobachtet und gesehen, daß es ganz und gar kein Zufall war. Er hat es absichtlich getan. Es ist scheußlich, aber ich kann Ihnen den Revolver trotzdem nicht geben.«

Ich sah zur Decke empor.

»Außerdem«, sagte Hilda, »wenn Sie mich erschießen,

wird mein Finger wahrscheinlich zucken, und Sie werden auch erschossen. Deswegen glaube ich, daß es viel besser ist, wenn Sie Ihr Gewehr weglegen. Soll ich bis zehn zählen?«

»Schon gut«, sagte ich steif. Ich brach das Gewehr auf und holte die Patronen heraus. Dann stellte ich das Gewehr in den Schrank zurück und schloß die Tür.

»Sie haben Ihre Jacke vergessen«, sagte Hilda.

Als wir in der Küche an Irene vorbeigingen, sah sie von der Zeitschrift auf, die sie gefunden hatte. »Worüber habt ihr beide gesprochen?«

»Über nichts Besonderes«, sagte Hilda.

Im Garten nahm ich den Ausheber auf und machte mich wieder an die Arbeit. »Wie lange wollen Sie diesmal draußen bleiben? Zwei Wochen?«

»Nein«, sagte Hilda. »Ich glaube, ich werde früher zurückgehen. Ich hab kein Geld mitgenommen. Normalerweise tue ich das. Und ich bin vorher auch immer allein weggegangen, aber das hier war sozusagen etwas Spontanes. Ich glaube nicht, daß ich das noch einmal tun werde. Ich meine, ohne planen und ohne richtige Kleider.«

»Wie stellen Sie es denn überhaupt an, Geld zu bekommen?«

»Ich nähe und häkle normalerweise für die Aufseherinnen. Viele von ihnen sind Großmütter, wissen Sie, und haben sehr viel Arbeit, aber sie fühlen sich trotzdem schuldig, weil sie nicht häkeln oder stricken oder sonst was Nützliches tun. Deswegen muß ich für sie häkeln. Dann erzählen sie ihren Enkelkindern, sie hätten es selber gemacht, und sie geben mir immer Geld.«

»Was passiert, wenn Sie zurückkommen? Kriegen Sie Einzelhaft?«

Sie lächelte ruhig. »Um Himmels willen, nein. Das machen sie nur mit den Bösartigen. Der Wärter – so ein netter Kerl – spricht mit mir und versucht mir einzureden, ich sollte die Haftentlassung akzeptieren und weggehen. Aber wenn ich mir etwas in den Kopf gesetzt habe, dann bleibe ich fest, und ich sage immer nein. Das tat ich sogar, als er sagte, sie würden mir die Benutzung der Nähmaschine verbieten. Aber das hielt nur eine Woche lang an. Als er sah, daß er nichts erreichte, gab er es auf, und ich nähte seiner Tochter ein Kommunionskleid.«

»Mit anderen Worten, Sie könnten sich mit der Entlassung jederzeit einverstanden erklären und das Gefängnis verlassen?«

Sie nickte. »Ja, ich glaube, so ist es.«

Eine Idee begann in meinem Kopf Gestalt anzunehmen. »Gefällt es Ihnen wirklich da drin?«

Es entstand eine Pause. Dann sagte sie: »Es ist der einzige Platz, den ich habe. Und es sind die einzigen Menschen, die ich habe. Aber trotzdem fühle ich mich manchmal einsam.«

Sie seufzte verdrossen.

»Sie fühlen sich einsam, mit so vielen Leuten um sich herum?«

»Sie sind alle recht nett zu mir, aber ich habe niemanden, mit dem ich sprechen könnte wie mit einem Freund. Jemand, der versteht, was ich sage, und nie die Geduld verliert, wenn ich zu langsam bin. Verstehen Sie, was ich meine?«

»Ja«, sagte ich. »Ich verstehe es.«

Irene kam aus dem Haus. »In einer Viertelstunde geht's los.«

»Oh?« sagte Hilda.

Irene ließ weiße Zähne sehen. »Ich blätterte das Telefonbuch durch, und es stellte sich heraus, daß Haywood über einen Ein-Mann-Taxidienst verfügt. Ich rief also an, und er holt uns in einer Viertelstunde hier ab.« Ihre Augen verengten sich. »Schaffen wir ihn weg.« Sie zeigte mit dem Revolver die Richtung an, und ich ging ihr nach.

Hinter der Scheune sagte Irene: »Das ist weit genug.«

»Ich sehe nach, ob ich ein Seil finde«, sagte Hilda, »und dann fesseln wir ihn.«

Aber Irene hatte nichts dergleichen im Sinn. Ihre Augen glänzten. »Verschwende deine Zeit nicht, Hilda.«

Hilda blinzelte. »Du willst ihn *erschießen*?«

»Ich kann mir nichts vorstellen, was für uns sicherer wäre als ein toter Mann.« Sie hob den Revolver.

Ich schloß die Augen.

Es fiel ein einziger Schuß.

Ein paar Sekunden später war ich mehr als neugierig, warum ich immer noch dastand. Ich machte die Augen auf.

Irene lag zu meinen Füßen und war offenbar mausetot.

Hilda schüttelte traurig den Kopf. »Wissen Sie, ich glaube, daß sie es war, die die beiden Jäger erschossen hat.« Sie lächelte ruhig. »Jemanden zu töten, der gemein ist, ist eine Sache, aber einen Unschuldigen ermorden ist etwas anderes. Ich konnte nicht zulassen, daß sie Sie erschießt.« Sie legte die Waffe beiseite, und es war offensichtlich, daß ich kein Gefangener und auch keine Geisel mehr war.

Ich holte tief Luft und ging in die Garage. Dort nahm ich die Schaufel von der Wand herunter.

Hilda war mir gefolgt. »Was machen Sie da?« Ich kehrte zu Irenes Leiche zurück, ließ meinen Blick prüfend über den Abhang hinter der Scheune gleiten und wählte einen Fleck aus. »Ich werde Irene begraben. Niemand braucht je zu wissen, daß sie hier war. Wenn Freds Taxi aufkreuzt, zeigen Sie sich nicht. Ich werde ihm sagen, daß er sich in der Adresse geirrt hat.«

Hilda runzelte die Stirn. »Ich verstehe nicht.«

»Hilda«, sagte ich freundlich, »es läßt sich zwar nicht genau vorhersagen, wie die Behörden reagieren werden, aber ich hege den dringenden Verdacht, daß sie dafür sorgen werden, daß Sie *nie* aus dem Gefängnis entlassen werden, wenn sie je erfahren sollten, daß Sie Irene erschossen haben. Sogar wenn Sie es taten, um mir das Leben zu retten.«

Sie sagte geduldig: »Aber ich *will* gar nicht entlassen werden. Wissen Sie nicht mehr, daß ich Ihnen das erzählt habe?«

»Ja, ich erinnere mich. Aber was ich Ihnen zu sagen versuche, ist, daß Sie hierbleiben können, wenn Sie wollen.«

Sie starrte mich an. Dann schüttelte sie langsam den Kopf. »Nein. Ich weiß, Sie würden sich Mühe geben, nett zu mir zu sein, aber ich würde es merken, wenn Sie gereizt sind, und ich könnte mich nicht ändern, weil ich einfach bin, wie ich bin. Es würde nicht gehen.«

»Sie verstehen immer noch nicht, Hilda«, sagte ich. »Ich meine, vielleicht würden Sie gern...«

Und dann hörte ich das Auto. Ich ging um die Scheune herum nach vorn und sah zur Straße hin, die den Hügel hinaufführte. Ja, da war es. Pünktlich auf die Minute.

Hilda stand neben mir. »Freds Taxi?«

»Nein.«

Die zehn Jahre alte Limousine fuhr langsam, als sie sich

der Einfahrt näherte, der linke Blinker leuchtete auf. Vorsichtig bog der Wagen in die lange Einfahrt ein und kam vor der Garage zum Stehen.

»Ihre Frau?« fragte Hilda. »Sie lebt also wirklich?«

»Nein«, erwiderte ich. »Ich war nie verheiratet.«

Ellie stieg aus dem Auto und lächelte. »Ich hatte überhaupt keinen Unfall oder sonst was, Andrew, und ich habe die Geschwindigkeitsbegrenzung eingehalten, und ich habe den Polizisten Richards getroffen, und er hat gesagt, ich sei immer noch die beste Autofahrerin der Grafschaft.« Ihre ach so sanften Augen ruhten auf Hilda. »Ich bin bis genau drei Uhr fünfzehn bei Tante Martha geblieben, wie Andrew es mir aufgetragen hat. Dann habe ich gesagt, es war sehr nett, und bin weggegangen. Wir haben vor allem über das Wetter gesprochen und daß es jammerschade ist, daß die Ulmen sterben.«

»Hilda«, sagte ich, »das ist meine Schwester Ellie.«

Hilda hatte Ellie angestarrt, während sie sprach. Jetzt wandte sie sich zu mir; sie hatte begriffen. Langsam nickte sie. »Wenn es Ihnen recht ist, Andrew: Ich glaube, ich bleibe hier und helfe Ellie, das Abendessen zu kochen.«

Ich sah ihnen zu, wie sie nebeneinander auf das Haus zugingen. Dann kehrte ich zu meiner Schaufel und zu der Arbeit zurück, die ich zu erledigen hatte.

Wenn man von Mord redet...

Möchten Sie noch irgendeine Erklärung abgeben, ehe ich das Urteil spreche?« fragte Richter Carson.

»Ja, das möchte ich«, sagte Daniel Webbley. »Hiermit erkläre ich, daß ich beabsichtige, jedes einzelne Mitglied der gesamten Jury umzubringen.«

Natürlich schnappten die Zuhörer im Gerichtssaal kollektiv nach Luft. Ich schloß die Augen. Als ich sie wieder aufschlug, fiel mir auf, daß der Ersatzgeschworene erblaßt war.

Er schluckte. »Gilt das auch für mich, Mr. Webbley?«

Daniel ignorierte ihn, seine Aufmerksamkeit galt jetzt dem Richter. »Und natürlich, Euer Ehren, beabsichtige ich auch, Sie zu beseitigen.«

Carson betätigte seinen Hammer, bis die Ruhe wieder hergestellt war. Er musterte Webbley mit richterlicher Strenge. »Ist Ihnen nicht bewußt, daß Sie sich ernsthaft schaden können, wenn Sie mit derartigen Drohungen um sich werfen?« Stirnrunzelnd wandte er sich alsdann mir zu. »Herr Verteidiger, haben Sie denn gar keinen Einfluß auf den Angeklagten?«

Ich räusperte mich. »Wenn Sie mir etwas Zeit zugestehen, Sir, so würde ich gern ein Wort mit meinem Klienten reden.«

Der Richter nickte, und ich zupfte Webbley am Ärmel, bis er sich setzte.

Ich flüsterte ihm ins Ohr. »Welcher Teufel reitet Sie,

daß Sie so etwas ausgerechnet jetzt sagen? Hätten Sie damit nicht wenigstens warten können, bis er Sie verurteilt hat?«

»Sie erlauben einem doch nicht, danach noch eine Erklärung abzugeben«, sagte Webbley. »Es ging nur jetzt oder nie.«

»Aber Sie müssen sich auf der Stelle entschuldigen, sonst gibt Ihnen Richter Carson ganz sicher die Höchststrafe.«

Webbley zuckte die Achseln. »Auch die Mindeststrafe wird mich für den Rest meines Lebens aus dem Verkehr ziehen. Ich bin eben kein junger Hüpfer mehr.«

Seine Worte entbehrten nicht einer gewissen Logik. Und doch sagte ich: »Und was ist mit der Aussicht auf vorzeitige Entlassung? Wie macht sich denn so was in Ihren Papieren?«

Er lächelte geduldig. »Darauf werde ich wohl noch einige Jährchen warten müssen. Und die warte ich nicht mit angehaltenem Atem.«

Auf der Richterbank betätigte Richter Carson einmal leicht seinen Hammer. »Sind Sie beide nun fertig?«

Webbley erhob sich. »Bitte, fahren Sie mit der Urteilsverkündigung fort.«

»Besten Dank«, sagte Carson trocken. Doch er wartete noch einige Augenblicke, dann runzelte er die Stirn. »Ich dachte, ich würde eine Entschuldigung zu hören bekommen.«

»Nein«, sagte Webbley. »Keine Entschuldigung.«

Richter Carson musterte ihn. »Ich nehme an, daß Sie aus dem Gefängnis zu entfliehen gedenken, um Ihre Drohungen in die Tat umzusetzen?«

»Vielleicht.«

»Nur vielleicht? Aber um Ihre kleinen Morde auszuführen, können Sie schließlich nicht hinter Gittern sitzen.«

»Anders wäre es mir natürlich auch lieber«, sagte Daniel Webbley. »Meine Anwesenheit ist jedoch ganz und gar nicht erforderlich. Ich habe schon Absprachen mit jemandem getroffen, der Experte im Deichseln von – ehem – Unfällen und natürlichen Todesfällen ist.« Und er lächelte augenzwinkernd von einem Ohr zum anderen.

Carson rieb sich den Nacken. »Sind Sie etwa der Ansicht, daß man Ihnen keinen gerechten Prozeß gemacht hat?«

Webbley zuckte die Achseln. »Ich kann mich nicht beklagen.«

»Aber warum bestehen Sie dann darauf, all diese netten Leute umzubringen?«

»Persönlich habe ich nichts gegen sie«, sagte Webbley. »Sie repräsentieren nur ganz einfach die Gesellschaft, und die Gesellschaft hat mich ausgestoßen.«

Carson seufzte. »Wenn das so ist, dann kann ich ebensogut mit der Urteilsverkündigung beginnen.«

Daniel Webbley erhielt die vom Gesetz vorgesehene Höchststrafe.

Es gelang mir, in einem Vorzimmer allein mit Webbley zu sprechen, ehe man ihn abführte.

»Wir gehen in Berufung«, sagte ich.

Webbley wirkte etwas erstaunt. »Mit welcher Begründung? Mir scheint, hier ist es völlig rechtens zugegangen.«

»Ganz gleich mit welcher Begründung. Ein guter Anwalt kann sich immer eine aus den Fingern saugen.« Mir kam ein Gedanke. »Ich könnte es mit Voreingenommenheit versuchen. Nachdem Sie die Morddrohung gegen

Carson ausgesprochen hatten, konnte er kein völlig objektives Urteil mehr fällen.«

Webbley klopfte mir auf die Schulter. »Nehmen Sie das Ganze nicht allzu tragisch. Ich bin fast sechzig Jahre alt, und von denen habe ich an die dreißig hinter Gittern zugebracht. Die Winter draußen werden immer kälter und länger, und es kommt mir fast schon so vor, als kehrte ich nach Haus zurück. Fast alle Freunde in meinem Alter sind jetzt hinter schwedischen Gardinen, und sie haben leichte Arbeit und ihre regelmäßigen Mahlzeiten; keiner von ihnen beklagt sich allzusehr.« Webbley seufzte. »Wenn man's recht bedenkt, dann habe ich alles in allem kein übermäßig schlechtes Leben gehabt. Habe nie jemandem etwas zuleide getan.«

»Nur, daß Sie bedauerlicherweise stehlen.«

Er berichtigte mich. »Ich unterschlage. Ich beschränke mich auf habgierige und seelenlose große Gesellschaften.«

»Wenn Sie mit dem Ausgang des Ganzen so zufrieden sind«, sagte ich, »warum um alles in der Welt mußten Sie dann Richter Carson und die Jury bedrohen? Wegen der Publicity? Sie beabsichtigen doch gar nicht, sie umzubringen, oder?«

Webbley hatte sich an das vergitterte Fenster gestellt. Jetzt starrte er gespannt nach unten. »Verdammt noch mal«, brauste er auf. »Daß sie einfach nicht kapiert, wie man mit diesem Auto umgeht.«

Ich trat neben ihn und schaute nach unten. Eine junge Dame mit schimmerndem blondem Haar schien Mühe zu haben, ihr Kabriolett aus einer Parklücke auf die Straße zu manövrieren. Vorne und hinten stieß sie mit der Stoßstange ein paar Mal an, ehe sie es schließlich schaffte, ihr Auto in den Verkehr zu schleusen und davonzufahren.

»Wer war das?« fragte ich.

Webbley verließ das Fenster. »Das einzige, was ich im Gefängnis nicht ausstehen kann, sind geschmorte Tomaten. Sollten Sie eines Tages zufällig dem Gouverneur begegnen, dann verwenden Sie sich doch bitte dafür, daß er das regelt, ja?«

Eines Abends, an die sechs Wochen später, kam Richter Carson im Anwaltsklub auf mich zu.

»Habe eben aus der Zeitung erfahren, daß McIntyre und Williams tot sind«, sagte er. »Ein Flugzeugunglück.«

Ich durchstöberte mein Gedächtnis. »McIntyre? Ist das der McIntyre von McIntyre, Schultz und –«

Carson schüttelte den Kopf. »Nein. Ich meine den McIntyre, der als Geschworener zu der Jury gehörte, die Daniel Webbley verurteilt hat.«

»Ach«, sagte ich. »*Der* McIntyre.« Meine Gedanken arbeiteten weiter. »Und *der* Williams.«

»Genau.«

»Ach«, sagte ich noch einmal und zog an meiner Pfeife. »Wie kam es, daß McIntyre und Williams im selben Flugzeug waren?«

»Das Flugzeug war McIntyres Privatmaschine. Er und Williams lernten sich während ihrer Geschworenenzeit näher kennen und verstanden sich prächtig. Sie waren auf einem Überlandflug und wollten zur Jagd, als ihre Maschine ganz unerwartet in ein heftiges Gewitter geriet. Sie prallte gegen einen Berg und explodierte.«

»Hm«, sagte ich. »Sie explodierte also, nachdem sie sich in den Berg gebohrt hatte? Oder vorher?«

»Das scheint niemand sagen zu können.«

»Aber diese Leute von der Luftfahrtbehörde, die solche

Abstürze untersuchen, kennen sich doch mit so was aus. Die müßten doch anhand der Wrackteile sagen können, ob sich die Explosion vorher oder hinterher ereignet hat?«

»Das Flugzeug – und, wie soll ich sagen, McIntyre und Williams ebenfalls – haben sich über ein ziemlich großes Gebiet verteilt. Alles schneebedeckt.«

»Aber wenn der Schnee schmilzt –?«

»Da oben schmilzt der Schnee nie.«

Ich räusperte mich. »Haben Sie das der Polizei zur Kenntnis gebracht?«

»Der Polizei?« Er quälte sich ein Lachen ab. »Welchen Sinn hätte das wohl? Die kämen noch auf die Idee, ich wäre ein kopfwackelnder alter Richter und überreif für die Pensionierung.«

»Ganz recht«, sagte ich. »Man kann nichts weiter tun, als ruhig die weitere Entwicklung abzuwarten, falls es eine gibt.«

Carsons Stimme wurde leicht gereizt. »Sie haben gut reden, Ihnen gilt die Drohung ja nicht.« Er riß sich zusammen. »Wahrscheinlich viel Lärm um nichts. Ich bewahre also die Ruhe und warte ab.«

Ich wechselte das Thema. »Ich hörte übrigens, daß Ihre Klasse nächste Woche ein Treffen veranstaltet. Ich nehme an, Sie fliegen zur Küste rüber, oder?«

»Nein«, sagte Carson, »ich nehme den Zug.«

Drei Monate später tauchte Carson morgens kurz nach halb zehn in meinem Büro auf.

»Haben Sie schon die Morgenzeitung gelesen?« fragte er.

Ich nickte. »So wie sich die Dinge in Vietnam entwikkeln –«

Er schüttelte ungeduldig den Kopf. »Ich meine auf Seite sechsundzwanzig, obere rechte Ecke.« Und er legte mir einen umgeschlagenen Zeitungsteil auf den Schreibtisch. Die betreffende Stelle war mit Bleistift umrandet.

Ich las zwei Sätze und blickte dann auf. »Hennecker? Gehörte der auch zur Jury?«

Carson nickte.

Ich las weiter. Allem Anschein nach war gestern abend Halloween gewesen, und Hennecker hatte sich, wie es seine Gewohnheit war, zu Fuß auf den Heimweg von der Arbeit gemacht, als eine Schar wüst kostümierter Kinder plötzlich unter furchtbarem Gekreisch aus dem Dunkel hervorgebrochen war, um ihn zu erschrecken.

Was ihnen gelungen war.

Henneckers Herz hatte versagt, er war tot umgefallen, und die Kinder waren auseinandergespritzt und davongelaufen.

Ich sah auf. »Wie das Leben so spielt. Hier steht, daß er schon länger mit dem Herzen zu tun hatte.«

Richter Carsons Lächeln entbehrte des Humors. »Und wer sagt uns, daß es ausschließlich Kinder waren?«

Mir wurde langsam klar, worauf er abzielte.

»Aha«, sagte ich, »wollen Sie damit andeuten, daß sich ein Liliputaner darunter befand?«

Er blinzelte erstaunt. »Naja, ich dachte, daß vielleicht ein kleiner Erwachsener, der von Henneckers Herzkrankheit wußte...« Er rieb sich das Kinn. »Ein Liliputaner? Das wäre natürlich eine Möglichkeit.«

Stirnrunzelnd sagte ich: »Warum ist die Polizei nicht selbst auf die Idee gekommen? Ich meine, ohne daß wir sie mit der Nase darauf stoßen. Oder die Zeitungen? Oder die Geschworenen selbst?«

»Zunächst einmal ist es schon eine ganze Zeit her, daß wir Webbley hinter Gitter gebracht haben«, sagte Carson. »Zweitens stehen all diese Todesfälle nicht auf der ersten Seite, werden mehr oder weniger zu den Unfällen gerechnet. Und drittens erscheint es mir sehr zweifelhaft, daß die Mitglieder der Jury sich jetzt noch an ihre Mitgeschworenen erinnern, geschweige denn die Zeitungen oder die Polizei. Ich glaube, niemand hat Webbleys Drohung so recht ernstgenommen, man hat sie einfach vergessen und abgetan, es sei denn, es gelänge ihm auszubrechen.«

Ich seufzte. »Eins will mir einfach nicht in den Kopf. Warum nur mußte er sich im Gerichtssaal hinstellen und öffentlich verkünden, er werde einen Richter und eine Jury umbringen? Wenn er das vorgehabt hätte, warum hat er dann nicht einfach den Mund gehalten und sie ohne großes Aufsehen einen nach dem anderen umgebracht, so daß niemand ihm auf die Schliche gekommen wäre?«

Carsons Miene heiterte sich ein wenig auf, ihm war ein Gedanke gekommen. »Warum statten Sie Webbley nicht mal einen Besuch ab? Reden Sie mit ihm. Predigen Sie Vernunft. Sagen Sie ihm, er soll das unterlassen.«

»Aber wer sagt uns denn, daß er tatsächlich für diese Tode verantwortlich ist. Außerdem wäre es doch wohl richtiger, wenn Sie mit Webbley redeten. Sie haben ein unmittelbareres Interesse an der Sache.«

Carson schüttelte den Kopf. »Er könnte mich womöglich für seinen Feind halten. Aber Sie sind sein Freund, sein Rechtsbeistand. Es wäre mir daran gelegen, wenn Sie ihn darauf aufmerksam machen würden, daß es die Jury war, die ihn schuldig gesprochen hat. Ich bin doch einfach nur ein Staatsangestellter und mußte ihn entsprechend verurteilen. Ganz ohne Aversionen.«

»Ganz recht, Sir«, sagte ich. »Ich werde ihm sagen, daß es Ihnen gleichgültig ist, was der Jury zustößt, Sie jedoch–«

Carson funkelte mich zornig an. »Ich darf Ihnen ins Gedächtnis rufen, daß wir uns zweifelsohne auch künftig von Zeit zu Zeit im Gerichtssaal begegnen werden. Es wäre geraten, mich nicht vor den Kopf zu stoßen –«

»Sehr wohl, Sir«, sagte ich. »Ich werde Webbley auf der Stelle aufsuchen.«

Nachmittags im Staatsgefängnis richtete Direktor Tassett es ein, daß ich Webbley allein sprechen konnte.

Webbley schien gesund und guter Laune. »Ja, hallo, Mr. Fergusson. Nett, Sie wiederzusehen.«

Ich fiel gleich mit der Tür ins Haus. »Sie wissen doch von McIntyre, Williams und Hennecker, oder?«

Er nickte. »Schätzungsweise.«

Ich ließ mir Zeit, um nachzudenken. Woher konnte er wissen, daß McIntyre, Williams und Hennecker tot waren? Nach Aussage von Direktor Tassett hatte Webbley weder Besucher noch Briefe empfangen, seit er hierher gebracht worden war. Und kein Gefangener darf sich eine Zeitung halten. Es gab natürlich ein Gefängnisradio, aber das verbreitete nur die allerwichtigsten Nachrichten. Es würde sich nie zu einer so offensichtlich unbedeutenden Kleinigkeit herablassen, wie man sie auf Seite sechsundzwanzig findet. Stand Webbley irgendwie in direktem Kontakt mit seinem gedungenen Mörder?

Vielleicht konnte Webbley meine Gedanken lesen. Er lächelte dünn. »Ich kehre jeden Morgen den Raum des Wachpersonals. Dort liegen immer Zeitungen herum, und in der Regel ergibt es sich, daß ich eine oder zwei lesen kann.«

»Aha«, sagte ich. »Dann haben Sie also darauf gewartet, daß diese Namen auftauchen. Damit geben Sie praktisch zu, daß Sie etwas mit den Todesfällen zu tun hatten.«

Er ließ ein bißchen Neugier durchblicken. »Angenommen, ich würde zugeben, daß ich McIntyre, Williams und Hennecker ermorden ließ? Was würde man dann mit mir machen?«

»Sie würden des Mordes angeklagt und für schuldig befunden werden.«

Wieder lächelte er. »In diesem Staat gibt es keine Todesstrafe, oder?«

»Nun ja... nein.«

»Was also könnte man mit mir machen?«

Allmählich dämmerte es mir. »Man würde Sie einsperren.«

Er schnalzte mit der Zunge. »Schlimm, was?«

Mir stieg die Röte ins Gesicht. »Also sehen Sie mal, Sie können doch nicht einfach so von hier aus Morde in die Wege leiten...«

»Und warum nicht?«

Die Erleuchtung traf mich wie ein Blitz. Triumphierend sagte ich: »Ich durchschaue das Ganze.«

»Tatsächlich?«

»Natürlich. Für Sie ist das eine Art Witz. Ein schlechter zwar, aber immerhin ein Witz. Sie haben doch nie die leiseste Absicht gehabt, irgend jemandem ein Haar zu krümmen.«

»Wie kommen Sie darauf?«

»Mir ist ganz plötzlich eingefallen, daß die Geschworenen alle männlich und einigermaßen alt waren.«

»Ach ja?«

»Und Richter Carson ist zwar ganz munter, aber er steht in den Siebzigern.«

»Er sieht keinen Tag älter aus als sechzig.«

»Und es ist Ihnen natürlich bekannt, daß die durchschnittliche Lebenserwartung des amerikanischen Mannes zur Zeit bei ungefähr siebzig Jahren liegt.«

»Und?«

»Und so bestand die berechtigte Hoffnung, daß Carson und/oder einige der Geschworenen im Lauf der nächsten Jahre das Zeitliche segnen würden.« Ich war euphorisch. »Verflixt, darauf hätte ich auch schon eher kommen können. Die Jury also beginnt, eines natürlichen Todes oder durch Unfall zu sterben, und Sie heimsen den Ruhm ein. Und darüber hinaus versetzen Sie die noch am Leben Befindlichen in Angst und Schrecken.«

Er seufzte. »Dann wissen Sie demnach alles?«

»Natürlich«, sagte ich. »Ich besitze einen analytischen Verstand. Und abgesehen davon, hatten Sie kein Geld.«

»So, hatte ich nicht?«

»Nein«, sagte ich vergnügt. »Das Gericht berief mich zu Ihrem Anwalt, weil Sie geltend machen konnten, mittellos zu sein.«

»Wenn mich mein Gedächtnis nicht trügt, dann war's wohl so, oder?«

»Gewiß. Wenn also Absprachen bestünden, daß andere die Morde für Sie ausführen, dann hätten Sie diesen Leuten doch sicherlich Geld dafür zahlen müssen.«

»Natürlich hätte ich das«, sagte er voller Bewunderung. »Können Sie aber glasklar kombinieren.«

»Besten Dank«, sagte ich. »Gedungene Mörder kosten Geld. Ich bezweifle sehr, daß ein Freund diese Morde für Sie übernehmen würde.«

»Auch nicht ein guter Freund?«

»Ein guter Freund würde vielleicht ein, zwei Leute umbringen. Aber dreizehn?« Ich lachte. »Also, lassen wir Vernunft walten. Selbst ein naher Verwandter würde nicht mehr als drei, vier ermorden.«

»Wie recht Sie doch haben«, sagte er. »Sie haben einen unendlich scharfen Verstand. Einfach brillant.«

Ich lächelte ein paar Augenblicke lang, doch dann dachte ich nach und hörte auf damit. Er trug zu dick auf.

Im Büro von Direktor Tassett bat ich um Einsicht in Webbleys Akte.

Tassett holte den umfangreichen Inhalt aus dem Ordner heraus. »Webbley hat schön viel Zeit bei uns verbracht. Allerdings hat er sich immer gut geführt.« Er warf einen Blick auf ein Blatt. »Zum ersten Mal war er vor vierzig Jahren hier. Seinen Einweisungspapieren zufolge wuchs er im Waisenhaus auf. Verwandte sind nicht bekannt.«

Ich war ein wenig enttäuscht. »Tja, das wäre damit erledigt.«

Tassett murmelte sich durch einen Teil des Papierstapels. »Ah, was haben wir denn da? Es sieht so aus, als hätte Webbley, als er vierzehn Jahre später zum vierten Mal zu uns kam, eine Ehefrau und eine sechs Monate alte Tochter gehabt.« Tassett blätterte weiter. »Webbleys Frau starb drei Monate später.«

»Was wurde aus der Tochter?«

»Darüber gibt es hier eine ganze Menge Korrespondenz. Im wesentlichen geht es darum, daß Webbley gerade am Anfang von sieben Haftjahren stand, so daß er logischerweise nicht in der Lage war, sich um sie zu kümmern. Er gab sie zur Adoption frei. Ihr Name war Diana Charlotte Webbley.«

»Ach«, sagte ich. »Wer adoptierte sie denn?«

»Das steht hier nicht. Außer, daß die ganze Angelegenheit über die Whitman-Stiftung abgewickelt wurde.«

»Gibt es eine Personenbeschreibung von Diana?«

Tassett konsultierte ein Blatt. »Sie wog dreizehn Pfund und fünfzig Gramm, Länge sechsundsiebzig Zentimeter.«

»Vergessen wir das«, sagte ich. »Sie dürfte sich seitdem verändert haben.«

Dem stimmte Tassett zu. »Aber sie hatte blaue Augen. Vielleicht hilft Ihnen das weiter.«

Als ich mich wieder mit Richter Carson traf, gab ich ihm meine Informationen und meine Vermutungen weiter.

Seine Stirn legte sich in Falten. »Das Mädchen, das Sie erwähnten, das sein Kabrio nicht aus der Parklücke herausbekam, hatte das blaue Augen?«

»Ich war viel zu weit weg, um das festzustellen, aber sie hatte blondes Haar, also kann man durchaus tippen, daß die Augen blau gewesen sind, denke ich. Sollten wir nicht das, was wir an Informationen haben, der Polizei geben?«

Carson rieb sich den Nacken. »Das Vertrackte an der Sache ist nur, daß wir bislang keinerlei stichhaltigen Beweis dafür haben, daß Webbley hinter dem Tod von McIntyre, Williams und Hennecker steckt. Warum gehen Sie nicht mal zu dieser Whitman-Stiftung hin, das wäre doch der logische nächste Schritt.«

Ich fand die Whitman-Stiftung an der East Side. Sie war in einem ziemlich abgenutzten Backsteingebäude untergebracht. Der Gedenkstein wies darauf hin, daß zumindest der Baukörper an sich 1896 eingeweiht worden war.

Drinnen wurde ich über eine abgetretene Holztreppe zum Büro einer Miss Theodora Parker hinaufgeleitet, die mir die Spitze der kleinen Verwaltungspyramide darzustellen schien. Sie war dunkelhaarig, dunkeläugig und Anfang Dreißig.

»Miss Parker«, sagte ich, »ich fahnde nach dem Verbleib eines Kindes, dessen Adoption 1938 von Ihrer Stiftung abgewickelt wurde. Der Name des Kindes ist Diana Charlotte Webbley.«

Theodora Parker lächelte entschieden und abweisend. »Es tut mir leid, aber unsere Stiftung ist nicht befugt, irgendwelche Informationen in bezug auf Adoptionen zu erteilen. Wir sind zu Stillschweigen verpflichtet. Keine Macht der Erde kann uns von diesen feststehenden Grundsätzen abbringen.«

»Auch keine richterliche Verfügung?« fragte ich.

Sie betrachtete mich kalt. »Das ist vermutlich etwas anderes. Haben Sie eine?«

»Nein, aber ich kann mir eine besorgen.«

Sie lächelte wieder. »Ich bitte darum.«

Ich blickte angriffslustig etwa fünfzehn Sekunden lang in diese dunklen Augen, dann trat ich den Rückzug an. »Lassen Sie mich es so formulieren, Miss Parker. Warum lassen wir nicht die ganze Bürokratie beiseite? Warum rufen Sie nicht einfach Richter Alonzo Carson an und fragen, ob er eine richterliche Verfügung erwirken kann? Wenn es unbedingt sein muß, tut er es gewiß.«

Theodora Parker faltete die Hände. »Es muß unbedingt sein. Ein bloßes Telefonat ist keine ausreichende Ermächtigung.«

Sie blieb unnachgiebig, und da es später Nachmittag war, blieb mir keine andere Wahl, als den kommenden Morgen abzuwarten. Dann erschien ich mit der erforderlichen richterlichen Verfügung.

Theodora Parker prüfte das Papier. »Warum wollen Sie ausgerechnet die Webbley-Adoptionsakten einsehen?«

»Steht das nicht in der richterlichen Verfügung?«

»Nein.«

Heute war ich mit Lächeln an der Reihe. Und das tat ich – und sagte nichts.

Sie errötete sanft, schickte aber ihre Sekretärin in den Tresorraum. Als die Akte dann auf ihrem Tisch lag und sie sie aufgeschlagen hatte, zog sie beeindruckt die Brauen nach oben. »Diana Charlotte Webbley wurde von dem Ehepaar James T. Fellenberg adoptiert. Die von der Fellenberg-Brauerei, wissen Sie.«

Ich stieß einen Pfiff aus. »Du liebe Zeit, die sind so reich wie Bierbarone.«

Ich bedachte diese Information. Ich kannte die Familie Fellenberg. Nicht näher natürlich, aber zwei-, dreimal im Jahr kreuzten sich unsere Wege flüchtig bei öffentlichen Wohltätigkeitsessen. Diana – oder Loretta, wie das einzige Kind der Fellenbergs hieß – war jetzt glückliche Mutter von zwei Kindern. Aber damit nicht genug, sie hatte auch noch Terrence McHugh, unseren neuen Senator, geheiratet.

Konnte Loretta für den Tod von McIntyre, Williams und Hennecker verantwortlich sein? Eins stand jedenfalls fest, sie war nicht blond, obgleich ich annehme, daß man aus gegebenem Anlaß auch seine Haare umfärben kann. Viel wichtiger war, daß ich wußte, sie konnte nicht autofahren. Überhaupt nicht.

An diesem Nachmittag suchte ich Webbley erneut auf.

»Webbley«, sagte ich streng, »Ihre leibliche Tochter Helga-Marie Antoinette Barbarosa sitzt hinter Schloß und Riegel und wird des Mordes beschuldigt. In drei Fällen.«

Er blinzelte. »Helga-Marie Antoinette Barbarosa?«

Ich nickte. »Ihre sieben Kinder hat man in die Kreisjugendstrafanstalt gebracht. Normalerweise würde man sie vermutlich bei ihrem Ehemann Ludwig gelassen haben. Doch bedauerlicherweise verschwand Ludwig nach der Geburt des letzten Kindes.«

Webbleys Mund hatte sich leicht geöffnet. »Sieben?« Darauf schien er sich zu erholen. »Hören Sie, Fergusson, Helga-Marie hatte absolut nichts mit diesen Todesfällen zu tun. Die waren ganz und gar natürlich oder Unfälle. Ich hatte doch nur darauf gebaut, daß der altersbedingte Verschleiß den Eindruck von Mord erwecken würde, und ich auf diese Weise –« Er hielt inne.

Ich beendete den Satz inhaltsmäßig für ihn. »Und Sie auf diese Weise Ihre Tochter ausfindig machen könnten?«

Er lächelte schwach und entschied sich, dafür ein paar Zugeständnisse zu machen. »Als ich damals 1943 auf Bewährung herauskam, versuchte ich meine Tochter zu finden, aber bei den Behörden lief ich gegen eine Wand. Erst kürzlich, während des Prozesses, fiel mir plötzlich ein, daß es eine Möglichkeit gab, sie zu finden.« Das schwache Lächeln wurde breiter.

»Angenommen, ich würde alles so arrangieren, daß man sie des Mordes verdächtigte? Oder sogar des Massenmordes? Würde dann die Polizei nicht alle Heimlichkeiten aufdecken, um herauszubekommen, wer und wo sie ist?«

»Und Sie wollten sie wirklich von der Polizei festnehmen lassen? Sie womöglich ins Gefängnis bringen?«

Er winkte ab. »Es hätte nicht die allergeringste Gefahr bestanden, daß sie ins Gefängnis kommt. Es gibt keinen

Beweis dafür, daß irgendwer ermordet wurde, geschweige denn, daß sie daran schuld sein könnte. Die Polizei hätte sie nur vernommen und ihre Identität aufgedeckt.«

»Aber warum wollten Sie sie nach all den Jahren plötzlich wiedersehen?«

Er zuckte die Achseln. »Ich war sozusagen am Ende meines Weges angekommen, und ich war – tja, neugierig.«

»Ach? Bloß neugierig?«

»Natürlich.«

Ich schüttelte den Kopf. »Webbley, Sie kommen mir nicht wie einer vor, der sich nichts dabei denkt. Und als Mensch, der sich Gedanken macht, müssen Sie sich im klaren gewesen sein, was Sie ihr antun würden. Angenommen ihre Adoptiveltern hätten ihr nie gesagt, daß sie nicht ihr leibliches Kind ist? Die Enthüllung könnte ein ziemlicher Schock für sie sein. Und wie würde ihr wohl zumute sein, wenn sie erführe, daß ihr richtiger Vater Unterschlagungen begangen hat und für den Rest seiner Tage im Gefängnis sitzt?«

Er ließ den Kopf hängen, aber es wirkte nicht recht überzeugend.

»Tja, dann war ich wohl doch gedankenlos.«

»Nein, Webbley«, sagte ich. »Ich glaube, Sie haben durchaus an diese Dinge gedacht. Aber Sie waren davon überzeugt, daß sie Ihnen in jedem Fall verzeihen würde. Und mir fällt nur *ein* Grund ein, warum sie das annehmen konnten. Und dieser Grund ist Geld.«

In Webbleys Augen entstand eine schützende Ausdruckslosigkeit.

»Ich weiß nicht, was Sie damit meinen.«

»Sie haben das Gericht belogen«, sagte ich. »Sie sind nicht mittellos.«

Webbley sagte nichts.

»Webbley«, sagte ich, »Ihre verlorene Tochter heißt nicht Helga-Marie Antoinette Barbarosa.«

Seine Aufmerksamkeit war wieder da. »Nein? Wie denn?«

»Das sage ich Ihnen nicht.«

Nach ein paar nachdenklichen Augenblicken funkelte er mich an. »Aber Sie wissen, wer meine Tochter ist? Oder nicht?«

»Ich weiß es. Ich bin jedoch der Meinung, Sie würden ihr mehr Schaden als Gutes tun, wenn die Welt erführe, daß Sie ihr Vater sind.«

Eine halbe Minute lang kämpfte er mit neuen Überlegungen, dann schien er zu einem Entschluß zu kommen. »Wer außer Ihnen weiß, wer sie ist?«

»Im Augenblick niemand. Der einzige Mensch, der von einer Verbindung zwischen ihr und einem zufällig gerade einsitzenden Webbley weiß, bin ich.«

»Auch die Polizei nicht?«

»Nein.«

Er seufzte. »Vielleicht ist es letzten Endes besser so. Wenn ich es irgend vermeiden kann, möchte ich ihr keine Schwierigkeiten machen. Ich möchte nur, daß sie das Geld bekommt. Sie muß ja gar nicht wissen, daß es mich gibt.«

Er fixierte mich. »Sie hatten recht, Fergusson. Es geht um Geld, und das nicht zu knapp. Ich habe nie in Saus und Braus gelebt, und so hat es sich im Lauf der Jahre angehäuft. Ich möchte, daß Sie dafür sorgen, daß sie es bekommt, aber ich möchte nicht, daß sie weiß, daß es von mir kommt. Erfinden Sie einen Onkel oder verlorengegangene Wertpapiere oder sonst was. Die Einzelheiten überlasse ich Ihnen. Dafür, daß Sie das regeln, kriegen Sie zehn Prozent.«

»Zehn Prozent wovon?«

»Dreihunderttausend Dollar.«

Ich war beeindruckt.

»Sie sind der einzige Mensch außerhalb dieser Mauern, dem ich vertraue«, sagte Webbley.

»Besten Dank. Möchten Sie einen Teil des Geldes jener Blondine vermachen, ›die es einfach nicht kapiert, wie man mit einem Auto umgeht‹?«

Er grinste. »Die hatte ich noch nie im Leben gesehen. Ich wollte Ihrem Gehirn nur eine kleine Denkstütze verabreichen und es auf die richtige Spur bringen.«

Webbley gab mir Anweisungen, wie ich den Schlüssel zu einem Schließfach finden konnte, den er im Keller eines Appartementhauses versteckt hatte. Ich holte ihn mir, ging zur Bank und öffnete das Schließfach, das 300 000 Dollar enthielt.

Ein beeindruckender Betrag. Sogar für eine Fellenberg, dachte ich. Aber gehörte es wirklich Diana-Loretta?

Gehörte es eigentlich überhaupt jemandem?

Lange Zeit starrte ich es an. Ich schwitzte ein bißchen. Und dann schaffte ich es in mein eigenes Schließfach.

Ich besuchte Richter Carson und erzählte ihm, was er wissen durfte. Von dem Geld erzählte ich nichts.

Er verdaute meine Informationen. »Dann versuchte Webbley also nur, uns zu Tode zu ängstigen? Das war alles?«

»Das war alles«, sagte ich. »Ein anderes Motiv steckte nicht dahinter.«

Der Richter schien zufriedengestellt. »Dann dürfte es

vermutlich keinen Sinn haben, aufzudecken, daß Loretta Fellenberg in Wirklichkeit Diana Webbley ist?«

»Überhaupt keinen.«

Es war April, als ich wieder einmal an der Baugrube neben der Whitman-Stiftung haltmachte und den voranschreitenden Arbeiten zusah.

Die Männer schienen fleißig zu sein, außer einem ziemlich rüpelhaften Typ, der sich direkt unter mir herumlümmelte. Den hatte ich schon seit ein paar Tagen im Auge.

Ich sah mich genötigt, etwas zu sagen.

»Verehrtester«, sagte ich, »wenn Sie hier lediglich Zuschauer sind, so darf ich Sie herzlich einladen, heraufzukommen und mir beim Zuschauen Gesellschaft zu leisten.«

Er warf mir einen finsteren Blick zu. »Was'n los, Mister? Zahlen'se etwa für die Chose?«

Ich hatte nicht übel Lust, die Wahrheit zu sagen. Sehr große Lust sogar. Aber meine 300 000-Dollar-Schenkung an den Baufond der Whitman-Stiftung mußte anonym bleiben.

Ich blieb noch sechs Minuten länger wo ich war, um dann exakt um elf nach fünf zufällig an der Eingangstür der alten Whitman-Stiftung vorbeizukommen, gerade als Theodora Parker herauskam.

Ich tippte an meinen Hut. »Nein, welch ein Zufall.«

Und dann gingen wir wieder einmal zusammen essen.

Auf den zweiten Blick

Es war mein Pech, daß ich den Sohn des Bürgermeisters wegen Trunkenheit am Steuer festnahm.

Captain Milliken bestellte mich allein in sein Büro. Er lächelte verkniffen. »Henry, warum quittierst du nicht den Dienst?«

»Nein«, sagte ich entschieden.

»Warum werfe ich dich nicht raus?«

»Weil wir beide wissen, daß ein Rausschmiß vor den Personalrat kommt, und der setzt sich ausschließlich aus Zivilisten zusammen, und die könnten Stunk machen.«

Bei dem Wort ›Zivilisten‹ war er zusammengezuckt. »Warum hast du das getan?« wollte er nun wissen. »Du warst doch nicht im Dienst. Ganz abgesehen davon, daß du in der Mordkommission bist.«

»Ein Polizist ist niemals außer Dienst.«

»Hat er dir denn nicht gesagt, daß er der Sohn des Bürgermeisters ist?«

»Ja, aber das kann jeder behaupten.«

»Hast du dir denn nicht seinen Führerschein angesehen?«

»Selbstverständlich. Aber Johnson ist so ein alltäglicher Name...«

Es war mein freier Tag gewesen, und ich war von der Zentralbibliothek aus der Innenstadt zurückgekommen, als ich vor mir ein Auto bemerkte, das hübsche Schlangenlinien fuhr. Ich hatte mein Martinshorn betätigt, mich vorsichtig daneben gesetzt und dem Fahrer mit Brieftasche und Polizeimarke zugewinkt. Dieser war noch soweit seiner Sinne mächtig, daß er am Straßenrand zum Stehen kam.

Eine weitere Überprüfung ergab rasch, daß er nicht mehr in der Lage war, zu Fuß zu gehen. Tatsächlich schlief er ein, als ich seine Autoschlüssel einsteckte und von der nächsten Telefonzelle aus einen Streifenwagen anforderte.

Milliken stand auf. »Komm mit, Henry.«

Ich folgte ihm auf den Flur. Seite an Seite schritten wir eine geraume Weile dahin, dann machten wir vor einer Tür mit der Aufschrift ›Registratur‹ halt. Wir traten ein.

An die zwanzig Zivilisten waren in dem großen Raum fleißig bei der Arbeit.

»Werde ich versetzt?« fragte ich.

Milliken ging weiter.

Wir durchquerten den Raum und stießen am anderen Ende auf eine Tür ohne Aufschrift. Milliken schloß auf, und wir gingen hinein.

»Was ist das?« fragte ich.

»Dein neuer Tätigkeitsbereich«, sagte Milliken. Mit ausladender Geste wies er auf die hölzernen Aktenschränke. »Hier sind die Unterlagen über Mord, Raub, Vergewaltigung, Brandstiftung, Einbruch-Diebstahl, Umweltverschmutzung und so weiter – nichts davon jemals aufgeklärt.« Er lächelte, wobei er bemerkenswert spitze Zähne entblößte. »Deine Arbeit, Henry, besteht von nun an darin, diese Fälle zu überprüfen und festzustellen, ob nicht schließlich doch noch der Gerechtigkeit zum Siege verholfen werden kann.«

Das Wort ›schließlich‹ ließ mich aufmerken. »Die Aktenschränke sehen schrecklich verstaubt aus.«

Wieder entblößte Millikin seine Zähne. »Das dürfen sie auch. Jeder Fall in diesem Raum ist mindestens fünfundzwanzig Jahre alt. Einige stammen sogar noch aus der Zeit, als die Polizeidirektion gegründet wurde. Ich glaube, das war 1842.«

Ich blinzelte. »Ich soll also Fälle überprüfen, die fünfundzwanzig Jahre tot sind.«

»Nicht tot, Henry, sie ruhen lediglich. Und von dir erwarte ich, daß du sie aus ihrem Schlaf erweckst.« Er lächelte verstärkt. »Es hat keine Eile, Henry. Du hast alle Zeit der Welt.« Er drückte mir den Schlüssel in die Hand. »Und vergiß nicht, das Licht auszumachen und abzuschließen, wenn du gehst. Und recht viel Vergnügen.«

Er entschwand auf dem Weg, den wir gekommen waren.

Ich seufzte und begab mich an die Inspizierung des Raums. Er hatte keine Fenster. Ich durchwanderte Gänge mit Aktenschränken und stieß auf eine kleine Insel, die einem ramponierten, einfachen Schreibtisch und einem Drehstuhl Platz bot.

Aha, augenscheinlich hatte es einen Vorbewohner gegeben.

Ich knipste die Hängelampe über dem Schreibtisch an, was die Umgebung gleich etwas wohnlicher machte. Dann wandte ich mich wieder den Aktenschränken zu und begann die Aufschriften zu studieren. O ja, Millikin hatte recht gehabt. Fast jedes nur denkbare – und nicht aufgeklärte – Verbrechen ruhte hier, und alle waren mindestens fünfundzwanzig Jahre alt.

Ich entdeckte die den Mordfällen gewidmete Abteilung und zog aufs Geratewohl eine Schublade auf. Ich zog einen dicken Pappordner heraus, kehrte zu meinem

Schreibtisch zurück und machte mich an die Lektüre des Inhalts.

Der Mord hatte sich um sechs Uhr vierzig am ersten Freitag eines recht warmen Novembers im Jahr 1941 zugetragen.

Zu eben dieser Zeit – plus-minus einer Minute – hatten die direkten Nachbarn von Mrs. Irene Brannon diese schreien hören. Sie waren zum Fenster geeilt, und eine der Nachbarinnen, eine Mrs. Wilson, behauptete, sie hätte eine dunkle Gestalt aus dem Hintereingang des Brannon-Hauses herausstürzen sehen. Sie war nicht imstande gewesen, sie näher zu beschreiben, denn es war ein fast mondloser Abend; die Sonne war genau nach Kalender um 16.46 Uhr untergegangen.

Mrs. Wilson hatte unverzüglich die Polizei angerufen.

Als diese eintraf, fand sie Mrs. Brannon tot auf dem Fußboden ihrer Küche liegen. Sie wies drei Stichwunden auf, und die Mordwaffe fehlte.

Auf dem Boden neben der Leiche fand die Polizei ein Diamantarmband, das von Experten der Mordkommission auf annähernd zehntausend Dollar geschätzt wurde.

Die Polizei hatte die erforderlichen Fotos und Vermessungen gemacht und den Körper dann zur obligatorischen Autopsie ins Leichenschauhaus gebracht.

Zwei Beamte der Mordkommission – einer davon ein gewisser Sergeant Dunlap – blieben bis ungefähr elf Uhr im Haus der Brannons, zu welcher Zeit Mrs. Brannons Mann, Dennis, heimkehrte.

Sie teilten ihm das Vorgefallene mit, und die Nachricht schien ihn in angemessener Weise zu erschüttern. Die Frage, ob er etwas mit dem Mord zu tun habe, wurde von Dennis Brannon verneint. Er gab an, den ganzen Abend –

von sechs bis ungefähr zehn Uhr dreißig – in der Wohnung seines Zwillingsbruders Albert verbracht zu haben.

Brannon war zu weiteren Vernehmungen auf das Revier mitgenommen worden, doch er bestritt weiterhin, irgend etwas über den Tod seiner Frau zu wissen.

Sein Bruder Albert, der ebenfalls aufs Revier geholt wurde, bestätigte Brannons Aussage in jedem Punkt.

Morgens um halb sechs hatte die Polizei Dennis Brannon auf freien Fuß gesetzt, ließ ihn allerdings beschatten, als er das Revier verließ.

Brannon war ohne Umwege zur Sechs-Uhr-Messe in die St. John's Kathedrale gegangen. Es hatte den Anschein, daß er jeden Morgen zur Messe ging – bei Regen, Sonne oder Mord.

Ich las weiter.

Der Aktenordner enthielt alles – die offiziellen Formulare, einige davon längst veraltet, die Berichte über die Vernehmungen, die Verhöre. Da gab es Beschreibungen, Erklärungen, Lebensläufe. Alles war vorhanden – alles, was die Polizei zutage fördern konnte –, und doch ließ sich das Verbrechen nicht aufklären.

Nach Beendigung meiner Lektüre warf ich einen Blick auf die Uhr. Über zwei Stunden waren vergangen. Ich widmete mich wieder den auf dem Schreibtisch ausgebreiteten Unterlagen. Ja, fast meinte ich, Dunlap bei der Vernehmung von Verdächtigen und Zeugen hören zu können.

Ganz in Gedanken lehnte ich mich zurück und ging prompt zu Boden. Jetzt wurde mir klar, warum man ausgerechnet diesen Drehstuhl auf diesem Müllplatz deponiert hatte. Ich stand auf, baute den Stuhl zusammen und nahm behutsam wieder Platz.

Wo war ich stehengeblieben? Ja richtig: Sergeant Dunlap befragte gerade Leute, Mrs. Wilson zum Beispiel.

Mrs. Wilson hatte einen stechenden Blick und war sehr beflissen. »Ich weiß wirklich nicht allzuviel über die Brannons. Sie sind erst vor sechs Monaten in die Gegend hier gezogen.«

»Erzählen Sie uns bitte alles, was Sie wissen.«

»Also eins muß man ihr lassen, sie machte ihre große Wäsche immer montags. Nicht etwa wie manche Leute hier. Naja, so dienstags oder mittwochs, oder wann's ihnen gerade paßt. Und ihre Wäscheleine sah immer proper aus.«

»Proper?«

»Ja. Die ganzen Kopfkissenbezüge hingen nebeneinander, Socken neben Socken, und alle Hemden in einer Reihe. Manche Leute hier hängen ihre Wäsche auf wie's gerade kommt. Alles kreuz und quer durcheinander.«

»Ja. Sie hörten also Mrs. Brannons Schrei um sechs Uhr vierzig und begaben sich unverzüglich ans Fenster?«

»Genau. Es war ziemlich dunkel, aber ich konnte gerade noch diese Gestalt erkennen, die hinterm Haus über den Rasen lief und dann auf die Straße.«

»Mr. Brannon?«

»Das könnte ich nicht beschwören. Eben eine Gestalt. Es hätte sonstwer sein können.«

»Die Brannons waren doch ruhige Nachbarn? Keine lauten Kräche zum Beispiel?«

»Sehr ruhige Nachbarn. Fast ideal, sollte man meinen. Abgesehen von den Wodkaflaschen.«

»Wodkaflaschen?«

»Ja. Sozusagen jeden Tag schlich sich Mrs. Brannon

mit einer leeren Flasche aus der Hintertür und versteckte sie unter dem Abfall im Mülleimer. Zufällig war ich draußen, als die Müllabfuhr kam – die kommen jetzt nur noch alle zwei Wochen. Küchenabfälle einmal in der Woche, aber anderer Abfall nur noch alle zwei – und da fiel mir doch auf, daß sämtliche Flaschen Wodkaflaschen waren. Acht oder neun Stück alle zwei Wochen.«

»Die Brannons tranken also?«

»Naja ... er hat, glaube ich, überhaupt nicht getrunken. Normalerweise merke ich das, wenn ich jemanden nur ansehe.« Sie brachte ein kleines, verkniffenes Lächeln zuwege. »Trinken die Leute nicht Wodka, weil man ihn nicht riecht? Ich will damit nur sagen, sie konnte also trinken und die Flaschen verstecken, und er würde ihr niemals auf die Schliche kommen, oder?«

»Hatten die Brannons viele Freunde? Besucher?«

»Nicht sehr viele Besucher. Aber ich glaube, sie hatte einen ganz besonderen Freund.«

»Jemand, der sie häufig besuchte?«

»Besuchen nun auch wieder nicht. Es war irgendwie dazwischen.«

»Dazwischen?«

Ihre Augen leuchteten heller. »Also ... meine Schwester wohnt nur vier Straßen weiter – um die Ecke und dann geradeaus – und ich besuche sie recht häufig. Vier- oder fünfmal die Woche würde ich sagen. An diesem Nachmittag nun, vor ungefähr acht Wochen, sitzen Maggie und ich am Wohnzimmerfenster und trinken Tee, und da sehe ich Mrs. Brannon die Straße herunterkommen. An der Ecke hielt sie an, und ich dachte bei mir, die wartet wohl auf den Bus. Aber ein paar fuhren an ihr vorbei, und sie stand immer noch da.«

»Ja?«

»Na, sagte ich mir, das ist ja merkwürdig. Wir paßten also auf, Maggie und ich, und ungefähr fünf Minuten später, da hielt doch dieser riesige Schlitten mit einem *Mann* am Steuer, und Mrs. Brannon stieg ein.« Mrs. Wilson legte eine kurze Pause ein. »Das war an einem Mittwoch, und am *Freitag*, da sitzen Maggie und ich zufällig wieder da, und dasselbe passiert noch mal – Mrs. Brannon wartet und steigt wieder in das große Auto. Und dann meinten wir... *Maggie*... meinte, man sollte nachmittags um zwei ein bißchen die Augen offenhalten, und was meinen Sie, Mrs. Brannon wird doch mindestens zwei-, dreimal die Woche von diesem Wagen abgeholt.«

»Könnten Sie das Auto beschreiben?«

»Ich verstehe wirklich nicht viel von Autos, außer daß es teuer aussah. Und den Mann könnte ich auch nicht beschreiben. Er stieg ja nie aus. *Obwohl*...«

»Ja?«

Eine zarte Röte breitete sich auf Mrs. Wilsons Wangenknochen aus. »Meine Schwester hat sich zufällig die Nummer des Autos notiert. Denn es wirkte doch alles ein bißchen verdächtig, ja, und ich... sie... dachte, daß es nichts schaden könnte, sie zu notieren, nur für den Fall, daß mal irgendwas passiert...«

Ja, sie hatte Sergeant Dunlap die Nummer des Wagens gegeben, und die amtliche Zulassungsstelle hatte den Namen Charles Colling, North Simmon Avenue 2481 herausgesucht.

Es stellte sich heraus, daß Colling ein Mann Ende Vierzig sowie zweiter Geschäftsführer unseres größten Kaufhauses war. Zudem war er verheiratet und hatte zwei Kinder auf dem College.

Colling war auf der Hut gewesen. »Was kann ich für Sie tun, Sergeant?«

»Kennen Sie eine gewisse Mrs. Irene Brannon?«

Collings Stirn legte sich in nachdenkliche Falten. »Brannon? Brannon? Nein, leider kenne ich niemanden dieses Namens.«

»Würde dieses Foto Ihrem Gedächtnis etwas aufhelfen?«

Er hatte einen kurzen Blick darauf geworfen und war ein wenig bleich geworden.

»Wann haben Sie sie zum letzten Mal gesehen?«

»Ich sagte, ich kenne niemanden, der Brannon heißt.«

»Sie sind mehrfach mit ihr gesehen worden – von verläßlichen Zeugen, die sich die Mühe machten, Ihre Autonummer zu notieren.«

Colling fuhr sich mit der Zunge über die Lippen. »Worum geht es eigentlich?«

»Mrs. Brannon wurde gestern abend ermordet.«

Colling verlor noch mehr Farbe. »Und Sie vermuten, ich hätte etwas mit dem Mord zu tun?«

»Wo waren Sie gestern abend gegen zwanzig vor sieben?«

»Wurde Sie zu dem Zeitpunkt ermordet?«

»Beantworten Sie bitte meine Frage.«

Colling überlegte einen Augenblick, dann lächelte er beinah. »Gestern abend um zwanzig vor sieben nahm ich an einem Festessen des Industrieverbands in Park Falls teil. Das liegt mehr als dreißig Meilen von hier.«

»Kann das jemand bestätigen?«

»Aber selbstverständlich. An die hundert Leute. Ich war sogar der Hauptredner bei diesem Diner. Ich traf früh ein, um sechs Uhr, ich wollte die Cocktails vor dem Essen nicht verpassen. Das Diner selbst begann um sieben Uhr, und meine Rede hielt ich dann um halb acht.«

»Welcher Art war Ihre Beziehung zu Mrs. Brannon?«

Colling räusperte sich. »Wir waren nichts als gute Freunde.«

»So gute Freunde, daß Sie es für nötig hielten, sich heimlich zu treffen? So gute Freunde, daß Sie ihr ein Armband für zehntausend Dollar kauften? Wir sind gerade dabei, dessen Herkunft zu ermitteln, Mr. Colling. Das dürfte nicht allzu schwierig sein, aber Sie könnten uns Zeit sparen helfen.«

Colling wandte den Blick ab. »Na gut. Ich habe es ihr gekauft.«

»Wie haben Sie Mrs. Brannon denn kennengelernt?«

»Wie das so geht. Ich lernte sie in einer Bar kennen, und dann führte eins zum anderen.« Er lächelte verhalten. »Ihr Mann hat sie nicht verstanden.«

»Haben Sie ihr jemals irgendwelche Versprechungen gemacht?«

»Versprechungen?«

»Ein Mann schenkt einer Frau doch nicht so nebenbei ein Armband für zehntausend Dollar, oder? Haben Sie jemals durchblicken lassen, daß es mehr als nur eine Affäre war? Daß sie vielleicht zur Ehe führen könnte?«

»Nein«, sagte Colling entschieden. »Absolut nicht.« Dann wich er aus. »Es ist natürlich möglich, daß sie mich *falsch* verstanden hat, aber niemals, wirklich *niemals* habe ich ihr etwas dergleichen versprochen.« Er holte Luft. »Hören Sie, Sergeant, ist es nötig, meinen Namen in die Sache hineinzuziehen? Ich bin ein verheirateter Mann mit zwei Kindern. Es würde doch nur Schaden angerichtet, wenn meine *Freundschaft* mit Mrs. Brannon ans Licht käme. Mit dem Mord an ihr habe ich schließlich nichts zu tun.«

»Sie könnten aber das Motiv gewesen sein.«

Colling erbleichte abermals.

Abermals fand ich mich auf dem Fußboden wieder. Ich rappelte mich auf, baute den Stuhl zusammen und widmete mich jetzt einem anderen Papierbündel.

Dennis und Albert waren Zwillinge; keine eineiigen Zwillinge, sondern bloß die ganz normalen, durchschnittlichen Zwillinge. Ihre nächsten Freunde hatten wenig oder gar keine Schwierigkeiten, sie auseinanderzuhalten.

Ihre Eltern hatten schon von Anfang an beschlossen, daß jeder Zwilling die Möglichkeit haben sollte, seine eigene Persönlichkeit zu entwickeln. Während sie in der Schule im gleichen Tempo vorankamen – sie erhielten ähnliche, jedoch nicht die gleichen Zensuren – so saßen sie doch selten zusammen in einer Klasse. Nie wurden sie gleich angezogen, jeder besaß seine eigene Garderobe.

Daraus resultierte wahrscheinlich, daß sie als Erwachsene recht getrennte Wege einschlugen, jedoch immer noch in einer herzlichen persönlichen Beziehung zueinander standen. Dennis wandte sich dem Katholizismus zu, dem Glauben seines Vaters, während Albert Quäker wurde, dem Bekenntnis seiner Mutter entsprechend. Was den Beruf anbelangt, so wurde Dennis Buchhalter und Albert Bibliothekar.

Bibliothekar? Irgendwie meint man immer, Bibliothekare müßten Frauen sein, zumindest in den Büchereizweigstellen.

Meine Gedanken wanderten zurück zur Büchereizweigstelle meiner Kindheit und zu Miss Lucinda Swenson. Sie hatte immer einen strengen Mittelscheitel und ein autoritäres Stirnrunzeln gehabt. Ich war damals vielleicht acht gewesen und bestand auf meinem eigenen Leseprogramm, doch Miss Swenson versuchte monatelang, mich in die Kinderabteilung zurückzuscheuchen.

Schließlich biß ich sie. Danach ließ sie mich in Ruhe.

Ich widmete mich den Papierbündeln, die von der Befragung Dennis Brannons handelten. Ein hübscher Berg Material – er war wiederholte Male vernommen worden – aber allmählich verdichtete sich das Bild.

Dennis Brannon war ein ziemlich kleiner Mittzwanziger mit hellem Haar.

»Sie haben also den Abend bei Ihrem Bruder verbracht?«

»Ja. Ich traf gegen sechs Uhr dort ein.«

»Wie lange sind Sie geblieben?«

»Bis halb elf. Dann ging ich nach Haus, und dort wartete die Polizei auf mich.«

»Sie haben bei Ihrem Bruder zu Abend gegessen?«

»Ja. Ich blieb zum Essen dort.«

»Was gab es?«

Einen Augenblick lang runzelte Dennis die Stirn. »Schmorbraten mit Bratkartoffeln. Tomatensalat. Eingemachte Pfirsiche. Kaffee.«

»Ihr Bruder ist nicht verheiratet?«

»Nein.«

»Wer hat das Essen zubereitet?«

»Seine Hauswirtin. Albert wohnt in der kleinen Wohnung oben zur Miete. Mrs. Porter – sie wohnt unten – kocht ihm vier-, fünfmal die Woche sein Abendessen und bringt es nach oben.«

»Sie trug also Ihnen beiden auf?«

»Nein. Sie hatte es schon früher zubereitet und hochgebracht. Albert stellte es im Herd warm, bis ich kam; wir aßen allein.«

»Hat Mrs. Porter Sie überhaupt gesehen? Vielleicht als Sie kamen?«

»Das weiß ich wirklich nicht.«

»Was haben Sie nach dem Essen gemacht?«

»Albert und ich haben Schach gespielt.«

»Den ganzen Abend?«

»Ja. Nur habe ich leider jedes Spiel gewonnen. Albert ist einfach kein guter Spieler. Wahrscheinlich, weil ihn das Spiel nicht so recht fasziniert.«

»Er interessiert sich nicht für Schach, und doch hat er über drei Stunden gespielt?«

»Ja. Albert ist ein gefälliger Mensch, und ich war sein Gast.«

»Haben Sie irgendeine Vermutung, wer Ihre Frau hätte umbringen wollen?«

»Überhaupt keine. Es muß irgendein Stadtstreicher gewesen sein oder so.«

»Haben Sie und Ihre Frau sich gestritten?«

»Gelegentlich. Ich schätze, das machen alle Eheleute.«

»Worüber haben Sie sich gestritten?«

»Nichts wirklich Ernsthaftes. Die üblichen Nichtigkeiten.«

»Kennen Sie jemand namens Colling? Charles Colling?«

Dennis Brannon schüttelte den Kopf. »Der Name sagt mir nichts.«

»Sie haben das Armband gesehen, das wir neben der Leiche Ihrer Frau gefunden haben?«

»Ja.«

»Wissen Sie irgend etwas darüber?«

»Nein. Gar nichts. Ich habe es noch nie im Leben gesehen.«

Ich arbeitete mich durch einen anderen Papierstapel. Man hatte Mrs. Porter vernommen. Sie hatte Dennis bei der Ankunft in der Wohnung seines Bruders weder gesehen noch gehört, aber sie meinte, sie hätte ihn gegen halb elf aufbrechen hören. Ich ging die Seiten mit der Vernehmung Albert Brannons durch.

»Ißt Ihr Bruder häufig bei Ihnen zu Abend?«

»Eigentlich nicht. Aber gestern abend war es halt mal der Fall. Dennis kam um sechs Uhr. Wir aßen und spielten dann den ganzen Abend Schach.«

»Wie viele Spiele?«

»Das kann ich nicht genau sagen. Vielleicht ein halbes Dutzend.«

»Und Sie haben fast die Hälfte gewonnen?«

»Nein. Dennis hat alle gewonnen. Er spielt ziemlich gut.«

»Sie hatten das Radio angedreht?«

»Nein.«

»Wenn ich nicht irre, gab es zum Essen Lammkoteletts?«

»Nein. Schmorbraten. Kartoffeln. Tomaten. Pfirsiche aus der Dose.«

»Kartoffelpüree?«

»Nein. Bratkartoffeln.«

»Wie viele Gläser trank Dennis?«

»Er trinkt keinen Alkohol. Wir tranken Kaffee. Mit Sahne und Zucker.«

»Warum haben Sie die Frau Ihres Bruders nicht auch eingeladen?«

»Habe ich früher gemacht. Aber bedauerlicherweise

langweile ich sie wohl. Deshalb bleibt sie jetzt lieber zu Haus. Natürlich mit Kopfschmerzen.«

Ich hörte Schritte, und Captain Milliken erschien. »Fein, fein, immer noch da? Die Arbeit muß ja interessant sein. Deine Schwester hat mich angerufen und gesagt, daß du nicht zum Abendessen erschienen bist. Ich mußte den ganzen Weg zum Präsidium zurückgehen, weil ich der einzige bin, der weiß, wo du bist und wie man dich finden kann.«

Ich blickte auf meine Uhr. Es war schon nach acht abends. Ich erhob mich und machte mich daran, die Brannon-Akten einzusammeln.

Milliken nahm auf dem Drehstuhl Platz, den ich gerade geräumt hatte. Ich sah hoffnungsvoll zu, wie er sich zurücklehnte, doch es geschah nichts.

Ich seufzte und brachte die Brannon-Akten an ihren Platz im Aktenschrank zurück.

Wir gingen zurück zur Registratur, wo ich Milliken einen schönen Abend wünschte. Ich blieb noch und bat jemanden von der Nachtschicht um ein Exemplar des städtischen Telefonbuchs.

Ein Dennis Brannon war nicht aufgeführt, aber ich fand einen Albert Brannon. Erstaunlicherweise lebte er immer noch unter der gleichen Adresse wie 1941.

Ich rief meine Schwester an und teilte ihr mit, daß ich noch unter den Lebenden weilte, dann fuhr ich zu Albert Brannons Wohnung.

Sie befand sich in einer ruhigen, baumbestandenen Wohngegend. Ich parkte meinen Wagen und ging zu dem überdachten Eingang. Ich drückte auf den Klingelknopf der oberen Wohnung.

Nach ein paar Sekunden ging in dem Treppenhaus, das zum oberen Stock führte, Licht an, und eine Stimme rief herunter, daß die Tür nicht verschlossen sei.

Auf dem oberen Treppenabsatz kam mir ein kleiner Mann in den Fünfzigern entgegen, das Haar angegraut, aber insgesamt eine recht jugendliche Erscheinung.

»Albert Brannon?«

Er nickte.

Ich zögerte einen Augenblick, dann zog ich meine Brieftasche und zeigte meine Polizeimarke. »Mein Name ist Sergeant Henry H. Buckle.«

Er blickte über meine Schulter. »Ich dachte, Polizisten arbeiten immer als Duo?«

Ich warf selbst einen Blick zurück. »Im Augenblick bin ich im Sonderauftrag unterwegs und arbeite ohne Partner. Können Sie mir wohl sagen, wo ich Ihren Bruder finde?«

Er lächelte schwach. »Sie wissen nicht, wo er ist?«

»Nein.«

Er bat mich hinein.

Wir traten in eine nette kleine Küche, dahinter erhaschte ich einen Blick auf ein Zimmer voller Bücher. In den Räumen mischten sich die Gerüche von Büchern, Pfeifentabak und vermutlich Schmorbraten.

Er stopfte sich die Pfeife aus einer Dose. »Warum wollen Sie wissen, wo Dennis ist? Nach all den Jahren?«

»Können Sie's mir sagen?«

Er nickte. »Dennis starb 1944.«

»1944?«

Albert erläuterte es näher. »Tja, der letzte richtige Krieg. Er fiel bei der Eroberung des Kwajalein Atolls, Marshall-Inseln. Was wollen Sie denn jetzt von ihm?«

Mir war ein wenig unbehaglich zumute. »Es geht um den Mord an seiner Frau.«

Albert zog eine Augenbraue hoch. »Sagen Sie bloß nicht, daß Sie den am Ende doch noch aufgeklärt haben?«

»Nun, hm ... ja.«

»Sie *wissen*, wer sie umgebracht hat?«

»Ja, es war Ihr Bruder Dennis.«

Er wartete gespannt.

»Ich rekonstruiere das Verbrechen folgendermaßen: Ihr Bruder fand heraus, daß seine Frau eine Affäre mit Charles Colling hatte. Ich könnte mir vorstellen, daß er ganz zufällig das Armband entdeckte und wissen wollte, wie sie dazu gekommen war. Er erwischte einen Augenblick, in dem sie etwas zuviel Wodka intus hatte, denn sie gab nicht nur die Affäre zu, sondern provozierte ihn auch noch damit. Da schnappte sich Dennis das nächste Küchenmesser und brachte sie um. Dann floh er hierher – das Messer ließ er wahrscheinlich auf dem Weg bei passender Gelegenheit in der Kanalisation verschwinden – und dann bastelten Sie beide das Alibi zurecht.«

»Tatsächlich? Und was bringt Sie auf die Idee, daß das Alibi nicht echt war?«

Ich lächelte triumphierend. »Seit 1941 sind die Vorschriften der katholischen Kirche in bezug auf die Ausübung des Glaubens erheblich gelockert worden, aber zu jener Zeit hätte kein guter, praktizierender Katholik – wie Ihr Bruder Dennis – an einem *Freitag Fleisch* gegessen, und an eben diesem Wochentag geschah der Mord.« Mein Lächeln war jetzt nachsichtig. »Warum haben Sie beide der Polizei nicht einfach erzählt, daß es an jenem Abend Fisch gab?«

Er fiel in mein Lächeln ein. »Mrs. Porter hatte Schmorbraten zubereitet und ihn heraufgebracht, ehe Dennis so unerwartet auftauchte. Und sie wurde doch auch von der Polizei vernommen. Wenn wir dort erzählt hätten, wir hätten etwas anderes als Schmorbraten gegessen, sie hätten den Braten doch auf der Stelle gerochen, wenn ich so sagen darf«, erklärte mir Albert.

»Aha«, sagte ich. »Sie geben also *zu*, daß Sie gelogen haben?«

Er zuckte die Achseln. »Wenn Sie so wollen.«

Ich fixierte ihn streng. »Da ist nur noch eine Sache bei diesem Fall, die mir immer noch zu schaffen macht. Das mit den *Zwillingen*.«

Er sah ratlos aus. »Was denn mit den Zwillingen?«

»Jedes Mal, wenn Zwillinge in einen Mordfall verwikkelt sind, dann erwartet man doch von vornherein irgendwelche Mauscheleien. Einen *Tausch* oder so.«

Albert Brannon blinzelte. »Warum hätten wir die Identität tauschen sollen? Das hätte doch gar keinen Sinn gehabt. Zudem konnten uns die meisten Leute recht gut auseinanderhalten. Wenn Sie nicht glauben, daß ich Albert bin, dann können Sie ja meine Fingerabdrücke anhand meiner Geburtsurkunde überprüfen.«

»Ich glaube ja, daß Sie Albert sind«, sagte ich. »Es ist aber doch fast schon *obligatorisch*, daß...« Mir wurde warm. »Also, ich meine, es ist doch nahezu schon *Tradition*, daß immer, wenn Zwillinge verwickelt...«

Ich spürte unbehaglich, daß er mich mit klinischem Interesse betrachtete. »Sergeant Buckle, haben Sie *tatsächlich* erwartet, daß Dennis, hätte man ihn vor dreißig Jahren mit der Tatsache konfrontiert, daß er angeblich an einem Freitag Fleisch zu sich genommen habe, er auf der Stelle ein volles Geständnis abgelegt hätte?«

»Nun ja, nein, aber...«

»Glauben Sie etwa, eine *Jury* hätte einen frommen Katholiken zu lebenslänglich verurteilt, nur weil er ganz einfach *vergessen* hatte, welcher Wochentag es war?«

»Aber ich glaube nicht, daß er vergessen hatte, welcher...«

»Möglicherweise nicht. Aber das hätten wir behauptet, wenn die Polizei auf jene kleine Diskrepanz in seinem Alibi aufmerksam geworden wäre.« Alberts Lächeln zeigte Milde. »Wußten Sie, daß Dennis ein Kriegsheld war?«

»Nein. Aber ich weiß nicht, was das mit...«

»Meldete sich am Tag nach Pearl Harbour. *Zwei* Nahkampfspangen, drei Verwundetenabzeichen, vier Sturmabzeichen und sogar einen Orden für Tapferkeit vor dem Feind. Und Sie wollen nun, *dreißig* Jahre danach, die Ehre eines gefallenen Kriegshelden beschmutzen?«

»Es geht hier nicht um Beschmutzung...«

»Und was wollen Sie jetzt machen? Wollen Sie mich wegen *Beihilfe* zum Mord festnehmen? Gibt es da nicht so etwas wie Verjährung?«

»Nicht bei Mord.«

»Und was ist mit *Beihilfe* zum Mord?«

»Ich weiß nicht. Da müßte ich erst einmal nach...«

»Glauben Sie wirklich, daß eine Jury mich *heute* wegen Beihilfe zum Mord verurteilen würde, bloß weil mein gefallener Heldenbruder vergaß, an einem Freitag vor dreißig Jahren Fisch zu essen?«

»Aber Sie haben eben zugegeben...«

»Was ich alles jemand anderem gegenüber leugnen würde. Ihr Wort gegen meins.«

Ich hatte das heftige Bedürfnis, noch einen Bibliothekar zu beißen.

Albert klopfte mir auf die Schulter und sagte ruhig: »Sergeant Henry H. Buckle, finden Sie nicht, daß es unklug ist, schlafende Löwen zu wecken?«

Das ließ ich mir für ein paar lange Augenblicke durch den Kopf gehen, dann seufzte ich.

Des weiteren fuhr ich heim und kippte *drei* Brandys, ehe ich ins Bett ging.

Ich zog einen dicken und staubigen Aktenordner aus dem Aktenschrank »Morde« und trug ihn zum Schreibtisch.

1862?

Hm, dachte ich, das könnte interessant sein.

Ich setzte mich, lehnte mich zurück und...

Verdammter...

Jack Ritchie im Diogenes Verlag

Der Mitternachtswürger
Geschichten. Aus dem Amerikanischen von
Alfred Probst. detebe 21293

Für alle ungezogenen Leute
Detektiv-Geschichten. Deutsch von Dorothee Asendorf
detebe 21384

Gedächtnis ade
Kriminalgeschichten. Deutsch von
Elfriede Riegler und Dorothee Asendorf
detebe 21565

Klassische und moderne Kriminal-, Grusel- und Abenteuergeschichten in Diogenes Taschenbüchern

● Joan Aiken
Die Kristallkrähe. Roman. detebe 20138
Der eingerahmte Sonnenuntergang. Roman detebe 21413
Tote reden nicht vom Wetter. Roman detebe 21477
Ärger mit Produkt X. Roman. detebe 21538

● Margery Allingham
Die Handschuhe des Franzosen. Kriminalgeschichten. detebe 20929
Trau keiner Lady. Roman. detebe 21567
Gefährliches Landleben. Roman detebe 21568
Süße Gefahr. Roman. detebe 21569
Judaslohn. Roman. detebe 21570

● Eric Ambler
Die Maske des Dimitrios. Roman detebe 20137
Der Fall Deltschev. Roman. detebe 20178
Eine Art von Zorn. Roman. detebe 20179
Schirmers Erbschaft. Roman. detebe 20180
Die Angst reist mit. Roman. detebe 20181
Der Levantiner. Roman. detebe 20223
Waffenschmuggel. Roman. detebe 20364
Topkapi. Roman. detebe 20536
Schmutzige Geschichte. Roman detebe 20537
Das Intercom-Komplott. Roman detebe 20538
Besuch bei Nacht. Roman. detebe 20539
Der dunkle Grenzbezirk. Roman detebe 20602
Ungewöhnliche Gefahr. Roman detebe 20603
Anlaß zur Unruhe. Roman. detebe 20604
Nachruf auf einen Spion. Roman detebe 20605
Doktor Frigo. Roman. detebe 20606
Bitte keine Rosen mehr. Roman detebe 20887
Mit der Zeit. Roman. detebe 21054

● Jakob Arjouni
Happy Birthday, Türke. Roman. detebe 21544
Mehr Bier. Roman. detebe 21545

● John Bellairs
Das Haus das tickte. Roman. detebe 20638

● Robert Benesch
Außer Kontrolle. Roman. detebe 21081

● Ambrose Bierce
Die Spottdrossel. Erzählungen. detebe 20234

● Gavin Black
Ein Drachen zum Fest. Roman. detebe 21560

● Robert Bloch
Nacht im Kopf. Roman. detebe 21414

● Kurt Bracharz
Pappkameraden. Roman. detebe 21475

● Peter Bradatsch
Waschen, Schneiden, Umlegen. Ein Dutzend Kriminalgeschichten. detebe 21272

● Ray Bradbury
Die Mars-Chroniken. Roman in Erzählungen. detebe 20863
Der illustrierte Mann. Erzählungen detebe 20365
Fahrenheit 451. Roman. detebe 20862
Die goldenen Äpfel der Sonne. Erzählungen detebe 20864
Medizin für Melancholie. Erzählungen detebe 20865
Das Böse kommt auf leisen Sohlen. Roman detebe 20866
Löwenzahnwein. Roman detebe 21045
Das Kind von morgen. Erzählungen detebe 21205
Die Mechanismen der Freude. Erzählungen detebe 21242
Familientreffen. Erzählungen. detebe 21415

● Beat Brechbühl
Kneuss. Roman. Zwei Wochen aus dem Leben eines Träumers und Querulanten, von ihm selber aufgeschrieben. detebe 21416

● **Fredric Brown**
Flitterwochen in der Hölle. Schauer- und Science-Fiction-Geschichten. detebe 20600

● **John Buchan**
Die neununddreißig Stufen. Roman detebe 20210
Grünmantel. Roman. detebe 20771
Mr. Standfast oder Im Westen was Neues Roman. detebe 20772
Die drei Geiseln. Roman. detebe 20773
Basilissa. Roman. detebe 21249

● **W. R. Burnett**
Little Caesar. Roman. detebe 21061
High Sierra. Roman. detebe 21208
Asphalt-Dschungel. Roman. detebe 21417

● **Karel Čapek**
Der Krieg mit den Molchen. Roman detebe 20805

● **David Carkeet**
Minus mal Minus. Roman. detebe 21478

● **Anton Čechov**
Das Drama auf der Jagd. Eine wahre Begebenheit. detebe 21379

● **Raymond Chandler**
Der große Schlaf. Roman. detebe 20132
Die kleine Schwester. Roman. detebe 20206
Das hohe Fenster. Roman. detebe 20208
Der lange Abschied. Roman. detebe 20207
Die simple Kunst des Mordes. Essays, Briefe, Fragmente. detebe 20209
Die Tote im See. Roman. detebe 20311
Lebwohl, mein Liebling. Roman detebe 20312
Playback. Roman. detebe 20313
Mord im Regen. Frühe Stories. detebe 20314
Erpresser schießen nicht. Detektivstories I detebe 20751
Der König in Gelb. Detektivstories II detebe 20752
Gefahr ist mein Geschäft. Detektivstories III detebe 20753
Englischer Sommer. Geschichten und Essays detebe 20754

● **Erskine Childers**
Das Rätsel der Sandbank. Roman detebe 20211

● **Agatha Christie**
Villa Nachtigall. Kriminalgeschichten detebe 20133
Der Fall der enttäuschten Hausfrau Kriminalgeschichten. detebe 20826

● **Douglas Clark**
Die längste Freude. Roman. detebe 21578

● **Wilkie Collins**
Ein schauerliches fremdes Bett. Gruselgeschichten. detebe 20589

● **Joseph Conrad**
Lord Jim. Roman. detebe 20128
Der Geheimagent. Roman. detebe 20212
Herz der Finsternis. Erzählung. detebe 20363

● **Manfred von Conta**
Schloßgeschichten. detebe 21060
Der Totmacher. Roman. detebe 20962

● **Stephen Crane**
Das blaue Hotel. Klassische Geschichten aus dem Wilden Westen. detebe 20789
Die rote Tapferkeitsmedaille. Roman detebe 21299

● **Freemann Wills Crofts**
Die Frau im Faß. Roman. detebe 21476

● **Claude Cueni**
Schneller als das Auge. Roman. detebe 21542

● **Guy Cullingford**
Post mortem. Roman. detebe 20369

● **Daniel Defoe**
Robinson Crusoe. Roman. detebe 21364

● **Peter Dickinson**
Das Giftorakel. Roman. detebe 21520

● **Dolly Dolittle's**
Crime Club. detebe 20277–20279, 20664, 21564

● **Arthur Conan Doyle**
Sherlock Holmes Geschichten. detebe 21211

● **Friedrich Dürrenmatt**
Grieche sucht Griechin / Mr. X macht Ferien / Nachrichten über den Stand des Zeitungswesens in der Steinzeit. Grotesken detebe 20851
Der Hund / Der Tunnel / Die Panne Drei Erzählungen. detebe 20850
Aus den Papieren eines Wärters. Frühe Prosa detebe 20848
Das Versprechen / Aufenthalt in einer kleinen Stadt. Erzählungen. detebe 20852
Der Richter und sein Henker. Kriminalroman Mit einer biographischen Skizze des Autors detebe 21435

Der Verdacht. Kriminalroman. Mit einer biographischen Skizze des Autors. detebe 21436
Justiz. Roman. detebe 21540

● Alexandre Dumas Père
Horror in Fontenay. Roman. detebe 20367

● Lord Dunsany
Smetters erzählt Mordgeschichten
detebe 20597
Jorkens borgt sich einen Whisky. Club-Geschichten. detebe 20598

● William Faulkner
Der Springer greift an. Kriminalgeschichten
detebe 20182
Die Spitzbuben. Roman. detebe 20989
Die Freistatt. Roman. detebe 20802

● Celia Fremlin
Klimax. Roman. detebe 20916
Wer hat Angst vorm schwarzen Mann?
Roman. detebe 21302
Die Stunden vor Morgengrauen
Roman. detebe 21515

● Egon Friedell
Die Rückkehr der Zeitmaschine. Phantastische Novelle. detebe 20177

● Felix Gasbarra
Schule der Planeten. Roman. detebe 20549

● Der goldene Gelbe 86
Sonderausgabe. Enthält folgende Romane: Raymond Chandler, Der große Schlaf / Patricia Highsmith, Zwei Fremde im Zug / Eric Ambler, Die Maske des Dimitrios
detebe 21412

● Der goldene Gelbe 87
Sonderausgabe. Enthält folgende Romane: Dashiell Hammett, Der dünne Mann/Margaret Millar, Liebe Mutter, es geht mir gut/Ross Macdonald, Unter Wasser stirbt man nicht
detebe 21524

● Gespenster
Gespenster / Mehr Gespenster / Noch mehr Gespenster. Die besten Gespenstergeschichten, herausgegeben von Mary Hottinger und Dolly Dolittle. detebe 20497, 21027 und 21310

● Robert van Gulik
Mord im Labyrinth. Roman. detebe 21381
Tod im Roten Pavillon. Roman. detebe 21383
Wunder in Pu-yang? Roman. detebe 21382
Halskette und Kalebasse. Roman. detebe 21519

● Rider Haggard
Sie. Abenteuerroman. detebe 20236
König Salomons Schatzkammer. Roman
detebe 20920

● Dashiell Hammett
Der Malteser Falke. Roman. detebe 20131
Rote Ernte. Roman. detebe 20292
Der Fluch des Hauses Dain. Roman
detebe 20293
Der gläserne Schlüssel. Roman. detebe 20294
Der dünne Mann. Roman. detebe 20295
Fliegenpapier. 5 Stories. detebe 20911
Fracht für China. 3 Stories. detebe 20912
Das große Umlegen. 3 Stories. detebe 20913
Das Haus in der Turk Street. 3 Stories
detebe 20914
Das Dingsbums Küken. 3 Stories. Nachwort von Steven Marcus. detebe 20915

● Cyril Hare
Mörderglück. Kriminalgeschichten
detebe 20196

● W. F. Harvey
Die Bestie mit den fünf Fingern. Gruselgeschichten. detebe 20599

● E.W. Heine
Kille Kille. Makabre Geschichten
detebe 21053
Hackepeter. Neue Kille Kille Geschichten
detebe 21219
Wer ermordete Mozart? Wer enthauptete Haydn? Mordgeschichten für Musikfreunde
detebe 21437
Wie starb Wagner? Was geschah mit Glenn Miller? Neue Geschichten für Musikfreunde
detebe 21514

● O. Henry
Die klügere Jungfrau. Geschichten
detebe 20871
Das Herz des Westens. Geschichten
detebe 20872
Der edle Gauner. Geschichten. detebe 20873
Wege des Schicksals. Geschichten
detebe 20874
Streng geschäftlich. Geschichten
detebe 20875
Rollende Steine. Geschichten. detebe 20876

● Patricia Highsmith
Der Stümper. Roman. detebe 20136
Zwei Fremde im Zug. Roman. detebe 20173
Der Geschichtenerzähler. Roman
detebe 20174
Der süße Wahn. Roman. detebe 20175

Die zwei Gesichter des Januars. Roman
detebe 20176
Der Schrei der Eule. Roman. detebe 20341
Tiefe Wasser. Roman. detebe 20342
Die gläserne Zelle. Roman. detebe 20343
Das Zittern des Fälschers. Roman
detebe 20344
Lösegeld für einen Hund. Roman
detebe 20345
Der talentierte Mr. Ripley. Roman
detebe 20481
Ripley Under Ground. Roman. detebe 20482
Ripley's Game. Roman. detebe 20346
Der Schneckenforscher. Geschichten
detebe 20347
Ein Spiel für die Lebenden. Roman
detebe 20348
Kleine Geschichten für Weiberfeinde
detebe 20349
Kleine Mordgeschichten für Tierfreunde
detebe 20483
Venedig kann sehr kalt sein. Roman
detebe 20484
Ediths Tagebuch. Roman. detebe 20485
Der Junge, der Ripley folgte. Roman
detebe 20649
Leise, leise im Wind. Geschichten
detebe 21012
Keiner von uns. Erzählungen. detebe 21179
Leute, die an die Tür klopfen. Roman
detebe 21349
Nixen auf dem Golfplatz. Erzählungen
detebe 21517

● Edward D. Hoch
Frankensteins Fabrik. Roman. detebe 21561

● E.W. Hornung
Raffles – Der Dieb in der Nacht. Geschichten
detebe 20237
Raffles – Der Amateur-Einbrecher. Geschichten. detebe 21579

● Gerald Kersh
Mann ohne Gesicht. Phantastische Geschichten. detebe 20366

● Hans Werner Kettenbach
Minnie oder Ein Fall von Geringfügigkeit
Roman. detebe 21218

● Russische Kriminalgeschichten
Von Fjodor Dostojewskij bis Anton Tschechow. detebe 21127

● Klassische Kriminalnovellen
von François de Pitaval bis Anton Čechov
detebe 21500

● Maurice Leblanc
Arsène Lupin – Der Gentleman-Gauner
Roman. detebe 20127
Die hohle Nadel oder Die Konkurrenten des Arsène Lupin. Roman. detebe 20239
813 – Das Doppelleben des Arsène Lupin
Roman. detebe 20931
Der Kristallstöpsel oder Die Mißgeschicke des Arsène Lupin. Roman. detebe 20932
Die Gräfin von Cagliostro oder Die Jugend des Arsène Lupin. Roman. detebe 20933
Arsène Lupin kontra Herlock Sholmes
Roman. detebe 21026
Die Insel der 30 Särge. Roman
detebe 21198
Die Uhr schlägt achtmal. Roman
detebe 21254

● Sheridan Le Fanu
Carmilla, der weibliche Vampir
detebe 20596
Der ehrenwerte Herr Richter Harbottle
Unheimliche Geschichten. detebe 20619

● Gaston Leroux
Das Geheimnis des gelben Zimmers
Roman. detebe 20924

● Marie Belloc Lowndes
Jack the Ripper oder Der Untermieter
Roman. detebe 20130

● Ross Macdonald
Dornröschen war ein schönes Kind. Roman
detebe 20227
Unter Wasser stirbt man nicht. Roman
detebe 20322
Ein Grinsen aus Elfenbein. Roman
detebe 20323
Die Küste der Barbaren. Roman
detebe 20324
Der Fall Galton. Roman. detebe 20325
Gänsehaut. Roman. detebe 20326
Der blaue Hammer. Roman. detebe 20541
Durchgebrannt. Roman. detebe 20868
Geld kostet zuviel. Roman. detebe 20869
Die Kehrseite des Dollars. Roman
detebe 20877
Der Untergrundmann. Roman. detebe 20878
Der Drahtzieher. Sämtliche Detektivstories I
detebe 21018
Einer lügt immer. Sämtliche Detektivstories II. detebe 21019
Sanftes Unheil. Roman. detebe 21178
Blue City. Roman. detebe 21317
Der Mörder im Spiegel. Roman. detebe 21303

W. Somerset Maugham
Silbermond und Kupfermünze. Roman
detebe 20087
Auf Messers Schneide. Roman. detebe 20088
Rosie und die Künstler. Roman. detebe 20086

Margaret Millar
Liebe Mutter, es geht mir gut ... Roman
detebe 20226
Die Feindin. Roman. detebe 20276
Fragt morgen nach mir. Roman. detebe 20542
Ein Fremder liegt in meinem Grab. Roman
detebe 20646
Die Süßholzraspler. Roman. detebe 20926
Von hier an wird's gefährlich. Roman
detebe 20927
Der Mord von Miranda. Roman
detebe 21028
Das eiserne Tor. Roman. detebe 21063
Fast wie ein Engel. Roman. detebe 21190
Die lauschenden Wände. Roman
detebe 21421
Nymphen gehören ins Meer! Roman
detebe 21516

Mord
Mord / Mehr Morde / Noch mehr Morde
Das Standardwerk englischer und amerikanischer Kriminalstories. Herausgegeben von Mary Hottinger. detebe 20030-20032

Wahre Morde
Die berühmtesten Kriminalfälle und -prozesse aus England. Herausgegeben von Mary Hottinger. detebe 20587

Fanny Morweiser
Lalu lalula, arme kleine Ophelia. Roman
detebe 20608
La vie en rose. Roman. detebe 20609
Indianer-Leo. Geschichten. detebe 20799
Die Kürbisdame. Erzählungen
detebe 20758
Ein Sommer in Davids Haus. Roman
detebe 21059
Voodoo-Emmi. Erzählungen. detebe 21541

Magdalen Nabb
Tod im Frühling. Roman. detebe 21566

Hans Neff
XAP oder Müssen Sie arbeiten? fragte der Computer. Ein fabelhafter Tatsachenroman
detebe 21052

Edgar Allan Poe
Die schwarze Katze und andere Verbrechergeschichten. detebe 21183
Die Maske des roten Todes und andere phantastische Fahrten. detebe 21184
Der Teufel im Glockenstuhl und andere Scherz- und Spottgeschichten. detebe 21185
Der Untergang des Hauses Usher und andere Geschichten von Schönheit, Liebe und Wiederkunft. detebe 21182
Die denkwürdigen Erlebnisse des Arthur Gordon Pym. Roman. detebe 21267

Patrick Quentin
Bächleins Rauschen tönt so bang. Kriminalgeschichten. detebe 20195
Familienschande. Roman. detebe 20917

Jack Ritchie
Der Mitternachtswürger. Detektivgeschichten. detebe 21293
Für alle ungezogenen Leute. Detektiv-Geschichten. detebe 21384

Saki
Die offene Tür. Erzählungen. detebe 20115

Maurice Sandoz
Am Rande. Unheimliche Erzählungen
Deutsch von Gertrude Droz-Rüegg
detebe 20739

Karl W. Schlegel
Richter wider Willen. Roman. detebe 21422

Bernhard Schlink & Walter Popp
Selbs Justiz. Roman. detebe 21543

Science-Fiction-Geschichten des Golden Age
Von Ray Bradbury bis Isaac Asimov. Herausgegeben von Peter Naujack. detebe 21048

Klassische Science-Fiction-Geschichten
Von Voltaire bis Conan Doyle. Herausgegeben von William Matheson
detebe 21049

Hermann Harry Schmitz
Buch der Katastrophen. detebe 20548

Georges Simenon
Maigrets erste Untersuchung. Roman
detebe 20501
Maigret und Pietr der Lette. Roman
detebe 20502
Maigret und die alte Dame. Roman
detebe 20503
Maigret und der Mann auf der Bank. Roman
detebe 20504

Maigret und der Minister. Roman
detebe 20505
Mein Freund Maigret. Roman. detebe 20506
Maigrets Memoiren. Roman. detebe 20507
Maigret und die junge Tote. Roman
detebe 20508
Maigret amüsiert sich. Roman. detebe 20509
Hier irrt Maigret. Roman. detebe 20690
Maigret und der gelbe Hund. Roman
detebe 20691
Maigret vor dem Schwurgericht. Roman
detebe 20692
Maigret als möblierter Herr. Roman
detebe 20693
Madame Maigrets Freundin. Roman
detebe 20713
Maigret kämpft um den Kopf eines Mannes
Roman. detebe 20714
Maigret und die kopflose Leiche. Roman
detebe 20715
Maigret und die widerspenstigen Zeugen
Roman. detebe 20716
Maigret am Treffen der Neufundlandfahrer
Roman. detebe 20717
Maigret bei den Flamen. Roman
detebe 20718
Maigret und die Bohnenstange. Roman
detebe 20808
Maigret und das Verbrechen in Holland.
Roman. detebe 20809
Maigret und sein Toter. Roman
detebe 20810
Maigret beim Coroner. Roman. detebe 20811
Maigret, Lognon und die Gangster. Roman
detebe 20812
Maigret und der Gehängte von Saint-Pholien
Roman. detebe 20816
Maigret und der verstorbene Monsieur Gallet
Roman. detebe 20817
Maigret regt sich auf. Roman. detebe 20820
Maigret und das Schattenspiel. Roman
detebe 20734
Maigret und die Keller des Majestic
Roman. detebe 20735
Maigret contra Picpus. Roman. detebe 20736
Maigret läßt sich Zeit. Roman. detebe 20755
Maigrets Geständnis. Roman. detebe 20756
Maigret zögert. Roman. detebe 20757
Maigret und der Treidler der »Providence«
Roman. detebe 21029
Maigret hat Angst. Roman. detebe 21062
Maigrets Nacht an der Kreuzung. Roman
detebe 21050
Maigret erlebt eine Niederlage. Roman
detebe 21120
Maigret gerät in Wut. Roman
detebe 21113
Maigret verteidigt sich. Roman
detebe 21117
Maigret und der geheimnisvolle Kapitän
Roman. detebe 21180
Maigret und die alten Leute. Roman
detebe 21200
Maigret und das Dienstmädchen. Roman
detebe 21220
Maigret und der Fall Nahour. Roman
detebe 21250
Maigret im Haus des Richters. Roman
detebe 21238
Maigret und der Samstagsklient. Roman
detebe 21295
Maigret in New York. Roman
detebe 21308
Maigret und die Affäre Saint-Fiacre. Roman
detebe 21373
Sechs neue Fälle für Maigret. Erzählungen
detebe 21375
Maigret stellt eine Falle. Roman
detebe 21374
Maigret in der Liberty Bar. Roman
detebe 21376
Maigret und der Spion. Roman. detebe 21427
Maigret und die kleine Landkneipe. Roman
detebe 21428
Maigret und der Verrückte von Bergerac
Roman. detebe 21429
Maigret, die Tänzerin und die Gräfin. Roman
detebe 21484
Maigret macht Ferien. Roman. detebe 21485
Maigret und der hartnäckigste Gast der Welt
Erzählungen. detebe 21486
Maigret verliert eine Verehrerin. Roman
detebe 21521
Maigret und sein Rivale. Roman. detebe 21523
Maigret in Nöten. Roman. detebe 21522
Maigret und die schrecklichen Kinder. Roman
detebe 21574
Maigret und sein Jugendfreund. Roman
detebe 21575
Maigret und sein Revolver. Roman
detebe 21576

● Henry Slesar

Das graue distinguierte Leichentuch. Roman
detebe 20139
Vorhang auf, wir spielen Mord! Roman
detebe 20216
Erlesene Verbrechen und makellose Morde
Kriminalgeschichten. detebe 20225
Ein Bündel Geschichten für lüsterne Leser
Roman. detebe 20275
Hinter der Tür. Roman. detebe 20540
Aktion Löwenbrücke. Roman. detebe 20656
Ruby Martinson. Geschichten. detebe 20657
Schlimme Geschichten für schlaue Leser
detebe 21036
Coole Geschichten für clevere Leser
detebe 21049

Fiese Geschichten für fixe Leser. Deutsch von Thomas Schlück. detebe 21125
Böse Geschichten für brave Leser detebe 21248
Die siebte Maske. Roman. detebe 21518
Frisch gewagt ist halb gemordet. Geschichten detebe 21577

● Muriel Spark
Memento Mori. detebe 20892
Robinson. Roman. detebe 21090
Päng päng, du bist tot. Erzählungen detebe 21533
Hoheitsrechte. Roman. detebe 21580

● R. L. Stevenson
Die Schatzinsel. Roman. detebe 20701
Der Junker von Ballantrae. Roman detebe 20703
Die Entführung. Roman. detebe 20704
Catriona. Roman. detebe 20705
Die Herren von Hermiston. Roman (Fragment). detebe 20702
Der Pavillon auf den Dünen / Der seltsame Fall von Dr. Jekyll und Mr. Hyde Zwei Novellen. detebe 20706
Der Selbstmörderklub / Der Diamant des Rajahs. Zwei Geschichtensammlungen detebe 20707
Die tollen Männer und andere Geschichten detebe 20708
Der Flaschenteufel und andere Geschichten detebe 20709
Der Leichenräuber und andere Geschichten detebe 20710
Der gefährliche Archipel. In der Südsee I Roman. detebe 21449
Der Palast der vielen Frauen. In der Südsee II Roman. detebe 21450

● Bram Stoker
Draculas Gast. Gruselgeschichten detebe 20135

● Julian Symons
Auf den Zahn gefühlt. Geschichten detebe 20601
Ein Pekinese aus Gips. Kriminalgeschichten detebe 20740

● Lydia Tews
Wer nicht träumt, ist tot. detebe 21513

● Susanne Thommes
Der falsche Freund. Roman. detebe 21380
Brüderchen und Schwesterchen. Roman detebe 21423
Totensonntag. Kriminalroman. detebe 21474

● Roland Topor
Der Mieter. Roman. detebe 20358

● B. Traven
Das Totenschiff. Roman. detebe 21098
Die Baumwollpflücker. Roman detebe 21099
Die Brücke im Dschungel. Roman detebe 21100
Der Schatz der Sierra Madre. Roman detebe 21101
Die Weiße Rose. Roman. detebe 21102
Aslan Norval. Roman. detebe 21103
Regierung. Roman. detebe 21104
Die Carreta. Roman. detebe 21105
Der Marsch ins Reich der Caoba. Roman detebe 21106
Trozas. Roman. detebe 21107
Die Rebellion der Gehenkten. Roman detebe 21108
Ein General kommt aus dem Dschungel Roman. detebe 21109
Die Geschichte vom unbegrabenen Leichnam Erzählungen. detebe 21110
Die ungeladenen Gäste. Erzählungen detebe 21111
Der Banditendoktor. Erzählungen detebe 21112

● Mark Twain
Tom Sawyers Abenteuer. Roman detebe 21369
Huckleberry Finns Abenteuer. Roman detebe 21370
Kannibalismus auf der Eisenbahn und andere Erzählungen. detebe 21488
Der gestohlene weiße Elefant und andere Erzählungen. detebe 21489
Die Eine-Million-Pfund-Note und andere Erzählungen. detebe 21490
Der Prinz und der Bettelknabe. Eine Erzählung für junge Menschen jeden Alters detebe 21507

● Jules Verne
Reise um die Erde in achtzig Tagen. Roman detebe 20126
Fünf Wochen im Ballon. Roman detebe 20241
Von der Erde zum Mond. Roman detebe 20242
Reise um den Mond. Roman. detebe 20243
Zwanzigtausend Meilen unter Meer. Roman in zwei Bänden. detebe 20244 + 20245
Reise zum Mittelpunkt der Erde. Roman detebe 20246

Der Kurier des Zaren. Roman in zwei Bänden. detebe 20401 + 20402
Die fünfhundert Millionen der Begum Roman. detebe 20403
Die Kinder des Kapitäns Grant. Roman in zwei Bänden. detebe 20404 + 20405
Die Erfindung des Verderbens. Roman detebe 20406
Die Leiden eines Chinesen in China. Roman detebe 20407
Das Karpathenschloß. Roman. detebe 20408
Die Gestrandeten. Roman in zwei Bänden detebe 20409 + 20410
Der ewige Adam. Geschichten. detebe 20411
Robur der Eroberer. Roman. detebe 20412
Zwei Jahre Ferien. Roman. detebe 20440
Das erstaunliche Abenteuer der Expedition Barsac. Roman. detebe 21237
Die Insel der Milliardäre. Roman detebe 21243
Die Eissphinx. Roman. detebe 21268
Die großen Seefahrer und Entdecker. Eine Geschichte der Entdeckung der Erde im 18. und 19. Jahrhundert. detebe 21401

● Lewis Wallace

Ben Hur. Eine Erzählung aus der Zeit Christi. detebe 21291

● Hans Weigold

Eines der verwunschenen Häuser. Roman detebe 21070

● H.G. Wells

Der Krieg der Welten. Roman. detebe 20171
Die Zeitmaschine. Roman. detebe 20172

● Weltuntergangsgeschichten

Von Poe bis Dürrenmatt. detebe 20806

● P. G. Wodehouse

Promenadenmischung. Lustige Geschichten I detebe 21056
Der Pennymillionär. Lustige Geschichten II detebe 21226

● Cesare Zavattini

Liebenswerte Geister. Erzählungen detebe 21058